Das Monster von Leet

von Anja Eble
Nach einer Geschichte von Sebastian Witzmann

D1997373

Schwierigkeitsstufe: Mittel
Spieldauer: 5 – 10 Sitzungen
Anzahl der Spieler: 3 – 7

IMPRESSUM

Text :	Anja Eble, Sebastian Witzmann
Idee:	Sebastian Witzmann
Illustrationen:	Holger Kirste (Titel und Innenillustrationen), Björn Lensig (Karte vom Brandkessel)
Karte von Leet:	Herwin Wielink, Holger Kirste (Kolorierung)
Layout:	Sebastian Witzmann
Lektorat:	Bernd Blecha

Aborea ist eine Spielwelt von Sebastian Witzmann.

ISBN: 978-3-941420-94-6

1. Auflage 2011

TA4
Abenteuer in Trion.

Einleitung

Jago sang leise die Ballade von Todbaum, als er die schwere Türe des Haupthauses aufschob, um nach draußen zu treten. „Reckt seine Äste wie Klauen vor, zerrt dir die Haut vom Leib", sang er leise.

Die Nacht war kalt und mondlos, und er unterdrückte einen Fluch, als er sich den nackten Zeh an einem Wassereimer stieß. „Wiegt sich im Wind, der die Seelen trägt, bald schon ist es Zeit", murmelte er und tastete sich humpelnd an der rauen Wand entlang, Richtung Abort. Hätte er doch nur eine Kerze mitgenommen.

„Tanz mit der Liebsten den letzten Tanz, spür, wie das Leben weicht", seine Stimme kam ihm zu laut vor in der Stille der Nacht. Lauschend blieb er stehen.

Tatsächlich, es war totenstill. Nicht ein Laut war zu hören, kein Tier, kein Vogel. Selbst der Wind schien den Atem anzuhalten. Die nächste Strophe der alten Ballade flüsterte Jago nur noch, während sich die feinen Haare in seinem Nacken aufstellten. „Kalt steigt die Angst dir ins Genick, du hast den Baum erreicht."

Unwillkürlich schüttelte er sich, um das ungute Gefühl los zu werden. Feuchte Nebelschwaden krochen über den Boden, umspielten seine nackten Beine. Jagos Augen hatten sich an die Dunkelheit gewöhnt, doch sah er immer noch nur schemenhafte Umrisse. Die Dunkelheit schien sich zu verdichten und die Schatten nur noch tiefer werden zu lassen. Die sonst so vertrauten Gerätschaften im Inneren des Wehrhofes wirkten nun wie kauernde Monster, die im Schutz der Dunkelheit auf Beute lauerten.

„Legst du die Hand…", begann er die nächste Strophe und konnte nicht verhindern, dass sich ein furchtsames Beben in seine Stimme schlich. Seine Finger strichen über die raue, kühle Oberfläche der Hauswand, berührten plötzlich warme Feuchtigkeit. Jago zog scharf die Luft ein und blieb stehen.

Ein schwacher Duft nach Moder, nach frisch gepflügter, schwerer Herbsterde stieg ihm in die Nase. Er beugte sich vor zur Wand und verrieb die warme Feuchtigkeit zwischen seinen Händen. Schnupperte daran, während die Nässe krümelig wurde und die Wärme verging. Metallisch. Die Erinnerung an den großen Bottich stieg in ihm auf. Blut, das warm und dampfend aus der geöffneten Schlagader des Schweines sprudelte und in den Bottich floss.

Blut an der Hauswand. Warmes Blut. Sein Herz raste, füllte die Stille der Nacht mit dem dumpfen Dröhnen einer Trommel. Panik verschmolz Jagos nackte Füße mit dem unregelmäßigen Steinboden. Die kalten Nebelfinger umwanden ihn wie feuchte Ketten, als er sich zögernd vorbeugte, um in der Dunkelheit mehr erkennen zu können. Ein dünnes wimmerndes Geräusch, wie von Wind, der durch Schilfgras fährt, ließ ihn aufschauen. War der Holzstoß schon immer so hoch gewesen? Oder spielte ihm seine Angst nun einen Streich?

Entschlossen reckte er die Schultern, atmete tief durch und machte zwei schnelle Schritte vorwärts. Er rutschte in einer Lache warmer Feuchtigkeit aus und fiel. Hart stieß er mit dem Kopf auf die Wegsteine. Einen Moment war die Nacht voller blitzender Sterne, bis der Schmerz nachließ.

Eine Windböe brachte wieder den Geruch nach beginnender Fäulnis mit sich. Jago griff nach der Haarsträhne, die quer über sein Gesicht geweht worden war, um sie wegzustreichen. Er ertastete kleine eingeflochtene Perlen, die nicht ihm gehörten. Er drehte so schnell den Kopf, dass es in seinem Nacken knackte. Varilas Augen schimmerten leer und tot. Ihr langes Haar wurde vom auffrischenden Wind angehoben und strich wie Geisterfinger über Jagos Wange. Ein leises fassungsloses Wimmern steckte in seiner Kehle und drohte ihn zu ersticken. Die kleine Vari! Nun war er sich sicher. Auf dem Holzstapel kauerte etwas. Und noch während er hinauf starrte, um zu erkennen, welches Raubtier sich seine Schwester geholt hatte, glommen zwei rötliche Lichter auf.

Der formlose Schatten wuchs und breitete mächtige Schwingen aus, die sich aufblähten, als er sich aufrichtete. Das rote Glühen seiner Augen bannte Jago auf den Boden, neben den Leib seiner toten Schwester. Größer als jeder Mann ragte die Gestalt als dunkler Schatten in den Nachthimmel. Jago sah Varilas Blut feucht an langen Klauen schimmern. Ein leiser, wimmernder Ton wie von fernen Flöten oder gepeinigten Seelen zerstörte die atemlose Stille. Und dann stieß sich das Monster in lautlos elegantem Sprung ab. Todbringend stieß es hinab, direkt auf Jago zu. Der Junge konnte nicht einmal mehr schreien.

Das Abenteuer

Vorbemerkungen

Das Abenteuer kann im Anschluss an „Der blutende Gott“ gespielt werden. Sollten die Spieler vorgefertigte Spielercharaktere aus „Elisera“ übernommen haben, so passen diese hervorragend in dieses Folgeabenteuer. Natürlich können auch eigene Charaktere benutzt werden. Ebenso können die Mini-Abenteuer auf der Webseite www.13mann.de und/oder das Abenteuer „Orks!“ oder „Trolle!“ in Kombination mit „Das Monster von Leet“ eingesetzt werden.

„Das Monster von Leet“ kann aber auch unabhängig davon gespielt werden und örtlich in jeder beliebigen Welt angesiedelt werden.

Aufbau

Nach einer kurzen Beschreibung des Ortes Leet beginnt das Abenteuer. Die dort vorkommenden „*Vorlesetexte*“ sind dabei mögliche Beschreibungen, die Sie den Spielern laut vorlesen können.

Das Abenteuer selbst ist in vier Abschnitte unterteilt.

Das Abenteuer endet mit Aufbaumöglichkeiten und Optionen für weitere spannende Erlebnisse. In Folgemodulen werden die Charaktere und Ereignisse aus diesem Abenteuer aufgegriffen und weiter entwickelt. Natürlich können sie in der Zwischenzeit viele andere Gefahren erlebt haben.

Generell ist es von Vorteil, wenn Sie sich mit dem Abenteuer vertraut machen und es zumindest einmalig lesen, bevor Sie es mit Ihren Spielern spielen. Als kleine Orientierungshilfe hier der Ablauf in Kurzform.

Lösung des Abenteuers

Es gibt unterschiedliche Lösungswege. „Das Monster von Leet“ ist flexibel aufgebaut. Trotzdem kann es passieren, dass die Spieler einen neuen Weg gehen oder etwas völlig Unvorhergesehenes unternehmen. Deswegen bekommen Sie als Spielleiter immer einen kurzen Überblick, was in den einzelnen Szenen passieren sollte, damit Sie flexibel reagieren können.

Struktur der Gruppe

In „Das Monster von Leet“ hat der Spielleiter die Möglichkeit mit Spielern zu spielen, deren Spielercharaktere zum ersten Mal zusammentreffen oder die eine schon fertige Gruppe auf den Weg in ein neues Abenteuer begleiten. Als Gruppe werden die Spielercharaktere in Teamarbeit die Gefahren meistern und sich weiterentwickeln.

Das Abenteuer ist für eine Gruppe mit der durchschnittlichen Stufe 5 ausgerichtet, kann aber mit wenigen Modifikationen für andere Stufen verwendet werden. Teilweise finden sich dazu entsprechende Hinweise.

Regeln

Dieses Abenteuer basiert auf den deutschen Rolemaster-Regeln.

Die Spielercharaktere

Die vier vorgefertigten Spielercharaktere, welche hier in einem kurzen Abriss ihrer Geschichte dargestellt werden, sind die gleichen, wie sie auch bei dem bereits erwähnten Abenteuer „Elisera“ zu finden sind. Dabei handelt sich um die vier Kernfiguren, welche auch in kommenden Abenteuern zum Einsatz kommen werden. Sofern Sie sich dafür entscheiden, die vorgefertigten Spielercharaktere zum Einsatz zu bringen, sollten Sie sich auf jeden Fall mit den Hintergründen vertraut machen. Vor allem, wenn zukünftige Abenteuer darauf aufbauen sollen.

Die vier Spielercharaktere sind vollkommen unterschiedlich, nicht nur, was ihre Fähigkeiten angeht, sondern auch im Bezug auf ihre Motivation, sich auf ein solches Abenteuer einzulassen. Sollten Sie noch mehr als diese vier Spielercharaktere benötigen, finden Sie im Anhang weitere Charaktere. Selbiges gilt natürlich auch, wenn Sie mit den vier Spielercharakteren, die hier vorgestellt werden, nicht vollkommen zufrieden sind und lieber einen anderen spielerischen Ansatz verfolgen. Um Folgeabenteuer spielen zu können, ist es nicht zwingend notwendig, die vier vorgestellten Spielercharaktere zu benutzen. Es können die anderen Charaktere benutzt werden oder auch solche, die Sie oder Ihre Spieler möglicherweise selbst erstellt haben.

Finn Flannagan

Finn ist ein 18 Jahre junger Krieger und bei seinem Onkel Gael Arian aufgewachsen. Seine kräftige Statur verdankt er der harten Arbeit auf der Farm seines Onkels. Aber es steckt mehr als ein Bauer in ihm. Seit er denken kann träumt er von der großen weiten Welt, und schon als kleiner Junge hat er jede freie Minute für Kämpfe mit Holzschwertern genutzt. Sein Onkel hat ihn statt seiner verstorbenen Eltern aufgezogen. Seine Eltern starben in einem Krieg, der kurz nach seiner Geburt fernab von Leet wütete, bei dem sie als Heiler eingesetzt waren. Gael ist nicht willig, ihm mehr zu erzählen. Nur, dass es dumm war, sich dazu zu melden. Seine Eltern hätten kein Verantwortungsgefühl gehabt und wären Narren gewesen – auf der Suche nach dem großen Geld. Finn ist nun endlich 18 Jahre alt und kann die Farm verlassen. Finn und Gael streiten schon seit Tagen deswegen. Gael meint, er solle nicht so närrisch wie seine Eltern sein, und die Farm würde ihn brauchen. Hier in Leet wäre seine Zukunft. Finn hingegen fiebert der ersten Chance entgegen, die Welt zu entdecken.

Besonderes: Magisches Schwert

Gerol Kehlhammer

Viel gibt es über den stämmigen Zwerg aus dem Ghalgrat nicht zu berichten. Er stammt aus einer Zwergensiedlung nah dem Torlkopf, einem über 6000 Meter hohen Steinmassiv. Er hat die Siedlung verlassen, um sein Glück bei der Schatzsuche und anderen Abenteuern zu versuchen. Sein Vater war, bevor er sich in der Zwergensiedlung Torlend niederließ, ebenfalls ein Abenteurer gewesen und hat Gerol an langen Abenden phantastische Geschichten über wundersame Orte erzählt. Gerol hat sich – als die Zeit gekommen war – auf den Weg gemacht, diese Orte zu finden. Doch sein spärlicher Proviant und seine Mittel sind rasch verbraucht und er ist mehr als begierig darauf, in die Fußstapfen seines Vaters zu treten. Seine Abneigung gegen die Orks in den Bergen ist angeboren, sagt man.

Besonderes: Silberflarettensalbe

Elathaliel

Einst war er ein lebensfroher Elf und ein Teil der Gemeinschaft eines kleinen Elfenstamms aus dem Casnewydd, dem erhabenen Wald, der sich an das Ghalgrat-Gebirge schmiegt und in dem auch Leet liegt. Doch ein Streit mit dem Stammesfürsten zog die Verbannung nach sich. Elathaliel Imaneos – sein Nachname wurde ihm aberkannt – hatte es gewagt, den Fürsten öffentlich zu kritisieren, als dieser die neuen Gefahren im Wald ignorierte. Elathaliel hatte selbst die Spuren der Trolle entdeckt. Der Stammesfürst bestand darauf, dass Elathaliel sich irrte, denn die Trolle seien seit vielen Jahrzehnten nicht mehr in diesen Teil des Waldes gekommen. Er selbst habe einen Schutzbann bewirkt, der die Trolle von dem Stamm fernhalte. Elathaliel wusste, dass die Spuren von Trollen waren, und blieb hartnäckig. Der Streit artete aus, und der Fürst zog eine übertriebene, ungerechte Konsequenz: Er behauptete, Elathaliel bringe den Stamm durch seine Angstmache in Gefahr und sei nicht bereit, sich in die Gesellschaft zu integrieren. Insbesondere folge er auch nicht der offensichtlichen Weisheit des Fürsten. Deshalb sei er zu verbannen. Elathaliel hat daher seinen Stamm verlassen. Er ist fest davon überzeugt, dass er im Recht ist und die Strafe willkürlich und völlig überzogen ist. Traurig und sich seiner unterlegenen Stellung leider nur zu bewusst, ist er ausgezogen, um denen zu helfen, die sich helfen lassen.

Besonderes: Elfischer Langbogen +10

Aborea

Das Ghalgrat-Gebirge, genauso wie alle anderen Orte in „Das Monster von Leet“, liegen im Reich Trion, welches Teil der Kampagnenwelt Aborea ist, die Stück für Stück weiter ausgebaut und in noch folgenden Abenteuern weiter beschrieben wird. Sie können die Ortsnamen und Gegebenheiten aber auch einfach an Ihre eigene Welt anpassen, ganz wie Sie wünschen.

Indara Evethe

Sie hat eher zufällig ihre Begabung für die Magie entdeckt. Und sich sofort so sehr darin vertieft, dass sie ihre Aufgaben in der Familie völlig vergessen hat. Sie nimmt jede Gelegenheit für Versuche oder Studien wahr und hat sich immer mehr zurückgezogen. Ihre Familie hält sie für sonderbar und für aus der Art geschlagen. Sie können den „Firlefanz“ nicht nachvollziehen, denn tüchtige Arbeit ist ehrlich zu schaffen. Indara will ihrer Familie nicht weiter zur Last fallen, und auch ihr Wissensdurst treibt sie fort von Leet. Es muss andere, bessere Orte für sie geben. Doch alleine kann sie nur schlecht die gefahrvolle Welt entdecken, und finanziell sieht es auch nicht besonders gut für sie aus. Allerdings kennt sie Finn und weiß auch um seine Pläne. Ein starker Mann an ihrer Seite könnte einiges an Ärger fern halten.

Besonderes: Liebestrank

Geld

10 Trionthaler entsprechen einem Goldfalken und ein Thaler stellt den Verdienst eines einfachen Mannes von einem Monat dar. Setzen Sie die Währung einfach in Ihre Kampagnenwährung um, wenn das Abenteuer nicht in Trion spielt. Im Anhang auf Seite 75 finden Sie weitere Informationen zu Währungen und Preisen.

Leet

Der Ort liegt zwischen dem Ghalgrat-Gebirge und dem Casnewydd-Wald und behauptet sich fern der nächsten menschlichen Siedlungen in der Wildnis. Über 120 Bewohner zählt Leet und ist damit ein recht großes Dorf, trotz der gefährlichen Lage. Unter der schützenden Hand des Ritters Mereno von Leet hält sich die einzige menschliche Siedlung des Reiches Trion in dieser Wildnis hartnäckig. Das Volk ist sehr genügsam und widerstandsfähig. Sie sind dem Reich treu und bereit, jederzeit auch ein Schwert zu führen. Sie haben am Fuße des Ghalgrat gelernt, sich gegen die Kreaturen aus dem Casnewydd zu wehren und der Natur zu trotzen.

Der Ackerbau im südlichen Bereich der Siedlung ist nicht sehr einträglich, aber der Laan, ein Fluss mit kühlem Gebirgswasser, führt hervorragende Fische. Außerdem ist der Casnewydd ein ideales Jagdgebiet – wenn auch ein gefährliches. Die Hirten treiben ihr Vieh hoch in das Ghalgrat-Gebirge hinauf. Ab und an transportieren die Bewohner Felle nach Padova, der großen Hafenstadt an der Menerensee. Padova und Leet liegen im Großkönigreich Trion. Sie sind Teil der Welt Aborea.

Natürlich kann Leet irgendwo in Ihrer eigenen Welt liegen oder auch ganz anders heißen.

Folgeabenteuer basieren ebenfalls auf dieser Welt, können aber auch überall sonst angesiedelt sein.

„Leet"

Kurze Zusammenfassung

Ein Flüchtling des Wasserhofes (siehe Hinweistext „Werhöfe“) erreicht Leet mitten in der Nacht. Der Hof wurde überfallen, und die Spielercharaktere werden von Ritter Mereno gebeten, zusammen mit Enros dem Barden nachzusehen. Dort angekommen müssen sie feststellen, dass alle Männer verschleppt wurden. Eine Augenzeugin berichtet von einem geflügelten Monster mit roten Augen und grunzenden Wesen, die den Hof stürmten.

Mit den geretteten Frauen und Kindern des Wasserhofes geht es zurück nach Leet. Auf dem Heimweg entdeckt die Gruppe, dass ein Köhler zum Abendessen marodierender Pickelhäute wurde.

Kaum zurück, erreicht Leet eine schlechte Nachricht vom Brandeshof, und Ritter Mereno beauftragt die Spielercharaktere erneut. Am Wankelspitz, einem Versammlungsplatz der Orks, vorbei geht es zum Brandeshof, der einen Hain des Gottes Juvios in der unmittelbaren Nähe hat. Dort ist ein anscheinend von Orks gegrabener Tunnel eingebrochen. Immer mehr Zwischenfälle häufen sich im Umkreis, bei denen Leute und Vieh verschwinden. Wieder werden die Spielercharaktere um Unterstützung gebeten.
Die Spuren führen zur Zehntagschlucht, in die die Spielercharaktere hinab steigen müssen.

In der Schlucht geht es vorbei an der Vogelgrube in den Schlingwald und von dort zu den heißen Quellen. Schließlich entdecken die Spieler am Grunde der Schlucht die Schutzsteine und Wandelteiche. Dort finden sie das vermeintliche Monster tot vor. Sie entdecken die Verschwundenen, die dort gefangen gehalten werden, und können diese befreien. Gemeinsam geht es zurück nach Leet.

In Leet wird die Freudenfeier für die Heimkehrer durch einen Angriff der Pickelhäute auf die Leet gestört, bei dem auch klar wird, dass das Monster tatsächlich noch lebt. Nun gilt es Leet davor zu bewahren, eingenommen zu werden. Im Laufe des Kampfes wird Ritter Mereno verletzt und die jüngste Tochter des Brandkesselwirtes entführt, der die Helden rekrutiert, die Verfolgung aufzunehmen. So gelangen die Spielercharaktere in einen Tunnel, den Shaktha, die Anführerin der Pickelhäute und Erschafferin des Monsters, von der Zehntagschlucht aus gen Leet hat graben lassen. Der Tunnel wird teilweise verschüttet und zwingt die Spielercharaktere, erneut in die Zehntagschlucht hinab zu steigen, um Shaktha zu finden und das Monster zu vernichten. Angrenzend an einen alten Zwergenstollen entdecken sie eine Höhle, in der die Schamanin gerade damit beschäftigt ist, in einem magischen Ritual ein weiteres Monster zu erschaffen.

Nachdem Shaktha vernichtet ist, bleibt nun nur noch, das (Ur-) Monster zu töten, das einen erneuten Angriff auf Leet gestartet hat, und dann die Schäden zu reparieren und die Belohnung entgegen zu nehmen.

Wehrhöfe

Die größeren Gehöfte, die zwischen Leet und Padova liegen, werden zumeist als Wehrhof klassifiziert. Sie liegen in der Regel ein gutes Stück abseits der Straße und sind die meiste Zeit auf sich alleine gestellt. Um den Gefahren der Region Rechnung zu tragen, sind die Höfe gut geschützt und besitzen Palisaden, verschließbare Tore und teils sogar Zugbrücken und Aussichtstürme, um das Umland nach drohenden Gefahren abzusuchen. Auch wenn die Bewohner der Wehrhöfe Handwerker und Bauern sind, so lernen sie doch alle, Haus und Hof notfalls mit Waffengewalt gegen Unbill zu verteidigen. Der *Wasserhof* ist ein solcher Wehrhof.

Zeit

Für „Das Monster von Leet“ ist die Jahreszeit relativ unerheblich. Die Zehntagschlucht, in der ein Großteil des Abenteuers stattfindet, weist eigene klimatische Verhältnisse auf.

Spielen Sie das Abenteuer im Anschluss an „Elisera“ und „Der blutende Gott“, dann wird es nun wahrscheinlich Winter sein.

Die Zehntagschlucht

Die Zehntagschlucht entstand vor vielen tausend Jahren auf unnatürlichem Wege. Die Erde wirkt dort regelrecht aufgerissen. Die mehrstufige Schlucht ist an den tiefsten Stellen bis zu 180 Meter unter dem Bodenniveau des Umlandes. Was auch immer dem Land diese Wunde schlug, führte dazu, dass es in der Schlucht auch jetzt noch zu seltsamen Effekten kommt. Ihren Namen erhielt die Schlucht vor Jahrhunderten von den Zwergen wegen des Umstandes, dass es „zehn Tage braucht, um die Schlucht zu durchmessen".

Das Klima in der Schlucht ist überraschend warm, als würde das Innere der Erde selbst seine Hitze in die Luft entlassen. Doch neben dem feuchtwarmen Klima und den offen zutage tretenden Bodenschätzen birgt die Zehntagschlucht noch einige andere Besonderheiten. Unheimliche Wesen, Schatten, flüsternde Stimmen und flirrende Luft haben der Schlucht den Ruf eingebracht, ein Ort zu sein, an dem es spukt.

Unabhängig von dem Klima außerhalb der Schlucht sinkt die Temperatur in der Schlucht selten unter +15 Grad. Oft ist es erheblich wärmer, und die Luftfeuchtigkeit ist durch die vielen Wasserfälle in der Schlucht hoch. Die Flora ist üppig, die Fauna ungewöhnlich, und es gibt eine Vielzahl an natürlichen und unnatürlichen Höhlen.

In der Vergangenheit haben die Zwerge in der Schlucht nach Bodenschätzen gegraben. Zwar ist es schon viele Jahrhunderte her, doch findet man vereinzelt noch moosüberzogene Runensteine, in die zwergische Schutzrunen eingearbeitet wurden. Die Zwerge mussten den Tagebau aufgeben, als sie damals von den Orks angegriffen und besiegt wurden.

Dabei waren sie auch gezwungen, den unterirdischen Gang aufzugeben, der von der Zehntagschlucht gen Gebirge getrieben worden war. Er diente zum Abtransport der Bodenschätze und verband die Zehntagschlucht in gerader Linie mit Sorogs Hallen, der Zwergenfeste im Ghalgrat-Gebirge.

Als die Niederlage gegen die Orks unvermeidlich wurde, zerstörten die Zwerge den Verbindungsgang kurz vor dem Eingang zur Festung.

Mittlerweile ist der alte Gang die Heimat von Shaktha der Gnadenlosen, einer orkischen Schamanin und ihrem Gefolge. Shakthas Sklaven arbeiten daran, die Gänge zu erweitern und einen neuen unterirdischen Weg mit einem Ausgang nahe des Ortes Leet zu erschaffen. Dieser Verbindungsgang soll Shaktha helfen, ihre Eroberungspläne erfolgreich umzusetzen.

Karten siehe Seiten 29, 34 und 71.

I

Wie alles anfängt

Das Feuer ist fast niedergebrannt und lässt den Schankraum zu einer gemütlichen dunklen Höhle werden. Es ist schon spät, und der seit Stunden fallende Regen erzeugt ein stetiges klopfendes Geräusch, das euch einlullt. Die meisten Gespräche sind verstummt. Hier und da seht ihr Dorfbewohner gähnen. Jeder hält sich an seinem letzten Glas fest. Alle lauschen den leisen Klängen der Reiseharfe, mit der Enros der Barde seine Erzählungen aus dem Umland untermalt. Von Geburt, Hochzeit und Tod berichtet er, Nachrichten von den entfernteren Wehrhöfen, draußen entlang der Straße nach Padova. Klatsch und Tratsch plätschern wie Wasser getragen von den sanften schwebenden Harfenlauten in euer Ohr. Neue Geschichten, die die Händler mitgebracht haben folgen, ebenso wie Erzählungen über Orks in den Wäldern. Schließlich streicht Enros mit sehnigen Fingern sein schütteres Haar zurück. Seine dunklen Augen, schwarz wie Kohle im sterbenden Feuerschein, wirken müde. Der letzte Harfenton verklingt, als er nach seinem fast leeren Bierkrug greift und ein letztes Mal die Stimme ölt. „Was soll ich euch singen zur Nacht?", fragt er, und seine angenehm dunkle Stimme holt so manchen zurück, der schon fast eingeschlafen war.

Jolyna, die jüngste Tochter des Wirtes, antwortet ihm, die Hände voller leerer Bierhumpen. „Sing uns das Lied vom Nebelwolf der Wälder, bitte!"

Der Nebelwolf der Wälder

Geh nicht vom Weg, hat die Mutter gesagt.
Schau nicht zurück, liebes Kind.
Hörst du ihn heulen, dann lauf wie der Wind.
Sonst gehörst du ihm bald geschwind.
Siehst du den Nebel, er steigt herauf
Spürst du den kalten Hauch?
Bald ist dein Leib so tot wie sein Herz.
Bald bist auch du nur Nebel und Rauch.

Lautlos huscht er von Baum zu Baum.
Leise wie Schatten heran.
Frisst dein Leben und trinkt deine Seele.
Kein Laut entrinnt deiner ängstlichen Kehle.
Mit Augen wie Schnee blickt er dich an.
Schlägt dich in seinen Todesbann.

Hör meinen Rat, gehst du in den Wald.
Steigt der Nebel empor, lauf schnell ohne Halt.
Versteck dich am Feuer
Vor dem Ungeheuer.
Behalt was du hast.
Vergiss was du sahst.
Alles ist nur Nebel und Rauch.
Sonst holt er dich auch.

Enros der Barde wird Ihnen ein guter Freund werden, wenn es darum geht, die Spieler mit richtigen und falschen Fährten zu füttern. Der Harfner kommt viel herum, ist er für sein Alter doch recht rüstig und kennt sich auf der Straße nach Padova und im Umland Leets gut aus. Betrachten Sie ihn als eine Art mobile Zeitung. Ausgerüstet mit wenig Gepäck und seinem eigenwilligen aber robusten Maultier Rosalie bereist er die Wehrhöfe zwischen Leet und den Steinfeldern rund um den Wankelspitz. Er ist immer auf der Suche nach Neuigkeiten, Geschichten und Berichten anderer Reisender und Händler. Gegen einen trockenen Schlafplatz, ein Bier und eine warme Mahlzeit berichtet er gerne und durchaus gut von allem, was er sieht und hört. Der alte Enros hat schon einiges erlebt und gesehen, und er hat ein feines Gespür für Veränderungen. Er wird einer der Ersten sein, der berichten kann, dass etwas in den Wäldern passiert. Zugleich kann er aus einem reichen Vorrat an Schauergeschichten und Gerüchten schöpfen, um den Berichten über das Monster mehr Fleisch auf die Knochen zu geben. In wieweit seine Erzählungen und Einschätzungen dann in die richtige Richtung gehen oder falsche Fährten sind, ist Ihnen überlassen.

Beispielhaft für die Geschichten der Gegend sind Erzählungen, die sich auf das Umland und das tägliche Leben beziehen. Verwoben mit den Darstellungen über die Gefahren der Wälder und das harte Leben der Menschen, oftmals weit weg von fremder Hilfe, sind immer mystische Elemente. Die meisten Leeter sind sich bewusst, dass sie auf dem letzten Vorposten Trions leben. Nicht wenige von ihnen haben den ein oder anderen guten Grund, wieso sie den belebteren Regionen des Königreiches den Rücken gekehrt haben. Hier, fernab der Zivilisation, tut ein Bauer gut daran zu glauben, dass es Dinge zwischen Himmel und Erde gibt, die ihm in einer Stadt nicht mehr als ein müdes Lächeln über eine interessante Schauergeschichte abringen würden. Hier neigen Schauergeschichten dazu, nicht unbedingt nur Geschichten zu bleiben.

Wer reitet so spät durch Nacht und Wind

Für die folgende Szene ist es nicht zwingend nötig, dass alle Spielercharaktere im Brandkessel sind. Die Ankunft der Reiterin in Leet sollte mit genug Alarm- und Hilferufen vonstattengehen, um selbst den müdesten Helden dazu zu bringen, einen Blick hinaus in die Nacht zu riskieren. Machen Sie sich für diese Szene die Tatsache zu Nutzen, dass Leet ein Dorf in der Wildnis ist. Hier gibt es keine Straßenlaternen, nur flackernde Fackeln und Kerzenlicht.

Im Brandkessel

Das Gasthaus Brandkessel liegt zentral in Leet und wird vom gutmütigen, wohlgenährten Leunand betrieben. Die Dienstmägde sind seine drei Töchter, seine Frau ist die Köchin. Sie halten das kleine Gasthaus in Schwung und die vier Zimmer im ersten Obergeschoß sauber. Das Essen ist einfach aber schmackhaft, es gibt gewässerten Wein mit Kräutern aus den Kernlanden und Wild aus dem Casnewydd, angerichtet mit Kartoffeln und dunkler Weinsauce. Für den kleineren Geldbeutel gibt es immer einen warmen Eintopf mit Gemüse und etwas Fleisch, dazu Bier in großen Holzkrügen. Auch die täglich frischen Fischgerichte erfreuen sich großer Beliebtheit, kommt der Fang doch direkt aus dem Laan.

Der Schankraum des Brandkessels ist sechs Meter breit und acht Meter lang. Gegenüber der Tür ist eine langgezogene Theke, die Leunand immerzu mit seinem Lappen poliert. Jeder Gast wird freundlich mit „Willkommen im Brandkessel" begrüßt. Er freut sich über jeden Gast und schmeißt fleißig sein Tuch über die Schulter, wenn er ein Getränk fertig macht. Falls er alleine im Schankraum ist, weil seine Töchter im Haus helfen, dann öffnet er die Klappe an seiner Theke und bringt Bestellungen selbst an die Tische. Diese sind aus dickem dunkelbrauen Holz aus dem Casnewydd-Wald und kreisrund. Die Kerben und Macken in den Tischen, Bänken und Hockern zeigen deutlich das Alter des Gasthauses. Letztes Jahr hat der Brandkessel sein fünfzehnjähriges Jubiläum gefeiert. Tagsüber sitzen weniger Leeter als Reisende im Brandkessel, gegen Abend sind zumeist alle Zimmer mit Übernachtungsgästen belegt. Dann ist das Gasthaus auch gut gefüllt mit den Leetern, die hier ihren Feierabend angehen.

Außerdem sind die Wege im Dorf gewunden, und zumeist behindern einzelne Gebäude die Sicht. Zwar wird der Alarmruf der Torwache weitergegeben und auch die Notglocke geläutet, doch dauert es eine Weile, bis sich herumgesprochen hat, was passiert ist. Nutzen Sie als Spielleiter diese Tatsache, um bewusst Chaos und Panik zu verbreiten. Lassen sie halb angezogene Dorfbewohner mit gezückten Waffen und Mistgabeln planlos durch die Nacht rennen. Frauen rufen mit schrillen Stimmen ihre Kinder zusammen, Säuglinge weinen aus dem Schlaf geweckt.

Erklingt in Leet die Notglocke, so erwarten die Bewohner einen Angriff oder ein Feuer.

Schließlich sollte sich das südliche Tor gen Padova als Ursprung des Alarmrufes herausstellen.

Als ihr das Tor erreicht, haben sich schon einige wehrhafte Bewohner eingefunden. Kaum einer ist komplett angezogen, doch niemand ist unbewaffnet. Das flackernde Licht der eilig angezündeten Fackeln schimmert in den Pfützen und auf den Schneiden der wehrhaft gezückten Klingen. Ein Pferd steht keuchend und schweißnass, den Kopf gen Boden gesenkt, zitternd in der Mitte der aufgeregten Menschenmenge.
Es trägt ein unförmiges Bündel auf dem Rücken, das ihr erst auf den zweiten Blick als zusammengekauerte Frau erkennt. Ihre Kleidung ist zerfetzt und schimmert feucht im unsteten Spiel der Flammen. „Hebt sie hinab, seht ihr nicht, dass sie verletzt ist!", kommandiert Ilany, die alte Obsthändlerin. Tatsächlich steigt euch ein metallischer Blutgeruch in die Nase, der vermischt mit dem Gestank nach Moder und Wald von der wimmernden Frau auf dem Pferd auszugehen scheint.

Lassen Sie die Spielercharaktere dabei helfen, die Frau vom Pferd zu heben. So können Sie unmittelbar die ersten Eindrücke und Spuren vom Monster vermitteln.

Je nachdem, wie aufmerksam die Spielercharaktere sind, geben Sie ihnen mehr Details.

Das Pferd:

Es handelt sich um ein robustes, stämmiges Arbeitstier, kein elegantes Reitpferd. Mächtige Muskeln zucken und zittern unter schweißnassem Fell. Die breite Brust des Tieres hebt und senkt sich in schnellen, keuchenden Atemzügen. Flockiger Schaum aus dem Maul des Pferdes klebt in Spritzern an Hals und Brust. Es hat den Kopf tief gen Boden gesenkt, und seine Beine zittern so stark, dass es ein Wunder ist, dass es sich noch aufrecht hält. Das Fell ist vor Feuchtigkeit dunkel, und nicht überall ist es nur Schweiß, auch frisches Blut mischt sich dazu.

An der Kruppe ist das Fell in langen schmalen Streifen bis tief in den Muskel zerfetzt. Als habe ein Raubtier das Pferd angefallen, doch sich nicht halten können. Die Wunden bluten nur noch wenig, sind teils schon verkrustet. In einer der dickeren Krusten klebt eine lange dünne pechschwarze Feder.

Die Reiterin:

Bei der Frau handelt es sich um Sina vom Wasserhof. Der Wasserhof ist ein Wehrhof, der einige Stunden gemütlicher Reise außerhalb von Leet an einem der kleineren Laanzuflüsse liegt.

Die junge Frau ist verheiratet mit Marus und gerade Mutter eines kleinen Knaben geworden. Wenn Sie möchten, können Sie die Spielercharaktere sich erinnern lassen, dass von der Geburt auf dem Wasserhof von Enros dem Barden berichtet wurde. Enros kann sie auch zweifelsfrei identifizieren.

Die junge Frau trägt nur ein altes Nachthemd, das am Rücken in Fetzen gerissen ist. Sie ist barfuß und hat sich in der Mähne des Pferdes verkrallt. Selbst durch längeres gutes Zureden ist sie nicht dazu zu bewegen, ihren Griff zu lösen.

Sina hat die Augen fest zusammengepresst und wimmert nur leise vor sich hin. Ab und zu entfährt ihr ein kurzes trockenes Schluchzen. Genau wie das Pferd hat auch sie blutige Wunden auf dem Rücken, wie von einem Raubtier, das mit scharfen Krallen nach ihr geschlagen hat. Vier dünne parallele Streifen ziehen sich quer über ihren Rücken, blutig und verklebt mit den Überresten des Nachthemdes. Sind die Spielercharaktere sehr aufmerksam, so lassen Sie sie auch hier eine schmale nachtschwarze Vogelfeder finden, die ungefähr handlang ist.

Die Federn sind aus dem Umhang des Monsters, sie haben sich bei dem Sprung nach Pferd und Reiterin beim Angriff gelöst. Sina hatte Glück, dass es ihrem Mann Marus gelang, das Monster von ihr und dem Baby abzulenken.

Den Spielercharakteren wird nichts anderes übrig bleiben als die Mähne, die Sina umklammert, abzuschneiden oder ihr die Hände gewaltsam zu öffnen. Erst dann sollte ersichtlich werden, dass Sina zwischen dem Widerrist des Pferdes und ihrem Oberkörper ihren kleinen Sohn eingeklemmt hat, um ihn bei der wilden Flucht nicht zu verlieren. Leider ist der nackte Säugling reglos und sein Leib beginnt schon auszukühlen. Die Lippen sind blau, die Augen starr aufgerissen. Das Baby weist aber keine offensichtlichen Wunden auf.

Sina befindet sich in einem Schockzustand und fängt an wie irre zu schreien, als sie realisiert, dass ihr kleiner Sohn tot ist.

Sie wird haltlos neben dem Pferd zusammenbrechen und sich nur mit medizinischer Hilfe der Kräuterfrau Walburga oder einem gezielten Schlag davon abbringen lassen, die ganze Nacht hindurch zu kreischen, bis sie heiser wird. Wird Sina ruhig gestellt, so liegt sie nur mit stierem Blick auf der Seite und beantwortet keine einzige Frage. Sie isst und trinkt, wenn man sie füttert, doch bewegt sie sich nicht und spricht kein Wort mehr. Was auch immer sie gesehen und erlebt hat, es hat sie zerbrochen. Die Wunden auf ihrem Rücken sind tief und schmutzig, und Walburga wird Mühe haben, eine Entzündung einzudämmen.

Sina ist eine kräftige junge Frau mit langem blondem Haar, das sie normalerweise in einem ordentlichen Zopf tragen würde. Ihre Augen sind von einem hellen Wasserblau. Enros beschreibt sie auf Nachfrage als tatkräftige, freundliche und lebensfrohe Frau. Er zeigt sich sichtlich betroffen, wenn er Sina in ihrem jetzigen Zustand zu Gesicht bekommen sollte. Selbst frisch gebadet, mit versorgten Wunden und ordentlicher Kleidung ist Sina nur noch ein blasses Abbild ihrer selbst.

Was Sina noch nicht weiß ist, dass ihr Mann Marus ihr die Flucht vor dem Monster mit seinem Leben erkauft hat.

Federn

Auf Rabenschwingen durch die Nacht

Bei den Federn, die entweder von den Spielercharakteren oder den Leetern sichergestellt werden konnten, handelt es sich um gut handlange Schwungfedern eines Raben. Sie schillern in einem öligen Schwarz mit grünblauen Reflexionen.

Bei erfolgreicher Probe *(einfaches Manöver)* sind sie als Rabenfedern zu erkennen.

Allerdings stehen die Vogelfedern im Gegensatz zu den Verletzungen, die Sina und das Pferd davongetragen haben, da diese Wunden nicht von Vogelkrallen stammen können. Sie sehen eher nach den Klauen eines großen Raubtieres aus.

Sehr genaue Untersuchungen der Federn *(mittelschweres Manöver)* fördern an einer Feder einen Klecks rötlichen Schleims zutage. Es handelt sich um eingetrocknetes Wundsekret aus einem der Pickel, die die Haut des Monsters vereinzelt aufweist, ebenso wie die der Pickelhäute.

In Leet sollte aber selbst Walburga nicht in der Lage sein, die Flüssigkeit zuzuordnen.

Bekommt Walburga die Feder mit der eingetrockneten Flüssigkeit für Experimente, so findet sie heraus, dass der Schleim eine leicht betäubende Wirkung zu haben scheint. Allerdings ist die Probe zu klein, um herauszufinden, woraus sie besteht. Sie ist auch nicht reproduzierbar.

Manöver (Regelhinweis)

Dieses Abenteuer richtet sich an bereits erfahrene Spielleiter. Daher finden Sie lediglich Hinweise auf eine ungefähre Schwierigkeitsstufe der Manöver. Da die Regelungsgebiete der Fertigkeiten teilweise konkurrieren, hängt es davon ab, mit oder ohne welche Fertigkeiten Sie spielen.

Geht nicht bei Nacht!

Es sollte einige Zeit dauern, bis Sina versorgt ist, und nachdem sich die Aufregung ein wenig gelegt hat, werden erste Stimmen laut, die fordern, dass auf dem Wasserhof nach dem Rechten gesehen werden muss.

Ritter Mereno wird aber schließlich in Anbetracht der mondlosen Nacht verbieten, dass sich Leeter jetzt schon auf den Weg machen gen Wasserhof. Er wird der aufgebrachten Menge darlegen, dass selbst ein Reiter auf einem schnellen Pferd mindestens eine Stunde bis zum Wasserhof unterwegs wäre, bei guten Bedingungen. Doch noch ist es Nacht und die Sicht so stark eingeschränkt, dass schnelles Reiten nicht möglich wäre. Schließlich beendet er sein Verbot mit der Aussage, dass keinem Bewohner des Wasserhofes geholfen ist, wenn sich die Retter in der Dunkelheit auf nassem Weg den Hals brechen.

Zeigen Sie deutlich, dass der Ritter nur zu gerne selbst sofort zu Schwert und Schild greifen und sich auf den Weg machen würde. Aber er hat eine Verantwortung für Leib und Leben seiner Untertanen, die er sehr ernst nimmt. Und auch wenn sein Herz ihm befiehlt, sofort zur Rettung des Wasserhofes los zu stürmen, so spricht sein Verstand doch eine andere Sprache.

In dieser Nacht ist in Leet kaum Schlaf zu finden. Immer wieder hört ihr Türen klappern und Stimmen sich gedämpft unterhalten. Spekulationen schwirren durch das Dorf wie Motten um Fackelschein. Leunand lässt die Türe zum Schankraum des Brandkessels offen, und es herrscht ein reges Kommen und Gehen. Doch die übliche fröhliche Stimmung im Wirtshaus ist dahin. Drückend wie dunkler Rauch zieht die Angst in die Herzen der Leeter.
Als die Frau des Wirtes schließlich kurz vor Morgengrauen von Walburga, der Kräuterfrau des Dorfes, zurückkehrt, hat sie die volle Aufmerksamkeit aller Gäste. Selbst ihr Mann erwacht aus seinem Dösen über dem Waschtrog der Bierkrüge. „Sina schläft jetzt. Ich bin Walburga zur Hand gegangen, die Wunden zu versorgen.“ Jeder Anwesende registriert den Schauder, der die stämmige Wirtsfrau überläuft. Sie alle erinnern sich nur zu gut an die feinen Stickwerke, die Giada zum Schmuck der Festhalle erstellt hat. Keine versteht sich so meisterhaft darauf, feinste Verzierungen zu sticken – oder Haut zusammen zu flicken. „Ich hab schon einiges gesehen. Aber dies…“, sie schüttelt den Kopf und legt die Hand vor den Mund, dann flieht sie hinauf in die oberen Stockwerke, das Schluchzen mühsam unterdrückend.
„Geht nach Hause. Geht schon!“, Leunands dunkle Stimme holt alle aus der Erstarrung zurück. „Ritter Mereno wird Freiwillige brauchen, wenn der Morgen kommt.“
Kaum ein Wort fällt, als sich die Besucher des Brandkessels zerstreuen, hinaus in die Nacht, die nie kälter und dunkler scheint, als kurz vor der Morgendämmerung.

Lassen Sie die Spielercharaktere kaum Schlaf finden. Der Ort ist in nervösem Aufruhr, und ob sie nun im Brandkessel wohnen oder im Dorf oder Umland selbst, über kurz oder lang sollte sich jeder bei Leunand einfinden. Der Brandkessel ist der zentrale Anlaufpunkt im Dorf, wenn es darum geht, die neusten Gerüchte und Geschichten auszutauschen, Spekulationen verlauten zu lassen oder einfach nur zuzuhören. Lassen Sie die Schilderungen von Sinas bedauernswertem Zustand mit jedem Erzähler noch ein wenig schrecklicher werden. Auch sollten sich die wehrhaften Dorfbewohner einig sein, dass sie ihre Wunden wohl keinem Tier verdankt, das allgemein bekannt ist.

Haben die Spieler die Federn übersehen, so lassen Sie nun einen der Dorfbewohner davon berichten. Ansehen können sich die Spieler die Federn aber nur, wenn sie sie selbst entdeckt haben. Ansonsten haben die besorgten Leeter die Federn Ritter Mereno ausgehändigt.

Die Leeter haben schon kurz nach dem Eintreffen der Verletzten eine Patrouille organisiert, um das Dorf zu schützen. So mischen sich die regelmäßigen Kontrollrufe der in Zweiertruppen eingeteilten Wachen mit dem nervösen Getuschel. Jeder Dorfbewohner, der männlich und in wehrfähigem Alter ist, scheint ganz selbstverständlich teilzunehmen an den regelmäßigen Wachrunden. Besonders aufmerksamen Spielercharakteren *(einfaches Manöver)* dürfte auch auffallen, dass vor allem die älteren Bewohner Leets teils mit durchaus für Bauern und Fischer ungewöhnlich gut gepflegten alten Waffen unterwegs sind. Die meisten Älteren tragen ihre Waffen mit einer beiläufigen Selbstverständlichkeit, die auf lange Gewohnheit schließen lässt.

Viele Frauen sind damit beschäftigt, Reiseproviant zu kochen und zusammenzupacken, was benötigt werden wird, sobald Ritter Mereno einen Trupp gen Wasserhof zu schicken gedenkt.

Auch im Haus des Ritters sickert die ganze Nacht Feuerschein durch die Ritzen der geschlossenen Läden. Anscheinend findet der Ritter keinen Schlaf.

Vom Baum der Lichter sind leise Trauergesänge zu hören. In seinen Zweigen schwingen eine Vielzahl kleiner Laternen sanft im Wind und verbreiten einen warmen Feuerschein. Im Licht der Flammen sieht Sinas toter Sohn aus, als schlafe er nur. Die Frauen, die Totenwacht halten, scheinen ihm ein trauriges Wiegenlied zu singen. Jemand hat dem Säugling ein selbstgestricktes Jäckchen angezogen und ihn in ein Leintuch gewickelt. Nun schwingt das tote Baby leicht in einer Tuchbahn hin und her, die zwischen zweien der größeren Äste gespannt wurde, als würde es in den Schlaf geschaukelt.

Im Laufe der Nacht sollte jeder Spieler von Ritter Merenos Knappen Flavio Besuch erhalten und gebeten werden, sich bei Anbruch der Morgendämmerung im Haus des Ritters einzufinden. Ritter Mereno lässt allen Spielercharakteren ausrichten, dass er gerne ihre Hilfe beanspruchen würde.

Sollten die Spieler sich in Leet schon durch vorherige Abenteuer einen Namen gemacht haben, so wird der schlaksige Knappe nicht mit Schwärmereien über vergangene Heldentaten sparen. Er wird sehr zuversichtlich sein, dass die Spielercharaktere genau die richtigen Personen sind, um das Rätsel um das Monster, das Sina und die Wasserhöfer angegriffen hat, schnell zu lösen.

Möchten Sie die Stimmung zusätzlich anheizen, so können Sie noch einen Fehlalarm auslösen. Lassen Sie einen der Wachgängertrupps im Bereich des Wehrzaunes etwas Verdächtiges bemerken. Dabei sollten sie die Beschreibungen aber möglichst vage halten. Ob Sie die Spieler nun auf eine entlaufene schwarze Ziege ansetzen, die behände und mit möglichst schauerlichen Geräuschen auf einem Schuppendach spazieren geht, oder ob es nur eine Täuschung übermüdeter und gereizter Sinne war, bleibt Ihnen überlassen.

Auch könnte das Pferd sterben, mit dem Sina ankam, hauptsächlich, weil sie es mit der Hetzjagd durch die Nacht zu Schanden geritten hat. Doch wird es sicherlich Dorfbewohner geben, die den Tod des Tieres als böses Omen deuten werden. Als weiteres Element könnten Sie den Leichnam des Pferdes mit der Zeit rötliche Pusteln ausbilden lassen. Wird der Tod des Tieres zum Beispiel erst am nächsten Morgen bemerkt, so könnten die Pusteln zuerst im Bereich der Verletzungen an der Hinterhand des Tieres auftreten, sich dann aber nicht mehr zu weit ausbreiten. Immerhin ist das Tier tot. Sollten die Spielercharaktere das Abenteuer „Der blutende Gott“ gespielt haben, so könnten Ihnen durchaus Parallelen zu den vergifteten Tieren und der Pickelhaut im Tempel auffallen *(mittelschweres Manöver)*.

Der Baum der Lichter

Der Baum der Lichter ist die spirituelle Mitte Leets. Er ist eine mächtige alte Kastanie, deren vielfach verzweigte Äste sich hoch in den Himmel erheben. Jeder Leeter, der Sorgen oder Nöte hat, geht zum Baum der Lichter. Hier werden Bitten an die zwölf großen Götter vorgebracht und Dank gesagt. Eine Vielzahl kleiner Laternen hängt in den Zweigen und schaukeln leicht hin und her. In einem großen Astloch in der Südseite des Baumes liegt, sorgsam in eine Wachstuch eingeschlagen, ein Kästchen. In diesem Kästchen sind Feuerstein und Stahl und einige kleine Kerzen aufbewahrt. Jeder Leeter sorgt dafür, dass der Vorrat an Kerzen nie zur Neige geht. Es heißt, mit dem Licht und der Wärme steigen Wünsche, Sorgen, Nöte und Dankesworte hinauf in den Himmel, auf dass der Wind sie mitnimmt zu den Göttern.

Wenn im Herbst die Esskastanien zu Boden fallen, werden sie von den Leetern aufgesammelt und in den Häusern und Ställen verteilt. Es heißt, ein Stück vom Baum der Lichter in Haus und Hof zu haben hält Dunkel und Verderben fern von Mensch und Vieh. Geröstete Kastanien sind in Leet eine beliebte Speise für Jung und Alt, als leckere Huldigung an die Götter, die Magen und Hände in der kalten Jahreszeit wärmt. Sind sie gar vom Baum der Lichter, so sagt man ihnen eine besondere Schutzkraft nach. Vor allem kleine Kinder bekommen die Kastanien, um die dunkle Jahreszeit ohne schwere Krankheiten zu überstehen.

Beim ersten Licht

Kaum bringt das erste Tageslicht die Schatten der Nacht zum schwinden, schon finden sich Leeter vor Ritter Merenos Anwesen ein.
Rund um den Laubbaum, der den Hof vor dem stattlichen Haus dominiert, stehen wehrhafte Männer, bereit zum Aufbruch.
Flavio, Ritter Merenos Knappe, ist damit beschäftigt, die Pferde seines Herrn zu satteln und reisebereit zu machen. Auch ein kleiner Karren mit Verbandmaterial und Lebensmitteln steht bereit. Enros der Barde spannt gerade sein Maultier Rosalie an.
Das Getuschel der Dorfbewohner erstirbt, als sich das breite Tor des Hauses öffnet und Ritter Mereno in der Türöffnung erscheint. Warmer Feuerschein flutet den Hof und vertieft die Schatten der Morgendämmerung. Obwohl der Ritter dunkle Ringe unter den Augen hat und eine tiefe Sorgenfalte auf seiner Stirn steht, huscht der Blick seiner sturmgrauen Augen aufmerksam über alle Anwesenden. Mit einem zufriedenen Nicken seines dunklen Haarschopfes grüßt er seine Untertanen.
„Guten Morgen Leeter! Euch alle hier zu sehen, bereit zum Aufbruch, erfreut mein Kämpferherz. Doch gilt es weise zu handeln und umsichtig den Schutz von Herd und Hof zu wahren, deswegen kann ich nur wenige von euch auf den Weg schicken. Auch wenn ich weiß, dass ihr alle darauf brennt, zum Wasserhof zu reisen und herauszufinden, was letzte Nacht geschah.
Und so werde ich nur einige wenige von euch bitten, für mich zu kundschaften und dem Wasserhof zur Hilfe zu kommen. Der Rest von euch wird, bis wir Kunde erhalten, hier gebraucht. Ich bitte euch, geht an eure Arbeit, doch seid wachsam, und lasst eure Waffen in Griffweite."

Ritter Mereno wird nun die Spielercharaktere und Enros den Barden bitten, ihn zu einer kurzen Besprechung in sein Arbeitszimmer zu begleiten. Die übrigen Leeter werden, wie es der Ritter befohlen hat, an ihr Tagewerk gehen, jedoch sieht man nun deutlich mehr Waffen im Ort.

Ritter Mereno bittet euch in einen kleinen Raum, der wohl als improvisiertes Arbeitszimmer dient. Ein alter Tisch, hinter dem ein bequemer Polsterstuhl steht, wird von zwei mächtigen Regalen an jeder Seitenwand flankiert, in denen sogar einige Bücher und etliche Pergamentrollen verwahrt sind. Schreibzeug und Papier liegen eher achtlos auf der abgestoßenen Holzplatte des Tisches bereit, und eine Laterne spendet flackernde Helligkeit, die sich in den Klingen dreier Schwerter spiegelt, die sorgsam in Halterungen an der Wand befestigt sind.

Würfeln Sie für die Spieler auf Aufmerksamkeit. Es handelt sich um ein mittelschweres Manöver (+/- 0). Bei Erfolg fällt auf, dass die Schwerter zwar deutliche Abnutzungserscheinungen tragen, aber trotzdem im Gegensatz zum eher sorglosen Dokumentenberg in den Regalen erstaunlich gut gepflegt zu sein scheinen.

Vor Ritter Merenos Schreibtisch steht eine Bank, und er bitte euch, einen Moment Platz zu nehmen. Dann breitet er eine Karte aus, die neben einem Teller mit Frühstücksresten bereit liegt. Anscheinend hat der Ritter sie heute nicht zum ersten Mal betrachtet. Sie zeigt die Umgebung von Leet Richtung Padova, und auch der Wasserhof ist eingezeichnet. Mit schwieligen Händen, die wohl eher die Nutzung eines Schwertes statt Kartenmaterials gewohnt sind, bedeutet euch Mereno den Weg. „Seht, es ist nicht sonderlich weit vom Wasserhof bis zu uns. Aber in der Nacht ist der Weg nicht ohne Tücken. Es geht ein gutes Stück am Samul vorbei, dem Zufluss in den Laan, der die Wasserräder des Wasserhofs antreibt. Doch der Weg ist nicht ungefährlich, unterspült der Samul doch immer wieder Teile der Uferstraße.
Ich bitte euch, eilt zum Wasserhof, und findet heraus, was geschehen ist. Helft den Hofbewohnern, und kommt auf dem schnellsten Weg wieder zurück nach Leet, damit die Ungewissheit ein Ende hat. Sollte uns Gefahr drohen, so will ich es so früh wie möglich wissen. Wir können uns dann hier über weitere Maßnahmen abstimmen. Ich will das Dorf sicher wissen. Enros wird euch begleiten, er kennt den Weg wie kein anderer und ist gut Freund mit den Wasserhöfern."

Ritter Mereno wird die Spieler darauf drängen, den Vorfall zwar zu untersuchen, aber so bald wie möglich mit Informationen nach Leet zurück zu kommen. Er will das Dorf, dessen Schirmherr er ist, auf jeden Fall sicher wissen. Die Wehrhöfe unterstehen nur begrenzt seinem Schutz. Deswegen legt er oberste Priorität auf die Sicherheit der Dorfbewohner, auch wenn ihn das Schicksal der Wehrhöfer natürlich nicht unberührt lässt. Der Ritter selbst wird die Spielercharaktere nicht begleiten, er wird fürs Erste in Leet gebraucht. Allerdings bietet er den Spielercharakteren seine Reittiere an, so sie keine eigenen Reitpferde besitzen. Sein Schlachtross wird er jedoch nicht verleihen, wohl aber stellt er den Karren, der Medikamente und Lebensmittel sowie Decken für die Wehrhöfer als Notversorgung transportieren soll. Enros der Barde hat sich bereiterklärt, den Wagen zu lenken und sein Maultier einzuspannen.

Ritter Mereno wird von sich aus keine Entlohnung für diesen Auftrag anbieten, wird aber auf Rückfrage der Spielercharaktere eine kleinere Entlohnung in Aussicht stellen (12 Trionthaler für jeden). Lieber als mit Geld wird er aber in Naturalien und Dienstleistungen zahlen, die die Dorfbewohner leisten können.

Sina

Ihnen als Spielleiter bleibt es nun überlassen, ob Sie Sina mit auf die Reise zum Wasserhof schicken möchten. Sie können die Überlebende des Angriffes als dramaturgisches Instrument einsetzen.

Zum einen könnte Sina die Spielercharaktere bitten, sie mit nach Hause zu nehmen, wobei Walburga heftig widersprechen sollte, da die Wunden der Wehrhöferin noch ausgiebigster Pflege bedürfen. Oder aber Sie schmuggeln Sina zwischen die Hilfsgüter auf Enros Karren und lassen sie erst auftauchen, wenn der Wehrhof schon in Sicht ist. Das ungewisse Schicksal ihres Mannes hat ihr keine Ruhe gelassen.

Zuletzt haben Sie noch die Möglichkeit, Sina in Leet zu belassen, um dort auf die Rückkehr der Spielercharaktere zu warten.

Welche Möglichkeit Sie auch wählen, Sina wird sterben. Sobald sie vom Tod ihres Mannes auf dem Wasserhof erfährt, wird sie sich selbst töten. Lassen Sie sie dazu möglichst eine Waffe eines der Spielercharaktere benutzen, und ihre Selbsttötung sollte auf eine fast schon beiläufige Art und Weise erfolgen. Sina hat ihr Kind verloren, und wenn sie erfährt, dass auch ihr Mann sein Leben lassen musste, zerbricht sie endgültig. Sie wird mit ruhiger Beharrlichkeit daran gehen, ihrem Leben ein Ende zu setzen. Sie wird keine Drohungen ausstoßen oder sich überzeugen lassen, dass der Freitod keine Lösung ist. Nur mit Magie könnte ein Spielercharakter sie weit genug beeinflussen, um die Selbstmordversuche einzustellen – solange der Zauber wirkt. Sorgen Sie möglichst dafür, dass die Spielercharaktere Zeuge ihres Selbstmordes werden. Aber lassen Sie Rettungsversuche zu spät kommen.

Sie wird nicht zimperlich sein. Ob sie sich nun in ein Schwert stürzt, von einer Klippe springt, sich am Waldrand erhängt oder sich die Pulsadern öffnet, sterben wird sie, solange man sie nicht fesselt und bewacht, um sie vor sich selbst zu schützen. Sollte sie erst in Leet vom Tod ihres Mannes erfahren und die Spielercharaktere stellen eine Wache ab, so lassen Sie Sina die Flucht gelingen. Nur kurz darauf sollte ihre Leiche gefunden werden. Das Begräbnis von Sina und ihrer Familie kann später als Überfall-Gelegenheit genutzt werden.

Zum Wasserhof

Der Weg zum Wasserhof sollte ohne größere Schwierigkeiten verlaufen. Da der Wasserhof am Samul liegt, einem Zufluss in den Laan, geht es die meiste Zeit am Fluss entlang. Die Böschung hinab zum Fluss ist steil und steinig. Der Samul hat sich tief in den Fels gewaschen, und an einigen Stellen ist der Weg unterspült. Es muss ein Stück weit in den umliegenden Hochwald ausgewichen werden, um dem Weg weiter folgen zu können. Insgesamt sollte es aber selbst mit dem Karren nicht so schwierig sein, voran zu kommen, solange man Tageslicht hat. Bei Nacht dürfte die Strecke aber an einigen Stellen durchaus ihre Tücken haben. Ritter Merenos Entscheidung, auf die Morgendämmerung zu warten, stellt sich schnell als gut und richtig heraus.

Der Wasserhof liegt in Richtung Ghalgrat, so dass die Umgebung eher felsig ist, wenn auch größere Flecken Hochwaldes den Blick immer wieder versperren.

Hier ist an Ackerbau nicht zu denken, und wie der Name es schon sagt, ist der Wasserhof ein Wehrhof, der seine Erträge mit der Nutzung von Wasserkraft und der Zucht von Bergziegen macht. Zusätzlich zu der Mühle und Presse, die auf dem Wasserhof betrieben wird, stellen die Wasserhöfer auch Wein her. In dieser Höhenlage hält sich die Kroxelbeere, eine kleine saftige Frucht von tiefblauer Färbung. Aus ihr vermögen die Wasserhöfer den Kroxel zu keltern, einen schweren, tintenblauen Wein, der sich bis nach Padova großer Beliebtheit erfreut. Wenn Sie möchten, können Sie Enros über den Wasserhof erzählen und dabei gleich noch die Geschichte vom Kroxelsprung einfließen lassen.

Generell empfiehlt es sich, die Reise zum Wasserhof fast schon langweilig und absolut friedvoll zu gestalten. Egal welche Jahreszeit Sie gewählt haben, es ist ein sonniger Tag, und die Landschaft zeigt sich von ihrer besten Seite. Sie sollte in krassem Gegensatz zu dem stehen, was die Reisenden an ihrem Ziel erwartet.

Der Wasserhof

Der Wasserhof ist ein Wehrhof. Er liegt abgeschieden in der Wildnis und muss nicht nur autark seine Bewohner ernähren und kleiden, sondern steht auch allein allen Gefahren entgegen, die ein Leben in den Ausläufern des Ghalgrat mit sich bringt. Dementsprechend ist der Platz für den Hof wohl ausgesucht. An einen mächtigen Findling gekauert, ist das Hauptgebäude des Hofes schon vor unzähligen Jahren errichtet worden. Es ist flach und aus mächtigen Steinen gefügt und zu einem guten Teil in die Erde hinein getrieben, um Kälte und Stürmen zu trotzen. Auf dem Findling, der eine Seite des Gebäudes bildet, ist sogar ein Ausguck, der aber nicht immer bemannt ist.

Der ganze Hof besteht neben dem Hauptgebäude, in dem alle Bewohner leben und wohnen, noch aus einigen Nebengebäuden, die neben Vorräten und Ställen auch Werkzeuge, ein Eishaus und eine kleine Schmiede beherbergen. Die Weinkammern sind unterirdisch neben dem Haupthaus angelegt.

Das Hofgelände ist von einer mächtigen drei Schritt hohen Palisade aus geschwärzten Baumstämmen umgeben, mit einem Zugang gegenüber des

Kroxelsprung

Hier in der Gegend muss es wohl gewesen sein, als der Hirtenjunge Daeris eines seiner Tiere beinahe verlor, und die Suche nach dem verlorenen Zicklein ihm so viel mehr einbrachte als nur das Tier. Aber hört die Geschichte von Anfang an, ist es doch der Kroxel, der den Wasserhof weit über das Leeter Umland hinweg berühmt gemacht hat.

Es mag wohl einer dieser kalten stürmischen Herbsttage gewesen sein, wo man den Schnee vom Ghalgrat her schon riechen kann. Wo die Böen wie Messer durchs Gewand schneiden, und die Kälte in die Knochen kriecht. An diesem Tag verlor Daeris sein jüngstes Zicklein. Er zählte seine Herde zweimal, doch die Sonne sank, und ein Tier blieb verschwunden. Er wusste, alleine dort draußen würde er am nächsten Morgen nur noch den steifgefrorenen Leib der jungen Ziege finden. Seine Familie würde im kommenden Winter an so manchem Abend nur Gerstenschleim zu essen haben, in Wasser gekocht statt in nahrhafter Ziegenmilch. Also packe er Mantel und Stab und machte sich noch einmal hinaus in den Messerwind. Steil stieg er bergan, lieben doch alle Zicklein das Klettern fast so sehr wie das Fressen. Doch war der Himmel schon fast schwarz, bevor er das klägliche Meckern seines verlorenen Tieres in einer kleinen Seitenschlucht vernahm. Steil war der Anstieg, und mit seinen von der Kälte steifen Fingern fiel es Daeris nicht leicht, auf eine Höhe mit dem Ausreißer zu kommen. Immer wieder sprang das dumme Tier ihm davon, fast als wäre alles nur ein Spiel und keine Sache auf Leben und Tod. Doch schließlich erreichte er das Zicklein, und die Nacht hüllte beide wie mit schwarzen Schwingen ein. So duster war es, dass Daeris nicht die Hand vor Augen sehen konnte. Und nun wusste er auch, dass die Laterne zu vergessen wohl nun ihrer beider Untergang besiegeln würde.

Als Schutz gegen den Wind fand er nur ein paar karge Beerensträucher mit fingerlangen Dornen und verschrumpelten Fruchtständen, auf denen schon der erste Frost glänzte. Doch weil er hungrig, müde und kalt war, nahm er das Zicklein und kroch in die Sträucher. Fast wäre er steif gefroren und zu den Göttern gegangen. Doch weckte ihn das Meckern seines Ausreißers, als der Mond voll und tief am Himmel stand. Das dumme Tier hatte sich in den Beerenranken verfangen und trachtete vergeblich danach, sich zu befreien und gleichzeitig so viele von den geeisten Früchten wie nur möglich zu naschen. Dabei übersah es wohl den Abgrund seitlich des Hochplateaus, auf dem sie gestrandet waren und stürzte – beinahe. Daeris schwor später, er würde den Anblick niemals vergessen, wie die Ziege sich im Sturze noch abstieß vom Fels und in einem unmöglichen hohen Bogen elegant wie ein Falke durch die Luft schoss und sicher ein gutes Stück entfernt auf dem nächsten Felsbrocken landete – nur um nun dort festzusitzen.

Da saßen sie nun im Licht des Zaubermondes, der vieles Mögliche und Unmögliche sieht – ein jeder auf seinem Felsen. Und da Daeriss Magen vor Hunger brannte und ihn der Durst plagte, wandte er sich den restlichen Beeren zu, die frostüberhaucht im Mondlicht schimmerten.

Später, an den Feuern, erzählte er immer wieder von der taumelig schweren Süße der gefrosteten Früchte. Und wie sie den Mond zum Tanzen und den Fels unter seinen Füßen weich und biegsam machten. Wie sie ihn über den Abgrund springen ließen, als hätte er Flügel. Und wie sie ihn und das Zicklein wie mit Schwingen aus Wind über die Felsspalten nach Hause springen ließen. Während der Zaubermond sein Gesicht immer wieder hinter den Wolken verbarg, die der Messerwind erbarmungslos über den Himmel peitschte, um sie abwechselnd in finsterster Nacht und Zauberlicht zu baden.

Es heißt, in Nächten wie diesen, wenn der Mond voll am Himmel steht und der Wind vom Ghalgrat kommt, dann entwickelt die überfrorene Kroxelbeere einen ganz eigenen Zauber. Fragt mich nicht, ob es stimmt, ich kann mir den Wein nicht leisten, aber er soll seinen Namen Kroxelsprung nicht von ungefähr tragen.

Hauptgebäudes, der mit einem großen doppelflügeligen Tor verschlossen werden kann. Quer durch den Hof fließt der Samul und treibt ein mächtiges Wasserrad an, das einen Mahlstein und eine Presse betreibt. Ein Zugang über den Fluss ins Innere des Wehrhofes ist sehr schwierig, ist das Flussbett doch dort, wo es die Palisade quert, mit dicken Eisengittern versehen, die ein Durchkommen verhindern. Auch ist der Samul durch seinen Ursprung im Ghalgrat ein eiskaltes und schnell fließendes Flüsschen.

Normalerweise sollte reges Treiben herrschen, müssen doch Ziegen auf die Weidegründe getrieben werden, und die Beerensträucher für die Herstellung des Kroxelsprung-Weines benötigen auch Aufsicht und Pflege. Doch der Wasserhof bietet eher den Anblick eines verlassenen Kampfplatzes.

Die beiden Türflügel in der Palisade sind weit geöffnet und geben das Innere wehrlos jedem vorbeikommenden Wanderer preis. Knapp hinter dem Durchgang liegt die zermalmte Leiche eines Mannes, der von Enros als Sinas Ehemann Marus identifiziert werden kann. Seine Haut und Kleidung ist zerfetzt von langen Krallenhieben, wie sie auch Sina und ihr Pferd aufwiesen, und sein Leib ist verdreht, die Knochen zerschmettert, so als wäre er aus großer Höhe oder mit enormer Kraft auf die Steinplatten der Tordurchfahrt gerammt worden. Ist Sina mit den Spielercharakteren gereist, so ist es nun an der Zeit für einen dramatischen tränenreichen Auftritt von ihr. Sie ist eine gebrochene Frau, die ihre gesamte Familie verloren hat, und wird ab sofort alles daran setzen, ihren Lieben in den Tod zu folgen.

Der Boden im Inneren des Wehrhofes ist aufgewühlt, hier und da sieht man dunkle Lachen getrockneten Blutes und die Spuren von Wagenrädern, die tiefe Furchen in den Grund geschnitten haben. Außer Marus findet sich auf den ersten Blick keine weitere Leiche – aber auch kein einziger lebender Bewohner. Seltsamerweise findet sich auch kein toter Angreifer. Entweder ist niemand gestorben, oder die Leichen der Angreifer wurden mitgenommen.

Die Untersuchung des Hofes und seiner Nebengebäude sollte nicht mehr als drei Leichen zutage bringen, von denen nur Marus ein junger Mann ist. Bei den anderen beiden Toten handelt es sich um ältere Männer, der eine anscheinend der Schmied des Hofes, der andere ein Stallarbeiter, die sich mit dem, was sie gerade als Arbeitsgerät in der Hand hatten, erfolglos zur Wehr setzten. Sie starben bei dem Versuch, den Hof zu verteidigen.

Der Hof wirkt geplündert, Vieh und Vorräte fehlen, und die Einrichtung im Haupthaus ist verwüstet.

Untersuchen die Spielercharaktere das Haupthaus genauer, *(mittelschweres Manöver)* so finden sie durchaus kleinere Wertgegenstände der Hofbewohner und verborgen hinter einer Bettstatt sogar ein kleines Mädchen, das sich versteckt hat und nicht gefunden wurde. Es ist halb wahnsinnig vor Angst und harrt schon die ganze Nacht hinter dem Bett aus. Sollten die Spielercharaktere das Kind nicht bei ihrer Untersuchung der einzelnen, wie Stallboxen abgetrennten Privatbereiche innerhalb des Haupthauses entdecken, so verlässt das Kind sein Versteck, wenn es Enros hört oder sieht, da es den Barden gut kennt.

Sämtliche Fuhrwerke und Waffen fehlen, ebenso wie die Ziegenherden und Zugtiere des Hofes.

Es gibt noch Bewohner auf dem Wasserhof. Frauen und Kinder wurden bei dem Angriff zum größten Teil in einem Keller unter dem Haupthaus in Sicherheit gebracht, dessen Zugang die Plünderer nicht finden konnten *(schweres Manöver)*.

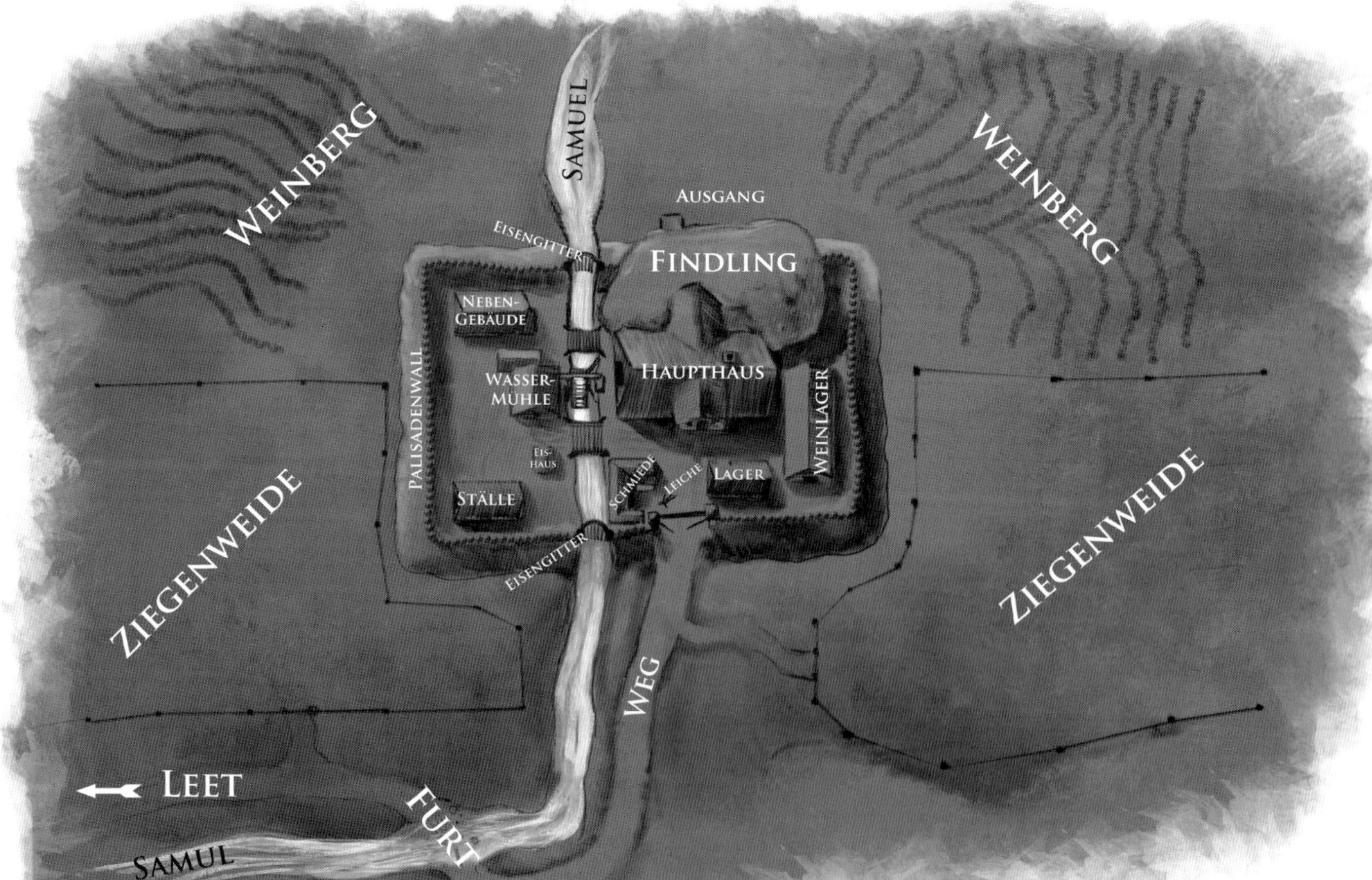

Entdecken die Spielercharaktere den Zugang nicht, so weißt Enros sie auf die Existenz eines Kellers unter dem Haus hin. Allerdings weiß er nicht genau, wo der Zugang liegt, er muss erst gefunden werden.

Die Augenzeugin

Verborgen hinter einer Bettstatt in einem der abgetrennten Familienbereiche versteckt sich schon die ganze Nacht die kleine Carmela. Das Mädchen ist knappe drei Jahre alt und völlig verängstigt. Als der Angriff auf den Wasserhof kam, hatte es gerade unter dem Bett nach seinem heruntergefallenen Püppchen gesucht. Als die Mutter in Panik in den Keller floh, war das Kind auf die Schnelle nicht auffindbar. Alleine gelassen, versteckte sich das kleine Mädchen, in seine Lieblingsdecke gewickelt, in einem schmalen Zwischenraum zwischen Bett und Wand, in dem sonst allerlei Decken aufbewahrt werden. Vermutlich verdankt es die Tatsache, nicht entdeckt worden zu sein, alleine dem Umstand, dass es so zierlich ist und die Kuscheldecke eine der Wand sehr ähnliche Farbe hat.

Beschreiben Sie die Kleine als mageres kleines Mädchen in einem zerlumpten Nachthemd. Das Gesichtchen ist verheult mit übernächtigten großen Kulleraugen, und die langen Haare kleben in verschwitzten Locken an ihrem Kopf. Sie hält eine Puppe mit nur einem Arm krampfhaft umklammert und spricht mit leisem, zittrigem Stimmchen. Carmela ist noch zu klein, um genaue Beschreibungen abzugeben, und sie leidet noch unter den Auswirkungen der in Panik verbrachten Nacht. Achten Sie bei den Informationen, die Sie den Spielern durch Carmela zukommen lassen, darauf, dass es eine kindliche Sicht der Dinge ist. Schatten sind dunkler, Personen größer, Geräusche verängstigender, als es ein Erwachsener vielleicht wahrgenommen hätte. Die Pickelhäute und auch das Monster sind für das kleine Mädchen überlebensgroß, größer noch als Papa und Mama. Der Lärm, den sie beim Plündern gemacht haben, war für sie infernalisch.

Carmela kann den Spielercharakteren von großen Monstern mit brummenden Stimmen berichten, die schrecklich stanken und alles kaputt machten. Beschreiben Sie auf die sehr kindliche Art große Wesen mit langen Armen und ekligen Beulen überall, die in stinkende Felle gewickelt waren. Carmela hat auch Waffen gesehen, aber sie kann nicht genau sagen „Es war ein Langschwert“, sondern benutzt eher Vergleiche „So wie Jiacomos Messer“. Sie berichtet von Grunzlauten, mit denen sich die Angreifer wohl verständigt haben, allerdings klang es für sie eher nach Streit statt nach Kommandos. Am Schrecklichsten fand sie den großen schwarzen Vogel mit den roten Augen, die leuchteten wie Feuer. Ihn hat sie aber nur ganz kurz gesehen, als er über die elterliche Box hinweg geflogen ist. Weil sie aber ein braves Mädchen war, hat er ihre Seele nicht aufgepickt.

Carmela hat die Pickelhäute recht deutlich gesehen. Haben die Spielercharaktere vorher schon mit den mutierten Orks zu tun gehabt, so werden sie bei erfolgreichem Manöver *(einfach)* erkennen, wovon das Kind spricht. Da Carmela kein Orkisch spricht, hat sie nichts von dem verstanden, was während des Überfalles gesprochen wurde. Gebrüllte Kommandos hat sie als Streit interpretiert.

Sie hat auch das Monster gesehen. Allerdings nur sehr kurz, da es die Box, in der sich die Kleine versteckte, mit einem weiten Satz übersprungen hat. Der Mantel des Monsters blähte sich dabei auf, und in dem spärlichen Licht im Inneren des nächtlichen Haupthauses sah es für das Kind wie ein riesiger Vogel aus. Am schlimmsten fand Carmela die rotglühenden Augen des „Vogelmonsters“, zumal sie das Wesen an einen der Gruselreime erinnert, die ihre Mutter immer dem großen Bruder erzählt, wenn er nicht tut, was er soll. Sowohl Carmela als auch Enros kennen den Schattenvogelreim. Trägt die Kleine ihn den Spielercharakteren vor, beschreiben Sie das piepsige Stimmchen Carmelas, die weit aufgerissenen Augen, und lassen Sie das Kind zum Ende hin in lautes Schluchzen und Rufe nach der Mama ausbrechen.

Schattenvogelreim für ungezogene Kinder

Hör mir zu, du kleiner Wicht,
Bist du nicht brav, dann holt er dich!

Rot wie Blut sind Aug und Schatten,
kann es schwerlich nur abwarten.

Dich zu greifen und zu reißen
Deine Knochen zu verspeisen.

Folgst du nicht, kommt er ins Haus,
pickt dir deine Seele raus.

Fliegt auf dunklen Vogelschwingen,
dich qualvoll zu Ænora zu bringen.

Hörst du gut, was Mutter spricht,
frisst dich der Schattenvogel nicht.

Liebe Kindlein geben Ruh,
schließen schnell die Augen zu.

Pickelhäute

Seit einiger Zeit treiben mutierte Orks im Umland von Leet ihr Unwesen. Sie sind muskulöser, aggressiver und tierischer als die normalen Orks. Ihre Haut ist als Teil der Mutation mit eitrigen Pickeln und Beulen übersät, aus denen stellenweise klebriges Sekret austritt, das eine leicht betäubende Wirkung hat.

Auch wenn die Pickelhäute im Gegensatz zu normalen Orks monströs aufgedunsen wirken, so sind sie doch muskelbepackt. Ihre grünliche Haut ist von mächtigen pulsierenden Adern durchzogen und teils mit feinem roten Kristallstaub wie gepudert, wo das klebrige Sekret getrocknet ist. Sie bewegen sich mit der Geschmeidigkeit von Tieren, und rötlicher Geifer überzieht ihre vergrößerten Hauer, in den winzigen Augen glitzert pure Mordlust.

Die Pickelhäute sind zu hochgradig aggressiven Wesen degeneriert, denen jeder Hang zur Selbsterhaltung abhanden gekommen ist. Logisches Denken und vernünftige Situationseinschätzungen sind ihnen nicht mehr möglich. Sie kämpfen furchtlos, oftmals ungerüstet und blindwütig bis zum Tod.

Shaktha hat mit den Auswirkungen der Mutation experimentiert und sich die Loyalität der Pickelhäute mit Gewalt, Versprechungen und Magie gesichert. Sie folgen den Anweisungen der Schamanin und dem Monster, selbst wenn es ihren sicheren Tod bedeutet.

Wichtigster Teil der Bindung der Pickelhäute an die Schamanin ist eine kleine Schilfrohrflöte, die mit Rabenfedern geschmückt ist. Siehe Box Federpfeifen, Seite 22.

Pickelhaut (8)

Angriffe: Waffe +120 , Rammen (groß) +90
Bei einem kritischen Treffer durch Rammen wird der betroffene Charakter dem Sekretgift ausgesetzt, was ihm für 10 Minuten einen Malus von -30 einbringt.
Trefferpunkte: 220, RK (DB): 17 (20)

Schwächere Variante
PICKELHAUT (4)
Angriffe: Waffe +40 , Rammen (groß) +30
Bei einem kritischen Treffer durch Rammen wird der betroffene Charakter dem Sekretgift ausgesetzt, was ihm für 10 Minuten einen Malus von -30 einbringt.
Trefferpunkte: 120, RK (DB): 16 (20)

Vergleich zwischen Pickelhaut und gewöhnlichem Ork.

Der Unterschlupf

Das Haupthaus des Wehrhofes ist ein langgezogenes Gebäude. Rechts und links an den Längsseiten sind halbhohe Boxen, in denen jeweils eine Familie lebt. Hier sind die Schlafplätze und Truhen mit den persönlichen Habseligkeiten der Familien untergebracht, dazu noch kleinere Vorräte. Spärliches Licht fällt durch schmale Fenster, nicht breiter als eine Hand, schmal und hoch, die gegen Wind und Wetter mit Fellen und dicken Holzbrettern verschlossen werden können. Die Mitte des Gebäudes wird von mehreren Feuerstellen dominiert, an denen zumeist gemeinsam gekocht und gegessen wird und sich der soziale Teil des Lebens auf dem Wehrhof abspielt. Hier gingen die Frauen im Licht der Feuerstellen ihren Arbeiten nach und achteten gemeinsam auf die kleineren Kinder.

Im hinteren Bereich des Gebäudes weichen die aus Findlingssteinen und Lehm gemauerten Wände blankem Fels. Hier kauert sich der Hof in den leichten Überhang des mächtigen Felsbrockens, der den Wasserhof dominiert und die Rückseite des Gebäudes bildet.

Schon vor Jahrzehnten haben die Wasserhöfer begonnen, unter den mächtigen Steinblock zu graben. Ursprünglich um eine weitere Gelegenheit zur Lagerung von Vorräten für die kalten Wintermonate zu schaffen, entwickelte sich nach einigen Orkangriffen aber auch ein Unterschlupf für Frauen und Kinder unter dem Fels. Die Wasserhöfer hatten Glück im Unglück. Ihr Ausguck auf dem Felsen gab ihnen eine kurze Vorwarnung vor dem drohenden Angriff. So konnten sich die meisten Frauen und Kinder im Schutz des Haupthauses gerade noch rechtzeitig in Sicherheit bringen, bevor die Pickelhäute unter der Führung des Monsters den Wehrhof überrannten und plünderten. Nun harren seit dem Vorabend 18 verängstigte Frauen und Kinder in der verborgenen Kammer unter dem Felsblock aus und warten auf eine Entwarnung oder Rettung.

Finden die Spielercharaktere – ob nun mit oder ohne Enros Hilfe – den Zugang zum Schutzkeller, so erwartet sie eine durchaus wehrhafte und zu allem entschlossene Frauentruppe. Die Kinder sind in der hintersten Ecke des Raumes zusammengedrängt, um die Älteste der Frauen gescharrt. Alle anderen Frauen haben sich im Schein einer einzigen Laterne mit improvisierten Waffen bereit gemacht, um sich Angreifern in den Weg zu stellen. Vom kleinen Messer bis hin zu Schöpfkelle und Schlüsselbund, alles wird von den Frauen zur Waffe umfunktioniert und sie fackeln nicht lange, sondern gehe sofort zum Angriff über.

Wenn sie nicht Enros den Barden voraus schicken oder sich sehr klar als Retter zu erkennen geben, so lassen Sie die Spieler ruhig erst einmal in ein kleines Kämpfchen mit der zu allem entschlossenen Frauentruppe geraten. Die Damen sind nicht zimperlich, immerhin geht es um den Schutz ihrer Kinder und sie kämpfen alles andere als fair. Auch sollte es wegen dem Durcheinander, der schlechten Beleuchtung und den seit Stunden aufs äußerste angespannten Nerven ruhig einen Moment dauern, bis auch der letzten Frau klar ist, das keine Gefahr mehr droht. Dann verwandelt sich die eben noch so entschlossene Frauentruppe in einen nervös durcheinander flatternden Hühnerhaufen, der die Spielercharaktere mit einer Unmenge an Fragen und Forderungen überschüttet. Es handelt sich um sieben Frauen und elf Kinder unterschiedlichsten Alters.

Frauen

Angriffe: Improvisierte Waffe +0
Trefferpunkte: 20, RK (DB): 4 (10)

Gerettet!

Nachdem sich die erste Aufregung gelegt hat, werden Enros und Julietta, die älteste der Wasserhöferinnen, darauf bestehen, die Frauen und Kinder so schnell wie möglich nach Leet zu schaffen. Allerdings sind die Frauen nicht bereit, den Weg, für den sie zu Fuß und mit den Kindern sicherlich mehrere Stunden brauchen werden, alleine zurückzulegen. Keiner kann abschätzen, ob die Angreifer des Wehrhofes sich noch in der Nähe aufhalten. Auch wenn die Frauen sich alle Sorgen um ihre verschleppten Männer machen, so hat doch die Sicherheit der Kinder oberste Priorität. Sollten die Spielercharaktere nicht von sich aus anbieten, die Geretteten nach Leet zu eskortieren, so lassen Sie Enros und Julietta ausdrücklich darauf bestehen. Im Zweifelsfall kann Enros auch noch einmal betonen, dass Ritter Mereno auf eine schnelle Berichterstattung gedrängt hatte.

Sorgen Sie als Spielleiter dafür, dass sich die Gruppe nicht trennt. Spannen Sie die wehrhaften Spielercharaktere durchaus zu so ungewohnten Aufgaben wie Kinderbetreuung ein, bis die Frauen abreisebereit sind, um zu verdeutlichen, dass jede Hand gebraucht wird. Da nicht ein einziges Gefährt auf dem Wasserhof zurück geblieben ist und auch das ganze Vieh davongetrieben wurde, sollten die Spielercharaktere ihre Reittiere als Lastenträger zur Verfügung stellen. Zwei der Damen sind zudem schwanger und benötigen entweder einiges an Pausen, oder einen Platz auf den Pferden, um den Weg nach Leet zu schaffen. Die kleinsten Kinder und Säuglinge müssen ebenfalls einen Großteil der Wegstrecke getragen werden, was die Frauen zum Teil mit langen Stoffbahnen bewältigen, mit denen sie sich die Kinder auf den Rücken binden. Nehmen sich die Spielercharaktere die Zeit, vor der Abreise noch Spuren zu suchen, so ist deutlich zu erkennen, dass die Räuber den Weg gen Padova genommen haben müssen. Lassen Sie die Spuren von Vieh und Karren ruhig sehr deutlich ausfallen, damit die Spieler keine Bedenken haben, die Spur erst einmal erkalten zu lassen.

Dass die Spur je weiter es gen Wankelspitz geht immer schwerer zu verfolgen ist, werden die Spieler noch früh genug feststellen. Die Rückreise nach Leet sollte nicht an einem Tag machbar sein, lassen Sie die Frauen anregen, für die Nacht Unterschlupf beim Köhler zu suchen. Im Zweifelsfall schrecken Sie nicht vor einem vielstimmigen weiblichen Beschwerdechor und den Beschreibungen dauerweinender hungriger Kinder zurück.

Der Weg zurück - Köhlerspiess

Die Schatten werden länger und die Unruhe in der Gruppe spürbar größer. Immer mehr der kleineren Kinder weinen oder sind in den Armen der Frauen eingeschlafen. Die Erschöpfung nach der durchwachten Nacht steht allen ins Gesicht geschrieben. Immer öfter fallen Frauen zurück, weil sie stolpern oder einen Moment Pause machen müssen. Schließlich kommt Julietta zu euch und bricht das angestrengte Schweigen – lange schon hat keine der Frauen mehr genug Atem für ein Schwätzchen übrig. „Wir schaffen es nicht mehr bis Leet heute. Einige der Kinder schlafen gleich im Laufen, und den meisten Frauen geht es nicht besser. Wir hatten eine schlimme Nacht und sind alle erschöpft. Wenn ich mich nicht täusche, sollte gleich ein Abzweig in den Hochwald kommen. Pietro der Köhler hält sich im Moment in diesem Gebiet auf, vielleicht können wir bei ihm Nachtlager aufschlagen?“ Tatsächlich geht ein Stück voraus ein schmaler Trampelpfad bergan in den Hochwald und verliert sich nach wenigen Meter in den länger werdenden Schatten der Bäume außer Sicht. Ein schwacher Rauchgeruch hängt in der Luft.

Spielercharaktere, die besonders aufmerksam schnuppern und sich umsehen *(leichtes Manöver)*, vermeinen mit dem Rauch auch noch den Geruch nach Fleisch und Speck ausmachen zu können. Auf dem Pfad scheint kürzlich noch jemand unterwegs gewesen zu sein, Äste sind abgeknickt, und hier und da lassen sich Fußspuren entdecken.

Nach kurzer Beratung mit Julietta und den anderen Frauen sollte den Spielercharakteren klar sein, dass eine weitere Reise gen Leet für heute wenig sinnvoll ist. Pietros Kohlenmeiler und seine Hütte sind auf jeden Fall die beste Alternative für die Nacht.

Leider ist Pietro der Grund für den aromatischen Grillgeruch, ist er doch Opfer eines kleinen Trupps Pickelhäute geworden. Die haben es zwar nicht geschafft, die flüchtende Sina einzuholen, dafür sind sie auf dem Rückweg über die Kohlenmeiler und den Köhler gestolpert. Hungrig durch den Überfall und durch die Meiler mit genug Grillkohle ausgestattet, haben die Pickelhäute die Gelegenheit zu einem Grillabend genutzt und den Köhler zum Hauptgang erklärt.

Nun liegen sie vollgefressen um ein improvisiertes Lagerfeuer über dem die Reste Pietros brutzeln.

Dies sollten die Spielercharaktere und das Trüppchen Frauen und Kinder aber erst sehr spät erfahren.Der Weg zur kleinen Hütte des Köhlers und den drei Meilern, in denen er Holzkohle herstellte, ist zwar nicht sonderlich lang, aber anstrengend. Es geht steil bergauf, und so wird den erschöpften Frauen und Kindern noch einmal einiges abverlangt. Halten Sie die Spielercharaktere mit Hilfestellungen für Kleinkinder und Schwangere beschäftigt, bis sie nahe genug heran sind, um den Geruch des Feuers deutlich zu riechen.

Schwacher Feuerschein leuchtet durch die dicht stehenden Bäume, und der auffrischende Wind bringt den Geruch nach brutzelndem Speck und brennenden Kohlen mit. Das letzte Stück Weg führt euch noch einmal steil bergan in einer weiten Kurve um einen der rauchenden Meiler herum, in denen Pietro das Holz fast mannshoch gestapelt hat, um es zu Holzkohle verglühen zu lassen. Die Wärme, die von dem Meiler abstrahlt, ist verlockend, ist die Nacht doch kühl.
Erleichterte Seufzer werden laut, als ihr den Meiler fast umrundet habt. Euer Blick fällt auf eine kleine windschiefe Hütte, vor der die Reste eines größeren Lagerfeuers glimmen. Über den nur noch spärlich züngelnden Flammen ist ein mächtiges Stück Fleisch aufgespießt, vom dem schon große Stücke herunter geschnitten worden sind. Es ist anscheinend auf einem Speer, der notdürftig zwischen einigen großen Astgabeln befestigt wurde, als Spießersatz festgemacht. Ab und zu tropft es zischend aus dem Fleischstück in die Glut und es riecht nach verbranntem Speck, Fleisch und verschmorten Haaren. Vor dem Feuer liegen einige unförmige Klumpen, die im Gegenlicht des Feuers schwer zu erkennen sind. Neben einem Holzstumpf, der wohl als Hackklotz dient, steckt eine Handaxt in einem größeren Fleischstück. Eine Windböe trägt euch den Gestank nach Blut, ungewaschenen Körpern und Schweiß zu und lässt das Feuer aufflackern. Einen Moment erhellt sich die Szenerie und Julietta neben euch unterdrückt nur mühsam einen Aufschrei.
Einer der unförmigen Klumpen neben dem Hackklotz entpuppt sich als menschlicher Unterarm, komplett mit Hand und blutverschmierten Fetzen eines Hemdes. Die eben noch unförmigen Schatten seitlich neben dem Feuer werden für die Dauer einiger Herzschläge zu vollgefressen schlafenden Pickelhäuten, bis die Böe abflaut. Als es windstill wird, beginnt einer der Pickelhäute lautstark zu schnarchen.

Nun liegt es ganz an den Spielern, ob es hier zu einem offenen Kampf kommt oder nicht. Passen Sie die Anzahl der Pickelhäute an die Spieler an, und bedenken Sie, dass vielleicht auch ein Spielercharakter dazu abgestellt werden sollte, die Frauen und Kinder so leise wie möglich aus der unmittelbaren Gefahrenzone zu bringen. Es gibt drei Holzmeiler, die am Rande der Lichtung errichtet wurden. Die windschiefe Hütte mit dem Feuer befindet sich ungefähr in der Mitte der Lichtung . Der Weg zur Straße am Samul geht hinter dem westlichsten der drei Meiler entlang (siehe Karte im Anhang).

Die Pickelhäute sind vollgefressen eingeschlafen, und die Spielercharaktere sollten das Überraschungsmoment auf ihrer Seite haben, wenn sie nicht gerade mächtig Lärm machen *(Routine)*.

Sich einfach wieder zu entfernen ist natürlich auch eine Möglichkeit. Allerdings sollte bedacht werden, dass die Frauen und Kinder des Wasserhofes nicht mehr wirklich in der Lage sind, noch weiter zu wandern. Die Gelegenheit wird wohl kaum wieder so günstig sein, die Pickelhäute aus dem Verkehr zu ziehen, wie jetzt.

Die Spielercharaktere sollten gegen die Pickelhäute gewinnen oder zumindest in der Lage sein, sie zu vertreiben, wobei eine Vertreibung deutlich schwieriger sein dürfte. Die Pickelhäute agieren ohne nennenswerten Selbsterhaltungstrieb, allerdings auch nicht wirklich planvoll oder gar im Team. Sie sind blutrünstige Mordmaschinen, denen nur noch ein kleiner Funken Verstand geblieben ist. Allerdings haben sie eine Mission. Sie sollen Shaktha Nachschub für ihre Experimente bringen. Hätte der Köhler die Pickelhäute nicht mit der Axt angegriffen und sich im darauf folgenden Kampf tödlich verletzt, wäre er nicht zum Abendessen geworden. Stattdessen hätten ihn die Pickelhäute wie die Bewohner des Wasserhofes zur Zehntagschlucht verschleppt.

Doch so sind die angenagten körperlichen Überreste des Köhlers, die sich nicht in den Mägen der Pickelhäute befinden, nun rund um das Lagerfeuer verteilt.

Die windschiefe Hütte wurde von den Pickelhäuten auf der Suche nach weiteren Bewohnern verwüstet. Alles Mobiliar ist zerschlagen und taugt nur noch als Brennholz, Vorräte liegen wüst über den Boden verteilt, vermischt mit Pietros weniger weltlicher Habe. Zwar dürfte es in der kleinen Hütte eng werden, als Übernachtungsort für die Wasserhöferinnen und ihre Kinder ist sie aber windgeschützt, leidlich warm und trocken im Inneren, nachdem die Frauen das schlimmste Durcheinander beseitigt haben.

Julietta wird sobald die Kinder schlafen darauf bestehen, dass die sterblichen Überreste des Köhlers bestattet werden. Dafür wird sie die Spielercharaktere um Hilfe bitten, da die meisten Frauen zu erschöpft sind, und auch keine die Kinder alleine lassen will.

Hinter dem Haus findet sich ein zweirädriger kleiner Karren. Wenn man einem schmalen Trampelpfad hinter der Köhlerhütte in den Wald hinein folgt, kommt man nach wenigen Minuten an eine kleine Lichtung, die von einem Bächlein geteilt wird. Hier steht ein zottiges altes Pony, das sich vor den Karren spannen lässt. Zaumzeug und Geschirr findet sich in der Hütte.

Haben Pickelhäute überlebt, obwohl sie blindwütig kämpfen, und sind gefangen genommen worden, so dürfte es sehr schwer sein, sich mit ihnen zu verständigen. Die Pickelhäute sprechen einen orkischen Dialekt, der selbst den normalen Orks im Umkreis Probleme bereitet. Zudem neigen sie dazu, ihre Gesprächsthemen auf das bestmögliche Verschleppen oder Töten von Menschlingen zu beschränken. Über ihren Auftraggeber befragt, zeigen sie alle eine Mischung aus tiefster Ehrfurcht, Angst und blindem Gehorsam vor „Große Shaktha“. Befragt darüber, wer das ist, zeigen sie alle nur ihre Federpfeifen vor. Außer den Federpfeifen besitzen die Pickelhäute nichts von Wert. Sie haben speckige Wasserschläuche bei sich und lange, schartige Messer. Gekleidet sind sie mehr oder weniger in die Überreste einstiger Orkbekleidungen, wobei die meisten Sachen nur noch dreckige Fetzen sind, da sie durch die Veränderungen der Mutation sowieso nicht mehr passen. Seltsamerweise hat keiner der Pickelhäute irgendetwas bei sich, was früher Besitztum der Wasserhöfer war.

Die Befragung gefangener Pickelhäute könnte von Dalila in Leet durchgeführt werden, sie hat als Kind eine Weile bei Orks gelebt, bevor ihr die Flucht gelang. Sie spricht immer noch Orkisch durch ihre lange Zeit bei den Orks, allerdings ist sie ihnen nicht freundlich gesonnen.

> Sollten Sie mit ihren Spielern „Elisera“ gespielt haben und Elisera aus den Händen der Orks befreit haben, so können Sie auch Elisera für das Gespräch mit dem gefangenen Ork einsetzen. Sie brauchen dann nur einen Grund, wieso sich Elisera gerade in Leet aufhält und nicht auf der Burg ihres Vaters. Aber vielleicht holt sie Heilkräuter bei Walburga, besucht den Markttag oder hat gemeinsam mit ihrem Vater eine Nachricht von ihren befreundeten Orks an Ritter Mereno zu überbringen, dass sich Ärger um Leet sammelt.
>
> Ersetzen Sie in diesem Fall einfach Dalila durch Elisera.

Der Transport der Gefangenen zusammen mit den Flüchtlingen vom Wasserhof sollte nicht ganz unproblematisch ablaufen. Die Pickelhäute werden versuchen, sich zu befreien und erneut zu kämpfen, wobei sie auch rücksichtslos Frauen und Kinder angreifen werden. Mehr als eine Pickelhaut sollte nicht am Leben oder gefangen bleiben. Die Wasserhöferinnen indes werden mit den Gefangenen alles andere als zimperlich umgehen, machen sie sich doch Sorgen um ihre Männer und Söhne. Im Zweifelsfall benutzen Sie die Frauen, um dafür zu sorgen, dass nur eine Pickelhaut lebendig Leet erreicht. Alle Wasserhöferinnen haben Messer und sind sehr motiviert, sich an den Angreifern zu rächen.

Sollte es einer der Pickelhäute tatsächlich lebendig bis nach Leet schaffen, so wird spätestens Ritter Mereno darauf drängen, Dalila/Elisera hinzu zu ziehen.

Elisera wird darauf bestehen, alles, was die Befragung ergibt, auch ihren alten Orkfreunden mitzuteilen. Dies ist für Sie eine gute Gelegenheit, mehr Informationen über die Bewegungen der Pickelhäute an die Spielercharaktere weiter zu geben. Die Orks im Umland sind auch schon auf die seltsamen „Artgenossen“ aufmerksam geworden, und sie verfolgen die Entwicklungen im Leeter Umland mit Sorge.

Federpfeifen

In einem Ritual der Bindung und des Gehorsams bekommen die neu erschaffenen Pickelhäute von Shaktha jeweils eine Federpfeife. Dabei handelt es sich um einige nachtschwarze Federn, die mit blutigen Lederstreifen an einer kleinen Schilfrohrpfeife festgebunden sind und einen schweren süßlichen Geruch verströmen. Bläst man in die Pfeife, so erklingt ein trillernder Laut, der an einen Vogel erinnert.

Es liegt ein leichter Zauber auf den Pfeifen, der das loyale Band zwischen Shaktha und den aggressiven Mutanten verstärkt. Die Pfeife wird vor allem in der Zehntagschlucht benutzt, um die Verbindung untereinander in dem teils dichten Bewuchs der Schlucht zu halten. Außerdem ist der Trillerlaut erstaunlich weit zu hören.

Das Monster und Shaktha verwenden unterschiedliche Pfeifsignale, um kurze Befehle wie „Sammeln" oder „Angriff" an die Pickelhäute weiterzugeben. Bedingt durch die magische Verbindung gehorchen die Pickelhäute den Kommandos zumeist.

In der Regel tragen die Pickelhäute ihre Federpfeifen an Lederbändern um den Hals. Dies sollte den Spielercharakteren nach einigen Begegnungen auffallen (*schweres Manöver*), auch die Trillerkommandos könnten von aufmerksamen Spielercharakteren bemerkt werden (*schweres Manöver*).

Eine Federpfeife zu spielen ist nicht sonderlich schwer (*leicht*). Sollte einer der Spielercharaktere auf die Idee kommen, eine der Pfeifen an sich zu bringen und gegen die Pickelhäute einzusetzen, sollte Ihnen als Spielleiter das eine Extrabelohnung in Form von 500 Erfahrungspunkten wert sein. Zuvor müssen allerdings die Signalcodes entschlüsselt werden, um falsche Signale geben zu können.

Werden die falschen Signale zu offensichtlich eingesetzt, oder die Spielercharaktere zeigen sich für Monster und Pickelhäute offen mit den Federpfeifen, so ändert Shaktha die Signalcodes. Dies dauert aber eine Weile und führt auch zu Verwirrung bei den Pickelhäuten, hat ihnen die Mutation doch nicht sonderlich viel Denkfähigkeit gelassen. Sollte es aber zu einem Angriff auf Leet kommen, kann die Manipulation der Pfeifensignale den Spielercharakteren wichtige Vorteile verschaffen, da der Angriff dann bei weitem nicht so koordiniert verläuft, wie von Shaktha geplant.

Zurück in Leet

Die Ankunft der Spielercharaktere und Flüchtlinge des Wasserhofes wird in Leet einen großen Aufruhr verursachen.

Nun kommt es etwas darauf an, ob die Spielercharaktere zusätzlich noch eine lebendige gefangene Pickelhaut mitbringen und ob Sina mit ihnen gereist ist oder nicht.

Ohne Pickelhaut-Gefangenen

Ritter Mereno wird Anweisungen geben, die Frauen und Kinder des Wasserhofes fürs erste in der Festhalle unterzubringen. Ganz Leet wird auf den Beinen sein, um Nahrung, Kleidung und Decken für die erschöpften Überlebenden des Angriffs zu organisieren. Im allgemeinen Durcheinander wird Ritter Mereno die Spielercharaktere in sein Arbeitszimmer zum Bericht bitten.

Sollte Sina schon vom Tod ihres Mannes erfahren und sich getötet haben, ist natürlich auch hier die Bestürzung groß.

Sollte sie es noch nicht wissen, so erfährt sie spätestens im Laufe des Tages davon und wird dann zu den Spielercharakteren kommen, um Genaueres zu erfahren. Danach wird sie versuchen, Selbstmord zu begehen.

Mit Pickelhaut

Auch in diesem Fall werden die Wasserhöfer in der Festhalle untergebracht.

Ritter Mereno wird die Spielercharaktere und den Gefangenen in seinem Audienzzimmer auf seinem Anwesen empfangen. Sein Knappe Flavio wird den Spielercharakteren entsprechende Anweisungen überbringen und dann weitereilen, um Dalila/Elisera zu suchen und ebenfalls zum Audienzzimmer zu bestellen. Sie soll übersetzen, was die Pickelhaut sagt.

Für Sina gilt das gleiche wie bei der Ankunft ohne Gefangenen. Denken Sie daran, dass Sina sich auf eine sehr emotionslose Art und Weise, möglichst vor den Augen der Spielercharaktere, umbringen wird. Benutzen Sie den Tod der jungen Frau als dramatische Szene, um den Spielern klar zu machen, wie dringend den Pickelhäuten Einhalt geboten werden muss. Immerhin haben sie mittlerweile eine ganze Festhalle voller Frauen und Kinder, die über den Verbleib ihrer Gatten, Väter und Söhne nur Vermutungen anstellen können. Außerdem bedeutet die Versorgung von achtzehn zusätzlichen Mäulern für Leet langfristig ein Problem.

Enros der Barde wird nicht mit zur Audienz kommen, er sieht seine erste Bürgerpflicht in der Benachrichtigung der Leeter. Darum wird er sich im Brandkessel mit einem Humpen Bier und seiner Harfe hinsetzen und jedem, der ihn darum bittet, in bester Bardenmanier kundtun, was auf dem Wasserhof geschehen ist. Auch das Schicksal des Köhlers wird er in einer gruseligen Geschichte immer wieder zum Besten geben, bis auch der letzte Leeter genau über das schreckliche Ende Pietros im Bilde ist.

Audienz

Der Audienzraum in Ritter Merenos Anwesen liegt zentral im Hauptgebäude. Der Raum ist düster, mit mächtigen Steinwänden und einem großen Kamin, der fast die komplette Seite gegenüber der doppelflügeligen Eingangstüre einnimmt. An den Steinwänden hängen das Wappen von Leet und Ritter Merenos persönliche Flagge. Auf dem Wappen ist ein grüner Baum auf rotem Grund links und rechts ein weißer Berg auf schwarzem Grund zu sehen. Baum und Berg sind durch einen blauen Balken getrennt, der den Laan symbolisiert. Ritter Merenos persönliche Flagge zeigt ein schwarzes Einhorn unter einem halben Herzen auf weißem Grund und in der linken oberen Ecke das Wappen Leets.

Mit dem Rücken zum Kamin und damit in Blickrichtung zur Türe steht ein mächtiger geschnitzter Thron, in dessen Kopfzier ein sich aufbäumendes schwarzes Einhorn eingearbeitet ist.

Ein Rudel Jagdhunde döst vor dem Kamin, doch als Knappe Flavio euch hinein bittet, springen sie auf und geben Laut. „Still!", donnert die dunkle Stimme des Ritters, und die Meute kauert sich wieder vor den Kamin. Im Gegenlicht der Kaminflammen ist der Ritter auf seinem Thron nur eine mächtige schwarze Silhouette. „Kommt heran und berichtet", bittet euch Ritter Mereno und wirkt einen Moment wie ein lebendig gewordener Schatten. Flavio beeilt sich, mit einem Scheit aus dem Kamin die vielarmigen Kerzenleuchter rechts und links des Thronsitzes mit brennenden Kerzen zu bestücken, und so schälen sich aus der Dunkelheit langsam die vertrauten Züge des Schirmherrn von Leet.

Sorge furcht seine Stirn, und eine mühsam unterdrückte Wut flackert in seinen Augen. Ihr seht, dass er sein Schwert gegürtet hat und ein Kettenhemd unter seinem Wappenrock trägt.

Sollten die Spielercharaktere einen Gefangenen mitgebracht haben, so wird Flavio der Knappe mit Unterstützung der Hundemeute dafür sorgen, dass in Ruhe berichtet werden kann.

Ritter Mereno wird aufmerksam zuhören, was die Spielercharaktere zu berichten haben, und nur wenige Fragen stellen. Dann wird er die Spielercharaktere um eine Einschätzung der Situation bitten und um Spekulationen, was mit den Männern des Wehrhofes passiert sein mag und wohin die Pickelhäute mit ihrer Beute wohl gezogen sind.

Erst wenn das Gespräch zu Ende ist, wird Dalila/Elisera zum Verhör des Gefangenen erscheinen, so die Spielercharaktere einen mitgebracht haben.

Dalila

Dalila ist eine magere junge Frau mit wildem Blick und schlechten Manieren. Sie trägt eher ungepflegte, ungeschickt geflickte Kleidung und ihr langes blondes Haar ist strähnig und fettig. Sie hat offensichtlich Angst vor der Pickelhaut, aber sie gefesselt zu sehen, scheint ihr sehr zu gefallen. Sie geht nicht zimperlich bei der Befragung der Pickelhaut zu und untermalt ihre orkischen Worte mit einer Menge Schlägen und Tritten gegen den wehrlosen Gefangenen.

Leider wird die Pickelhaut nicht wirklich viel erzählen und eher sterben, als genaue Aussagen zu Shaktha und dem Monster zu machen. Machen Sie den Spielern klar, dass die Pickelhaut Shaktha fanatisch ergeben ist, doch lassen Sie im Unklaren, wer oder was Shaktha eigentlich ist. Nach dem Monster befragt lassen Sie die Pickelhaut sichtlich ängstlich werden und sich ducken und wimmern. Bedenkt man wie stark und mächtig doch eine Pickelhaut ist, so sollte es den Spielern sehr zu denken geben, dass die Pickelhaut so offensichtlich Angst vor dem Monster hat. Lassen Sie Dalila/Elisera durchaus Probleme bei der Übersetzung des Pickelhautgebrabbels haben. Aber es sollte klar sein, dass das Monster von den Pickelhäuten als „Große Kämpfer, viel Tod! Viel schnell, viel weit, das Rotaug!" halb verehrt, halb gefürchtet wird.

Auch gibt die Pickelhaut keine genauen Aussagen über den Unterschlupf in der Zehntagschlucht. Eine Richtungsangabe vermag Dalila/Elisera aber durchaus aus ihm heraus zu bekommen, mit ein wenig Entscheidungshilfe durch Drohungen von Ritter Merenos Breitschwert und der hungrigen Hundemeute, die der Geruch der Pickelhaut deutlich nervös macht.

Schließlich erklärt Ritter Mereno die Befragung für beendet. Er setzt die Exekution der Pickelhaut auf die Mittagsstunde vor dem Stadttor gen Padova fest. So lange wird er sich darum kümmern, dass sie wohl bewacht ist.

Die Exekution wäre auch eine gute Gelegenheit, um Sina spektakulär Selbstmord begehen zu lassen, sollte sie noch am Leben sein.

Ob es nun einen Gefangenen gibt oder nicht, Ritter Mereno bittet die Spielercharaktere, sich für eine weitere Mission bereit zu halten. Er muss einiges überprüfen und wird die Spielercharaktere dann später erneut zu sich rufen lassen.

Die Exekution

Schon wenige Minuten, nachdem die Besprechung mit Ritter Mereno beendet ist, scheint Enros von Flavio informiert worden zu sein. Er verbreitet die Neuigkeit über die bevorstehende Exekution der gefangenen Pickelhaut unter den Leetern.

Gegen Mittag findet sich eine beachtliche Menge an Schaulustigen vor den Toren der Stadt zusammen. Viele sind bewaffnet, und die Stimmung ist spürbar gereizt. Nahe den mächtigen Torflügeln ist ein Hackklotz positioniert worden. Einige Bauern helfen dem Ritter, den Gefangenen zum Hackklotz zu bringen.

Ritter Mereno zeigt einen entschlossenen Gesichtsausdruck, als er sich neben der Pickelhaut aufbaut. Er ist gerüstet und hat sein Schwert gegürtet. Die Leeter Flagge flattert über dem Wachturm im Wind. Als der Ritter die Stimme erhebt, verstummt das Gemurmel der Schaulustigen. „Volk von Leet, hört meinen Richtspruch. Ich, Enri Mereno, Ritter und Statthalter von Leet, befinde dieses unselige Wesen für schuldig, am Überfall auf den Wasserhof teilgenommen zu haben und großes Leid über die Wasserhöfer gebracht zu haben. Des Weiteren war es an der Tötung des Köhlers Pietro beteiligt und versündigte sich gegen die Götter, als es sich an dem Leichnam seines Opfers weidete. So verurteile und vollstrecke ich im Namen der Zwölf: Tod durch das Schwert."

Mit einem schnellen, sauber geführten Schlag in die Kniekehlen durchtrennt der Ritter der Pickelhaut die Beinsehnen. Hart fällt der mutierte Ork auf die Knie, kann er sich doch durch die auf den Rücken gefesselten Arme nicht abfangen. Sein Aufschrei geht im ersten Jubel der Leeter unter. Zwei Bauern drücken den Gefangenen an Rücken und Kopf hinab auf den Hackklotz. Einen Moment scheint ganz Leet den Atem anzuhalten, als das Schwert des Ritters einen silbernen Streifen in die helle Mittagsluft zu zeichnen scheint. Dann fährt es in schnellem Bogen auf den Nacken des Orks hinab und trennt mit dem Malmen von Knochen den Kopf der Pickelhaut vom Körper.

Tosender Jubel brandet auf, doch der Ritter steht nur mit entschlossenem Gesichtsausdruck und blutverschmierter Klinge neben dem Leichnam. „Still!", befiehlt er.

„Ich werde einen Trupp aussenden, die Männer des Wasserhofes zu finden und diesem Treiben ein Ende zu bereiten. Schon morgen geht es los. Doch erst gibt es Tote zu betrauern und eine Bestattung durchzuführen."

Damit dreht er sich um und geht zurück zu seinem Anwesen.

Noch vor dem Ende des Tages sollte Sina es schaffen sich selbst zu töten, sollte sie nicht schon tot sein. Flavio wird die Spielercharaktere um ein Treffen mit Ritter Mereno bitten, um nach der Bestattung das weitere Vorgehen zu planen.

Bestattung - Ænoras Tor

Das letzte Tageslicht färbt den Himmel blutrot, als sich die Leeter mit den Verstorbenen auf den Weg machen. Angeführt von Enros, der die Leichen von Sina und ihrem Sohn auf einem kleinen Karren fährt, zieht sich der Trauerzug gen Wald. Es geht hin zu dem kleinen Quellsee und der Höhle, die bei den Leetern nur Ænoras Tor genannt werden. Flackernde Fackeln und kleine Laternen, die am Baum der Lichter entzündet wurden, erhellen den Tross, der in die beginnende Dunkelheit hinein wandert. Keiner spricht ein Wort. Schließlich erreicht die stumme Trauergesellschaft einen kleinen See, der versteckt unter mächtigen alten Bäumen liegt. Der Mond ist noch nicht aufgegangen, und so schimmern und tanzen die Reflexionen der Totenlichter auf der Wasseroberfläche. Zischend verlöschen die Fackeln, als einige Männer sie in den See tauchen. Dann heben sie die in grobe Stoffbahnen eingenähten Leichen von Sina und ihrem kleinen Sohn vom Karren. Mit gemessenen Schritten geht es nun zu der kleinen Höhle, in die der See abzufließen scheint. Nur das leise Plätschern von Schritten in kniehohem Wasser ist zu hören. Nach und nach erobert die Nacht den See zurück, als alle mit den Totenlichtern in der Höhle verschwinden. Enros ist der letzte, der die Höhle betritt, nachdem er Rosalie an einen Baum gebunden hat.

Ritter Mereno steht schon abwartend neben einem grob zusammengezimmerten Floß im Wasser. Vorsichtig werden die beiden Leichen auf das Floß gelegt. Dann öffnen die Leeter ihre Totenlampen und holen die kleinen Kerzen hervor, stellen sie in einem Kreis um die beiden Leichen auf dem Floß.

Schließlich ist auch die letzte Totenlampe leer, und die Leichen liegen in einem Kreis aus Licht.

Ritter Mereno spricht mit seiner dunklen Stimme die rituellen letzten Worte „Begebt euch auf den Weg durch Ænoras Tor, auf dass die Herrin des Todes euch empfangen möge und eure Seelen den rechten Weg finden“, dann schiebt er das Floß in die Strömung. Langsam treibt es weg von der stummen Trauergemeinde, nimmt das Licht und die Toten mit. Schließlich verschwindet es um eine Biegung der Kaverne und lässt nichts als Dunkelheit zurück. Es dauert noch eine Weile, bis die ersten Leeter sich vorsichtig tastend auf den Weg hinaus und zurück zum Quellsee machen.

Sie können, wenn Sie möchten, die Rückkehr von der Bestattung für einen kleinen Zwischenfall nutzen. Da der Weg zurück nach Leet in Gedenken an die Verstorbenen ohne Beleuchtung zurück gelegt wird und die Nerven aller Anwesenden angespannt sind, dürfte es nicht lange dauern, bis der erste meint „etwas gesehen“ oder „ein Geräusch gehört“ zu haben. Schüren Sie die Paranoia,

würfeln Sie verdeckte Wahrnehmungsproben, und beschreiben Sie verstohlene Bewegungen in den Blättern oder vermeintlich ungewöhnliche Geräusche. Wegen der Bestattung sind die Leeter bemüht, höchstens leise zu sprechen und kein Licht zu machen, bis sie zurück in den schützenden Palisaden von Leet sind. Aber sobald der erste die Nerven verliert und Alarm schreit, dürfte sich die Trauergesellschaft in eine panische Meute verwandeln, die kopflos gen Stadt flieht. Ritter Mereno wird versuchen, Ordnung zu halten und zumindest die Flucht gen Leet zu decken, indem er sich zurückfallen lässt und mit gezogenem Schwert präsentiert. Er hat nichts Ungewöhnliches entdecken können, doch stellt er sich sicherheitshalber zwischen seine Untertanen und den Wald mit seinen Geheimnissen.

Letztlich sollte sich nichts finden lassen, das über Kleingetier hinaus geht.

Überfälle und Informationen

Der nächste Morgen bringt Unruhe nach Leet. Noch bevor die Frühstückszeit vergangen ist und die Spielercharaktere zu Ritter Mereno gerufen werden, sollten neue Nachrichten eintreffen.

Brandeshof

Ein Reiter vom Brandeshof trifft ein. Der junge Mann war den ganzen Tag und die ganze Nacht unterwegs, um Ritter Mereno zu informieren, dass der Wehrhof westlich der Wankelspitze angegriffen wurde. Der Brandeshof erwirtschaftet Gemüse und Getreide und unterhält eine Weberei. Seine Bewohner haben es nur einem Gottesdienst im nahegelegenen Juvioshain zu verdanken, dass der Hof nahezu ohne Bewohner war, als der Angriff kam. Drei Männer und eine Frau wurden verschleppt, dazu wurden Wagen und Tiere sowie Vorratssäcke mit Ernte gestohlen. Der Reiter Taris berichtet, dass die Tore des Wehrhofes geschlossen waren

Juvio

Juvio ist einer der zwölf großen Götter des trionischen Pantheons. Er ist der Gott der Freude und des Glücks und in vielen Gasthäusern Trions hört man häufig: *„Trinken wir, wie Juvio es uns geheißen“.*

Im 71. Lied Juvios, das den Höhepunkt der Blüte beschreibt, heißt es:

„Erindor, der Philosoph, saß auf dem großen Stein Peregs und betrauerte die Vergänglichkeit des Lebens. Um ihn herum leuchteten die Kelche, sogen Glück aus dem Schoße Neomes. Honigmäuler, süße Traumstengel und Liebesdreher färbten die Wiesen in satten Gelb-, Blau- und Rottönen, und junge Haine sprossen überall, wie Inseln in einem Meer der Farben. Wein mit Salz schmeckt nicht, sprach da Juvio zu Erindor. Sieh, welch freudige Melodie das Leben spielt, sieh, welch Reichtum dargeboten wird - singe und tanze, denn dein Gott liebt die Lachenden. - Aus dem Stein Peregs quoll Wein und Juvio füllte das Horn, reichte es Erindor und riet: Trinke von meinem Saft und berausche dich am Sein - denn ich schenke Jugend.“

und sie sich nicht erklären können, wie die Angreifer es über die Palisaden geschafft haben, ohne von den zurückbleibenden Bewohnern bemerkt worden zu sein. Tote gab es anscheinend keine, wohl aber Zeichen eines Kampfes. Auch hier wurden schwarze Federn gefunden und an einem Torflügel des Hauptzuganges eine klebrige rötliche Schmiere, die eine leicht betäubende Wirkung zu haben scheint, wenn man sie mit bloßen Fingern berührt. Spuren der Angreifer konnten in westlicher Richtung in den Wald hinein verfolgt werden, anscheinend in Richtung der Halmann-Route.

Elisera

Haben Ihre Spieler „Elisera“ schon gespielt, so können Sie auch hier Elisera als alte Bekannte auftauchen lassen, die den Spielercharakteren gerne ihre Hilfe anbietet.
Elisera kann mit alten Orkfreunden sprechen, um mehr Informationen in Erfahrung zu bringen. Wenn es schnell gehen soll, dann hat sie sich gestern schon nach dem Gespräch mit Ritter Mereno und dem Verhör der Pickelhaut auf den Weg gemacht und kehrt nun von einer Unterredung mit dem kleinen Orktrupp zurück, der einst ihre Familie war.

Die Orks haben beobachtet, dass sich Pickelhäute in den Wäldern herumtreiben, vor allem im Westen.

Als damals das Bündnis von Eliseras Stamm mit dem Orkkönig Bulrogsch platzte, da er nicht wie versprochen Elisera zur Frau bekam, blieb den Orks nichts weiter übrig, als sich zurückzuziehen, da ihnen nun ihr wichtigstes Handelsargument verloren ging.

Bluttrinker

An den Lagerfeuern der Orks wird die Geschichte von Bluttrinker schon so lange erzählt, wie Blut von den schartigen Klingen der Grünhäute tropft und den Boden tränkt.

Es heißt, Bluttrinker sei der Fleisch gewordene Wutschrei einer angreifenden Orkhorde. Zum Leben erweckt von unzähligen Kehlen, die das Kampflied zum finalen Angriffsschrei anschwellen lassen.

Es heißt, er sei so rot wie trocknendes Blut auf Kämpferklingen. So stark wie der Donner selbst und so schnell wie der Blitz. Es heißt, Bluttrinker sieht einen mit seinen leuchtenden roten Augen an, die jeden Nebel und jede Nacht durchdringen. Und jeder stolze Ork erkennt, dass die Stunde des Todes gekommen ist. Bluttrinkers Blick allein reicht schon, um die Schwachen und Ängstlichen zu Fall zu bringen. Jedoch die, die eines Kämpfers würdig sind, spüren die unbändige heiße rote Wut des Kampfeswahnes über sich kommen. Und Bluttrinker führt ihnen die Klinge, bis auch der letzte Gegner so rot und tot ist, wie Bluttrinkers Blick.

Trotzdem wissen sie, dass es wieder ein Treffen der Orks am Wankelspitz geben soll. Menschen sind bei dem Treffen streng verboten. Die Information über das Treffen wird Elisera auch erst einmal für sich behalten, vor allem den Ort wird sie nicht preisgeben. Sie wird nur bei genaueren Nachfragen damit herausrücken, dass die Pickelhäute auch Gesprächsthema einer Besprechung unter den Orkstammesführern sind. Außerdem steht bei vielen Stämmen wohl immer noch die Überlegung an, ob man sich nicht dem Orkkönig anschließt. Das Auftreten der Pickelhäute macht diese Option immer mehr zum Gespräch unter kleineren Stämmen.

Die Orks stehen den Pickelhäuten feindlich gegenüber. Sie betrachten sie nicht als Orks, sondern als etwas Fremdes, Verdorbenes. Teils geht unter den Orks auch das Gerücht, dass die Mutation ansteckend sei. Die meisten Orks versuchen, einen großen Bogen um die Pickelhäute zu machen.

Von dem Monster haben die Orks noch nicht gehört. Aber Eliseras Beschreibung erinnert sie an Bluttrinker.

Goldrian

Für Spielercharakter die schon „Der blutende Gott“ gespielt haben, können Sie auch ein Wiedersehen mit Goldrian dem Waldelfen arrangieren.

Vor allem wenn die Pickelhaut exekutiert worden ist, haben Sie eine gute Gelegenheit, ihn auftauchen zu lassen. Lassen Sie Ritter Mereno die Spielercharaktere damit beauftragen, die Leiche der exekutierten Pickelhaut im Wald zu verscharren. Alternativ kann Ritter Mereno die Spielercharaktere auch bitten, noch einmal die Strecke zu Ænoras Tor bei Tageslicht zu überprüfen. Sobald sie sich in der Nähe des Waldes

Goldrian

Goldrian Sethnadil ist ein Jäger des Waldelfen-Stammes, der im Umland von Leet lebt.

Eher ein Einzelgänger, versteht er sein Handwerk und ist stetig im Wald unterwegs.

Er ist von schlanker, hoch gewachsener Gestalt und bewegt sich nahezu lautlos durch den Wald.

Sein lichtgrauer Mantel und die braune Lederkleidung, in Kombination mit dem an den Seiten kurz gehaltenen sandfarbenen Haar, machen ihn zwischen den Bäumen fast unsichtbar. Seinen wachen Augen von der Farbe des Winterhimmels entgeht kaum etwas. Er hat eine für einen Elfen erstaunlich laute und kräftige Stimme. Auch sein Temperament ist weniger feinsinnig, als man es für einen Elfen erwarten würde. Goldrian nimmt kein Blatt vor den Mund und spöttelt gerne ein wenig, letztlich gilt seine Sorge und Loyalität aber den Elfen seines Stammes und dem Wald, der seine Heimat ist.

Der Schatten der Blutbuche

Lau war der Wind und brachte das erste Versprechen von Frühling mit, ließ die Schneefelder im Schatten der mächtigen Bäume schmelzen, als Lirion zu seiner Liebsten eilte. Einen ganzen langen Winter hatte nur sein Herz in schmerzlicher Sehnsucht von ihr sprechen können. War es ihm doch nicht möglich gewesen, Alisana in seine Arme zu schließen. Wie froh war sein Herz, als er ihr Kupferhaar wie Feuer durch das junge Grün der alten Buche leuchten sah, die ihnen beiden im Herbst ein vertrauter Treffpunkt geworden war. Doch nur einen Wimpernschlag später stand ihm das Herz in der Brust still, nur um dann mit schmerzlicher Hetze, wie ein erschrockenes Reh, den Schlag wieder aufzunehmen. Fand er seine Liebste doch nicht allein in seliger Erwartung vor, sondern in den Armen Marolians.

Da brach sich kalte Wut ihre zerstörerische Bahn und spülte die liebevolle Erwartung und tiefe Freude in Lirions Selbst hinweg. Ohne einen Laut griff er den Bogen und zwei Pfeile und ließ sie fliegen, bevor der nächste Atemzug seine Brust verließ. Zwei Herzen hörten auf zu schlagen, als Lirion den Bogen senkte, und als er den fassungslosen Blick der Geliebten brechen sah, da wusste er, was er verlor. Doch spürte er nun auch den sinnverwirrenden Zauber vergehen, mit dem Marolian Alisana getäuscht hatte, und im nächsten Moment erkannte er den tückischen Plan des Nebenbuhlers.

Zweierlei Blut, schuldiges und unschuldig mit Zauber verwirrtes, tränkten die Erde und Marolians letzter Atemzug wurde zum Fluch. Da färbte sich das grüne Laub der Buche in blutigem Rot, als die unschuldig getäuschte Alisana zu Füßen des Baumes ihren letzten Atemzug tat.

Und der Schatten Marolians, des hinterlistigen Zauberers, der versuchte zu stehlen, was er nicht besitzen konnte, löste sich von ihm und sickerte in die Wurzeln der Buche.

Es heißt, Lirion starb in der nächsten Nacht. Ein dunkler Schatten flog auf schwarzen Schwingen heran und trank seine Seele. Blutleer und kalt fand sich sein Leib zu Füßen der Blutbuche, der Stamm rot vom Blut des Unglücklichen.

Es heißt, in lauen Frühlingsnächten steht unter dem roten Laubdach der Blutbuche eine schlanke Gestalt mit Kupferhaar, gefangen in der Umarmung eines Schattens, schwärzer als die Nacht selbst. Und ein bleicher Elf, in dem kein Tropfen Blut mehr ist, hebt den Bogen zum Doppelschuss.

Wer das Unglück hat, die drei zu sehen, dem ist der Tod gewiss, und sein Blut wird den Baum tränken, bevor ein zweites Mal die Sonne aufgeht.

aufhalten, lassen Sie die Spieler würfeln (*sehr schweres Manöver*). Sollten die Spielercharaktere Goldrian nicht entdecken, so beschreiben Sie ihnen das ungute Gefühl im Nacken, beobachtet zu werden. Nach einer Weile sollte Goldrian sich aber zu erkennen geben.

Der Waldelf kann ebenfalls bestätigen, dass sich kleinere Trupps Pickelhäute im Süden und Westen herumtreiben, und er hat auch Anzeichen gefunden, dass sich ein größerer Trupp im Wald entlang der Straße nach Padova bewegt hat. Er ist ärgerlich über das Auftreten der Pickelhäute, da die Elfen deutlich sehen, dass diese Wesen krank sind und sich völlig unberechenbar verhalten.

Goldrian kann auch einen Hinweis darauf geben, dass sich die kleineren Trupps anscheinend durch trillernde Flötentöne miteinander verständigen. Über das Monster weiß er nichts. Aber er kennt die Geschichte vom Schatten der Blutbuche.

Vieh und Hirten verschwinden

Sie können nun auch anfangen, Hirten und Vieh verschwinden zu lassen. Sei es im Umland von Leet oder aber, wenn sich die Spielercharaktere auf den Weg gen Zehntagschlucht machen. Solange sie auf der Straße nach Padova reisen, begegnet ihnen der eine oder andere Händler, der vom Verschwinden von Mensch und Tier zu berichten weiß. Leer stehende Hütten auf dem Weg lassen so manchen sich wundern, was mit den Bewohnern wohl geschah.

Beispiele:

Decius, der Weinhändler aus Padova, auf dem Weg zum Wasserhof, um neuen Kroxelsprung einzukaufen:
„Was, der Wasserhof überfallen? Na, das lässt natürlich die verlassene Hütte der Witwe Valetti in neuem Licht erscheinen. Ich dachte, die Alte wäre gestorben oder zu ihren Kindern gezogen. Nicht dass ihr was passiert ist? Ich hab doch immer ihren Selbstgebrannten gekauft. Auf dem Rückweg werde ich die Hütte genauer in Augenschein nehmen. Nirgends ist man sicher heutzutage."

Salvator, der Fellhändler:
„Einen ganzen Tag und eine Nacht hab ich auf Arkus, den Fallensteller gewartet. Es ist gar nicht seine Art, sich zu verspäten. Was soll ich machen? Ich kann doch nicht die ganze Woche im Wald hocken und warten, bis er erscheint, um mir seine Ware zu bringen. Ich hoffe sehr, ihm ist nichts passiert."

Marcius der Hirte:
„Vier Tiere hab ich schon verloren. Normalerweise würde ich ihnen ja nachgehen und sie aus dem Wald holen. Aber letzte Woche machten sich Carlos und Crippo gemeinsam auf die Suche, und sie kehrten bis jetzt nicht heim. Ihre Herden sind ebenfalls verschwunden. Ich trau mich nicht in den Wald zurzeit, auch wenn mich der Verlust der Tiere hart trifft."

II

Merenos Auftrag

Es geht auf Mittag zu, bis Ritter Mereno euch zu sich bestellt. Flavio der Knappe geleitet euch in das Arbeitszimmer des Ritters und bedeutet euch, auf der Bank vor dem Schreibtisch Platz zu nehmen. Eine große Karte nimmt den meisten Tischplatz ein. Doch steht auch ein Tablett mit einem großen Krug von Leunands bestem Bier bereit und eine Platte mit kaltem Fleisch und frisch gebackenem Brot, dem ein verlockender Duft entsteigt. „Setzt euch doch, meine Freunde", bedeutet euch der Ritter, seufzt und schenkt euch allen einen Becher ein.

„Die Dinge stehen nicht gut und Leceia würde mich belächeln, wenn ich denselben Fehler ein zweites Mal begehe." Er leert seinen Becher mit einem Zug, springt auf und beginnt vor dem Tisch unruhig auf und ab zu wandern. „Entschuldigt, ihr wisst natürlich nicht, wovon ich spreche. Doch es schmerzt mich sehr, die Entwicklung zu sehen, die sich aus den Berichten abzeichnet, die bisher an mein Ohr gedrungen sind. Ihr müsst wissen, es ist nicht das erste Mal, dass eine große Verantwortung auf meinen Schultern liegt und ich die zu beschützen habe, die nah an meinem Herzen sind."

Einen Moment scheint der Ritter in schmerzvollen Erinnerungen versunken, bevor er schließlich mit einem tiefen Seufzer den Kopf schüttelt und sich kurz mit der Hand über die Augen fährt. „Und doch erwächst aus allem Schlimmen letztlich auch etwas Gutes, nicht wahr. Die Götter alleine wissen, warum uns gewisse Dinge geschehen, aber nun bin ich hier und entschlossen, für Leet und seine treuen Bewohner einzustehen und mein Bestes zu geben, auf dass sie sicher und glücklich leben können."

Der Ritter verlor einst auf tragische Weise seine geliebte Dame an einen Trupp Marodeure, was ihm der Vater der Schutzbefohlenen mindestens so übel nahm, wie er sich selbst. Die Versetzung Enri Merenos in die Provinz als Statthalter von Leet war einst als Strafe des Vaters des Mädchens gedacht, doch fügte sich der Ritter in reuevoller Demut in seine Aufgabe. Im Laufe der Jahre hat er seinen Frieden mit seinem damaligen Fehler gemacht. Die Leeter sind ihm ans Herz gewachsen und ihr Wohl ist sein oberstes Gebot.

Ritter Mereno ist fest entschlossen, Leet vor dem Schicksal zu bewahren, das seinem Leben auf so dramatische Weise eine neue Richtung gab und letztlich dafür sorgte, dass er zum Schutzherren Leets wurde. Er nimmt seine Aufgabe der Stadt gegenüber sehr ernst und wird deswegen weder Kosten noch Mühen scheuen, den Entwicklungen auf den Grund zu gehen.

Erklären sich die Spielercharaktere nicht von sich aus bereit, hinaus zu ziehen und aufzuklären, wer hinter den Pickelhäuten und den Überfällen steckt, so wird er Geld und Landbesitz anbieten, um sich die Mithilfe zu sichern.

Verwaltung und Schutz Leets

Ritter Mereno ist Leets Schutzherr. Er ist Richter, Henker und Schirmherr in einer Person. Eingesetzt wurde er noch von Emorielles Vater, dem einstigen König von Padova: Nathras. Seither lebt er nun schon viele Jahre in Leet und dient, schützt und verwaltet es mit fester aber jederzeit gerechter Hand.

Er residiert im Herrenhaus von Leet, in dem auch sein Arbeitszimmer und der offizielle Audienzraum der Stadt untergebracht sind.

Mit im Haus wohnen der Knappe Flavio, der Verwalter Ernesto Cavalier, genannt „Einauge" und Dario, der alte Koch. So manche Frau im heiratsfähigen Alter ist der Meinung, dass dem Haus eine weibliche Hand fehlt, doch scheint der Ritter selbst diese Meinung nicht zu teilen. Er behandelt alle Frauen Leets mit einer unaufdringlichen Freundlichkeit und lässt keinerlei Interesse erkennen. Unter den Leetern kursieren die unterschiedlichsten Geschichten, doch ist allen gemein, dass eine tragische Liebesgeschichte der Grund ist, warum Enri Mereno nach Leet kam. Nur wenige Vertraute wissen, was wirklich geschah.

Mereno ist als einziger Ritter weit und breit der Schirmherr der Leeter Bürgerwehr. Doch vermag Leet auf einige altgediente Kämpen zurückzugreifen, welche die Bewachung der Stadt hervorragend selbst organisieren. Eine militärische Struktur oder gar einen Hauptmann hat die Leeter Bürgerwehr indes nicht vorzuweisen. Im Herrenhaus gibt es eine kleine Waffenkammer, die den Leetern in Notzeiten offen steht, doch bringt zum Wachdienst zumeist jeder Leeter seine eigene Waffe mit. Das Land ist zu rau, als dass die Männer darauf verzichten könnten, nicht schon in frühester Jugend zum eigenen Schutz zu lernen, eine Waffe zu führen und sich zu verteidigen. Selbst die meisten Frauen in Leet sind durchaus in der Lage, im Notfall Haus und Hof und vor allem die Kinder zu schützen. So ist es für alle selbstverständlich, ihren Anteil am Schutz des Dorfes zu leisten. Für die Männer mit Wachdiensten, für Frauen und Kinder mit unterstützenden Arbeiten.

Er wird dabei die Spielercharaktere mit allen Fakten versorgen, die er bisher aus dem Umland erhalten hat, und ihnen im Zweifelsfall wieder Reittiere anbieten, sollten sie keine haben. Auch den benötigten Proviant bekommen die Spielercharaktere vom Dorf gestellt, wobei es sich um gute Hausmannskost handelt und keine exklusiven Speisen verfügbar sind, wenn sie nicht extra bezahlt werden. Um sonstige Ausrüstung wie Zelte, Fackeln, Seile usw. müssen sich die Spielercharaktere aber selber kümmern. Ritter Mereno drängt auf den Aufbruch der Heldengruppe bevor die Sonne sinkt, er möchte keine Zeit verlieren.

Die Reittiere können auch als Entlohnung in Aussicht gestellt werden, ebenso wie ein Stück Land oder eine kleine Hütte in Leet, wenn Sie nicht nur mit Münzen bezahlen wollen. Die Leeter besitzen nicht sonderlich viel Geld, aber freier Grund und Boden ist innerhalb der Stadtpalisade noch vorhanden. Hiermit haben Sie als Spielleiter auch die Möglichkeit, ihre Spieler ein wenig an das Leeter Umland zu binden, da Leet als Ausgangs- oder Bezugspunkt in vielen Abenteuern auftaucht.

Der Weg

Der Weg der Gruppe ist relativ lang, sind die Entfernungen zwischen den verschiedenen Wegstationen doch groß, aber Sie sollten dieses Mal nicht jeden Tag der Reise beschreiben, sondern sich eher auf die Ereignisse an den einzelnen Wegstationen konzentrieren.

Es kommt auch ein wenig darauf an, in welcher Jahreszeit Sie das Abenteuer spielen lassen, deswegen wird bewusst auf die Beschreibung der Reisestrecke verzichtet. Lassen Sie die Spielercharaktere der Umgebung angemessen zügig voran kommen, wobei natürlich immer mal wieder Pausen eingelegt werden müssen, um Wegmarken und Spuren zu deuten.

Die Spur der Pickelhäute sollte nicht schwer zu verfolgen sein, immerhin bewegen sie sich zügig und in einem großen Trupp gen Padova, und auch im Wald bleiben ihre Bewegungen nicht ohne Folgen für die Umwelt. Ein so großer Trupp, der noch dazu mit Gefangenen reist, braucht Nahrung und muss lagern.

Achten Sie aber darauf, die Spielercharaktere nie in Reichweite des Trupps kommen zu lassen. Zwar können Sie die Spuren deutlicher und jünger werden lassen, doch sollte es den Helden nicht gelingen, die Pickelhäute und ihre Gefangenen einzuholen.

Auf dem Weg sollten auch interessante Stationen wie der Wankelspitz und der Juvioshain am Brandeshof noch erkundet werden, immerhin gibt es dort weitere Informationen für die Spielercharaktere.

Lassen Sie die Reise ruhig anstrengend sein und stellenweise einer Hetzjagd gleichen, vielleicht verlieren die Spielercharaktere im Wald ja auch zwischendurch die Spur und müssen ein Stück zurück, um vielleicht am Juvioshain von einem Bewohner des Brandeshofes oder sogar einem Waldelfen wieder auf die richtige Fährte gebracht zu werden. Doch lassen Sie die Reise nicht zum abendfüllenden Ereignis werden.

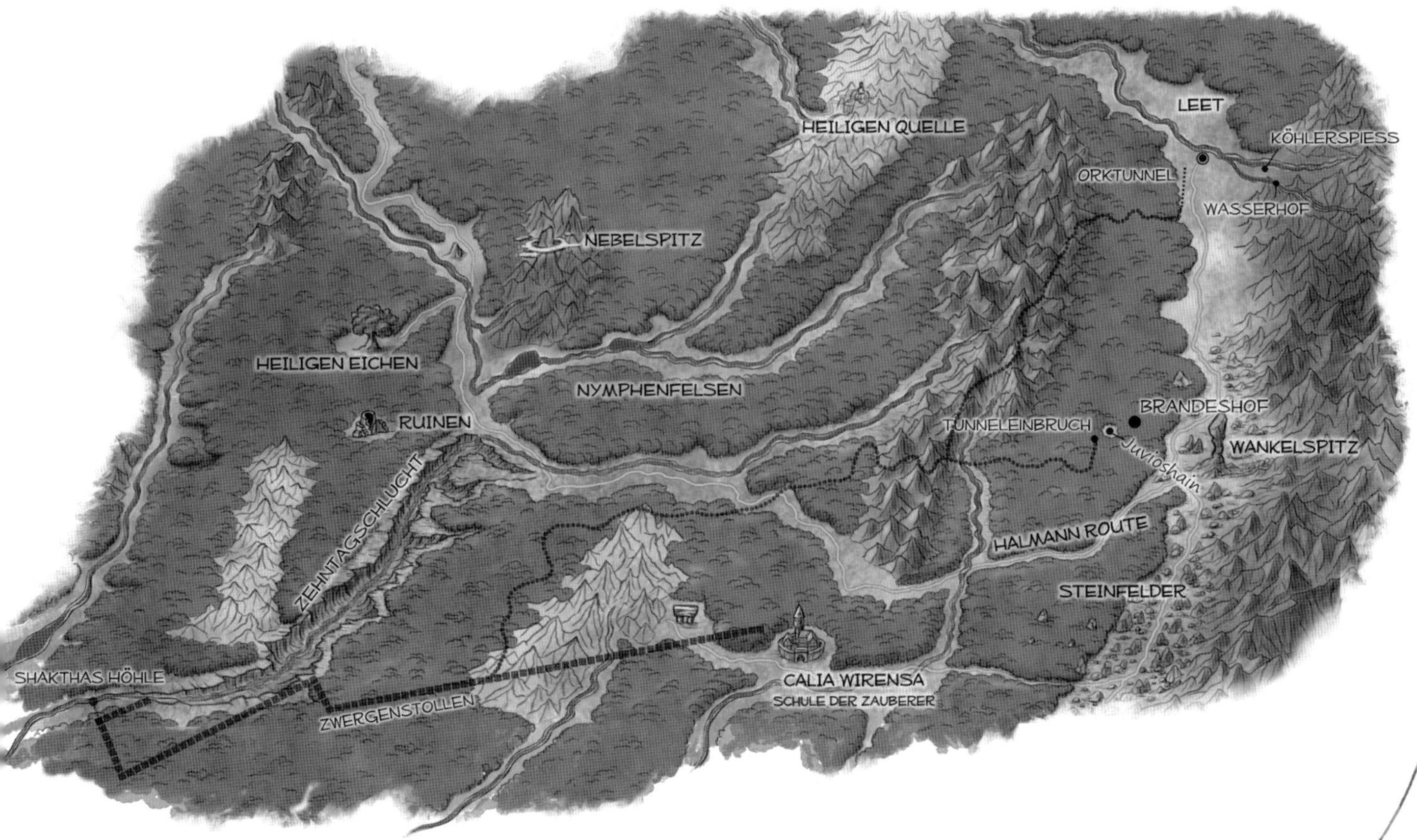

Wankelspitz

Gen Wankelspitz werden die Spuren vielfältiger, obwohl das Gelände immer karger wird. Langsam weicht der bewachsene Boden blankem Fels. Immer mehr übermannshohe Findlinge liegen verstreut rechts und links des Weges, von dem ihr wisst, dass er bis nach Padova führt. Doch die Stadt am Ende der Straße ist mehrere Tagesreisen entfernt, und der zügig aufziehende Nebel vertreibt die Gedanken an Häuser mit heimelig erleuchteten Fenstern. Immer trüber wird es, die Sicht immer kürzer. Die mächtigen Felsbrocken, die verstreut liegen, als habe ein Riese sie über die Ebene geschleudert, nehmen zusätzlich freie Sicht. Wie kühle Geisterfinger streifen euch Nebelschwaden, schlucken das Geräusch der Pferdehufe auf dem Fels und lassen alle Gespräche dumpf und hohl klingen. Klamme Kühle schleicht sich durch eure Kleidung und hinterlässt ein unangenehmes feuchtkaltes Gefühl auf eurer Haut. Immer wieder tauchen Felsnadeln wie geisterhafte Gestalten aus dem Nebel und wirken im ersten Moment wie riesige stumme Beobachter.

Die mächtigen Findlinge werfen das Echo eurer Bewegungen vielfach und mit seltsamem Hall zurück. Schon bald wisst ihr nicht mehr zu unterscheiden, ob ihr nur das leise Geräusch eurer eigenen Laute erneut vernehmt, oder ob dort draußen etwas anderes herumschleicht und euch belauert.

Je weiter ihr euch in das Labyrinth zwischen den Felsblöcken hinein begebt, umso häufiger stoßt ihr auf Spuren. Lagerfeuerreste, nur notdürftig verscharrte Abfälle und Pferdeäpfel werden immer häufiger, und schließlich ist jedem von euch klar, dass dies schon lange nicht mehr nur die Spuren der Pickelhäute sein können. Oder aber, dass es bei weitem mehr gibt, als ihr dachtet.

Der klagende Schrei einer Krähe zerreißt die Stille, und sie schießt im Nebel knapp über eure Köpfe hinweg, um dann aus eurer Sicht zu verschwinden. Ein süßlicher Geruch nach Verwesung steigt euch in die Nase, als der Wind dreht und aus Richtung der verschwundenen Krähe weht. Der laue Luftzug lässt den Nebel aufwirbeln und bringt die entfernten heiseren Krächzlaute weiterer Krähen mit sich.

Die Spielercharaktere haben nur noch wenige Meter bis zum zentralen Punkt des Trümmerfeldes, dem Wankelspitz, vor sich. Der Wankelspitz ist ein mächtiger Felsbrocken, der durch Erosion auf einer schmalen Felsnadel zu stehen gekommen ist. Es scheint, als hätten die Götter selbst den Stein, der Schwerkraft zum Trotz, auf der winzigen Felsnadel ausbalanciert. Der Felsbrocken ragt fast fünfzehn Meter in die Höhe und dominiert damit die gesamte Umgebung.

Hier hat vor kurzem eine Versammlung der Orkstämme der Umgebung stattgefunden, bei der auch über die Gefahren durch die Pickelhäute diskutiert wurde, deswegen gibt es auch so viele Spuren. Der Wankelspitz dient den Orks schon lange als Versammlungsort und wird auch gerne für Initiationsriten genutzt. Wie es bei einem Zusammentreffen verschiedenster Orkfamilien nun einmal so ist, können kleinere Meinungsverschiedenheiten und Kämpfe nie ganz vermieden werden. So hat die Versammlung auch dieses Mal wieder Blut und sogar zwei Leben gefordert. Zwei hitzköpfige Kämpfer verschiedener Familien konnten es im Suff nicht lassen, sich zu streiten und bezahlten beide mit dem Leben. Da der Wankelspitz für die Orks eine heilige Stätte ist, weil sich hier Erde und Himmel berühren, haben sie die Toten aufgebahrt, auf dass die Krähen ihre sterblichen Überreste in den Himmel erheben. Die Krähen freuen sich natürlich über die leckere Mahlzeit und sind schon seit einigen Stunden damit beschäftigt, den toten Kriegern das Fleisch von den Knochen zu holen. Wenn Sie den Spielercharakteren das Leben ein wenig schwerer machen möchten, können Sie auch ein größeres Raubtier auftauchen lassen, angelockt vom Geschrei der streitenden Krähen.

Bär (5)

Werte, siehe *Kreaturen & Monster* - Seite 31
alternativ:
Angriffe: Kralle (groß) +40 oder Biss (mittel) +50
Trefferpunkte: 150, RK (DB): 8 (20)

Puma (3)

Angriffe: Biss (mittel) +50 oder Kralle (mittel) +60
Trefferpunkte: 90, RK (DB): 4 (40)

Die beiden toten Orks sind auf zwei Holzplattformen aufgebahrt, die auf langen Stangen befestigt wurden und so sicher drei Meter in den Himmel hinauf ragen. Lassen Sie die Spieler ruhig bei Annäherung ein wenig im Unklaren, worauf sie sich da eigentlich zu bewegen. Im Nebel könnte man die Holzplattformen mit ihren langen dünnen Stangen und den sich oben um die Beute zankenden Krähen schon mit zwei großen spinnenbeinigen Monster verwechseln, deren Leib sich in stetiger Bewegung befindet und anscheinend von Krähen bevölkert wird. Verteilen Sie auf dem Boden, noch bevor die Plattformen in Sicht kommen, ein paar schwarze Federn, die denen nicht unähnlich zu sein scheinen, die die Spielercharaktere bei ihren Nachforschungen über das Monster von Leet gefunden haben. Beschreiben Sie das Krächzen der Krähen und ein hohles Pfeifen, wenn der Wind um die Findlinge und durch die Stäbe der Plattformen fährt und den Nebel in wabernden Schwaden auf die Spieler zu treibt. Außerdem sollte es süßlich nach Verwesung stinken, immerhin haben die Krähen schon einen Teil der Arbeit erledigt, und die Toten sind von gestern.

Die Leichen sind recht frisch, aber schon ziemlich angefressen, und es handelt sich um zwei junge Orkmänner, die mit ihren Waffen im Schatten des mächtigen Wankelspitz dem Himmel dargeboten werden. Soweit man es noch sehen kann, hat der eine einen zerschmetterten Schädel und der andere eine

Bauchwunde, wohl die Todesursachen. Es gibt keine Anzeichen die darauf hindeuten, dass die beiden Pickelhäute sein könnten. Außer ihren Waffen und orkischer Kleidung haben sie nichts bei sich.

Tatsächlich haben die Pickelhäute auf ihrem Beutezug die Versammlung der Orks nicht entdeckt und haben sie nur knapp verfehlt auf ihrem Weg südwestlich zurück in die Zehntagschlucht.

Der Wankelspitz selbst bietet aber als Landmarke und orkische Ritualstätte durchaus das eine oder andere interessante Detail für die Spielercharaktere.

Der Felsblock selbst ist gute dreizehn Meter hoch und ruht auf einer lächerlich dünn aussehenden Felsnadel, die sich fast eine Mannslänge gen Himmel reckt. Rund um die Felsnadel ist der Boden mit den Überresten eines großen Lagerfeuers bedeckt, die Kohlegrube ist sogar teilweise noch handwarm an den tiefsten Stellen. Die Felsnadel ist mit Ruß bedeckt.

Am unteren Bereich des Felsens, der fast schon über der Grube zu schweben scheint, sieht man eine Unzahl an Handabdrücken, alle von rostroter Farbe und kreuz und quer übereinander.

In den Erzählungen der Ork heißt es, wer seinen Handabdruck mit Blut über dem Feuer an den Stein zu bringen vermag, wird ein tapferer Krieger sein und viele Feinde töten.

Nach einigen Untersuchungen sollte den Spielern klar werden, dass es am Wankelspitz zwar eine Zusammenkunft vieler Personen, vermutlich Orks, gegeben hat, doch deutet die Menge an Abfall und die Feuergruben darauf hin, dass es viel mehr waren, als die verfolgte Truppe Pickelhäute.

Ritter Mereno dürfte an dieser Feststellung durchaus interessiert sein, wenn die Spieler wieder nach Leet zurück kommen, bedeutet eine so massive Zusammenrottung von Orks doch ein Risiko für Leet.

Wegweiser

Die Spuren, die vom Wankelspitz weggehen, zerstreuen sich in alle Himmelsrichtungen, hier ist es unmöglich, eine richtige Richtung auszumachen.

Den Verfolgern bleibt also eigentlich nur die Möglichkeit den Weg ein Stück zurück zu gehen und herauszufinden, wo sie die richtige Spur verloren haben.

Wenn Sie möchten, können Sie die Spielercharaktere auf einen Händler oder sogar einen Waldelfen treffen lassen, der den Trupp Pickelhäute gesehen hat und sich versteckte, während sie in südwestlicher Richtung in den Wäldern verschwanden. Dort dürfte sich die Spur dann wieder leichter aufnehmen lassen. Der Wegweiser kann auch ein wenig Informationen darüber haben, dass am Wankelspitz ein Treffen der Orks stattfand. Immerhin haben die aus allen Himmelsrichtungen gen Wankelspitz reisenden Orks auch für Unruhe unter den Reisenden und Bewohnern am Wegesrand geführt.

Brandeshof

Westlich der Wankelspitze und damit auf dem Weg gen Zehntagschlucht, liegt der Brandeshof. Genau wie der Wasserhof handelt es sich um einen autarken Wehrhof, nur erwirtschaften die Bewohner ihr Einkommen mit dem Anbau von Gemüse und Getreide und den Erzeugnissen aus der Weberei des Hofes. Je näher man dem Hof kommt, umso mehr Ackerfläche ist dem kargen Land abgerungen worden. Der Hof liegt auf halber Strecke zwischen dem felsigen Gebiet des Wankelspitz und dem Waldrand.

Auch der Brandeshof hat eine Palisade und mächtige Tore, die zur Nacht sorgsam verschlossen werden und für die Wehrhöfe zwischen Padova und Leet charakteristisch sind. Im Inneren des Hofes sind neben dem Haupthaus, das ähnlich aufgebaut ist wie das auf dem Wasserhof, Stallungen und Scheunen und die Weberei. Außerdem gibt es eine Schnapsbrennerei und eine Küferei, um die Erzeugnisse des Hofes in Fässern zu lagern und gen Padova zu verschicken. Vor allem die eingekochten Früchte, sauer eingelegte Gemüse und Obstbrände sind berühmt und bringen gute Preise in der fernen Stadt. Die Weberei arbeitet eher für den eigenen Bedarf als zum Verkauf.

Der Brandeshof beherbergt sieben Familien, deren Mitglieder vom Kleinkind bis hin zum Greis alle ihre Aufgaben auf dem Hof haben.

Die Gesandtschaft aus Leet wird freundlich aufgenommen, und gerne beantworten die Brandeshöfer alle Fragen. Sie zeigen auch bereitwillig die nach dem Angriff gefundenen Federn und sogar einen Rest von dem rötlichen Schmier, den sie an ihrem Tor gefunden haben, von dem auch schon der Bote berichtete.

Die Spielercharaktere werden eingeladen, über Nacht im Schutz der Palisade des Hofes zu bleiben und können auch zu guten Preisen Vorräte erwerben.

Taris, der junge Bote, der auch schon Leet über den Angriff informierte, wird alles tun, um die Nachforschungen zu unterstützen. Er weiß auch zu berichten, dass Spuren der Angreifer in westlicher Richtung in den Wald hinein verfolgt werden konnten, Richtung Halmann-Route.

Noch bevor sich die Spielercharaktere wieder auf den Weg machen können, sollte Taris sichtlich aufgeregt mit Neuigkeiten zu ihnen kommen und sie bitten, ihn zum Juvioshain zu begleiten.

Juvioshain

Westlich des Brandeshofes, in den ersten Ausläufern des Waldes, befindet sich der heilige Hain, den die Brandeshöfer dem Gott Juvio gewidmet haben.

Aus kunstvoll miteinander verflochtenem Weidengeäst ist im Laufe der Jahrzehnte ein grüner Raum gewachsen, der sich wie ein Rundzelt nach oben hin verjüngt. Der Eingang zum Hain wird durch einen Vorhang aus kurzen, gekerbten Schilfrohren begrenzt, die an dünnen Schnüren im Wind wehen. Die vereinzelten Windböen entlocken den gekerbten Schilfröhrchen leise Flötenlaute, die wie ferne Musik durch den Hain zu schweben scheinen. Selbst im tiefsten Winter steht der Hain in frühlingshaft jungem Grün. Ein warmer Hauch scheint in den Blättern der Weidenzweige zu spielen.

Im Inneren des Raumes wirkt das Licht, das durch die saftig grünen Blätter fällt, fast schon grünlich. Es beleuchtet einen schweren, runden Holzaltar, der mit kunstvollen Schnitzereien bedeckt die Mitte des Raumes einnimmt. Hier steht ein gut gefülltes Früchtehorn auf dem Tisch, flankiert von einem Becher, gefüllt mit dem besten Obstbrandt, den die Brandeshöfer herzustellen vermögen.

Ein heitere Frieden und eine tiefe innere Freude erfüllt euch, als Taris euch einen kurzen Blick in den heiligen Hain werfen lässt. Der junge Brandeshöfer ist zu aufgebracht, um dem Altar mehr als ein ehrerbietiges Nicken zu schenken.

„Kommt, wir müssen hinter den Hain. Eine der Frauen hat es entdeckt, als sie die Fruchtschale säubern wollte“, er winkt euch, ihm zu folgen. Vorbei geht es an den dicht stehenden Weiden, deren miteinander verwobene Äste dem Raum des Hains seine Form geben, und hinter den Hain in den noch lichten Wald. Schon nach wenigen Schritten klingt das muntere Plätschern eines kleinen Bächleins an eure Ohren. Doch als ihr einem schmalen Trampelpfad durch niedrige Beerensträucher hindurch folgt, entdeckt ihr schnell, was Taris so alarmiert hat.

Das Bächlein fließt nur wenige Schritte von euch entfernt. Die Wegstrecke zwischen dem schmalen Pfad, auf dem ihr steht, und der Wiese bis zum Bach sieht aus, als habe einer der Götter selbst mit einem mächtigen Pflug eine Furche in den Waldboden gezogen. Schnurgerade ist auf einer Länge von guten zwanzig Metern das Erdreich sicherlich drei Schritte tief eingebrochen. Wurzelwerk und kleinere Büsche sind in die tiefe Rinne gestürzt, und es sammelt sich langsam Sickerwasser am Grunde der Furche. Sie ist breit genug, dass zwei Männer nebeneinander stehen könnten, und verläuft so schnurgerade, dass sie unmöglich natürlichen Ursprunges sein kann.

Die Furche im Boden ist ein eingebrochener Schacht, den die Orks auf Shakthas Anweisung hin gebaut haben. Sie versuchen schon seit Wochen, einen Tunnel gen Leet zu graben, ausgehend von einem unterirdischen alten Schacht der Zwerge. Dieser verband vor Jahrhunderten die Zehntagschlucht mit der Zwergenfestung im Ghalgrat-Gebirge. Er verläuft schnurgerade kilometerlang unterirdisch und wurde einst benutzt, um die in der Zehntagschlucht abgebauten Bodenschätze sicher in die Festung zu bringen. Leider fehlt den Orks das Talent zum Arbeiten unter Tage, für das die Zwerge so berühmt sind. Die Spielercharaktere stehen vor einem der vielen Fehlversuche, ist der Tunnel doch wegen mangelnder Abstützung recht schnell eingestürzt, als sie dem Bächlein zu nahe kamen. Dabei fanden auch drei Orks den Tod.

Sollten sich die Spielercharaktere also die Mühe machen, in die durch den Einsturz entstandene Furche zu klettern und sich ein wenig genauer umzusehen, haben sie durchaus eine Chance, eine der verschütteten Leichen zu entdecken (mittelschweres Manöver).

Ist ein Zwerg anwesend oder ein Charakter, der sich auf Bergbau versteht, so erkennt dieser recht schnell, dass es sich bei dem schnurgeraden Loch im Boden wohl um einen eingestürzten unterirdischen Tunnel handeln muss (einfaches Manöver).

Außerdem haben die Spieler in der Nähe des Bächleins die Möglichkeit, auf Grabwerkzeug und einige Holzbalken zu stoßen, die wohl zur Abstützung der Decke verwendet wurden – wenn auch mit wenig Erfolg.

Finden sie einen der verschütteten Bergarbeiter, so ist der Ork noch nicht lange tot. Anscheinend wurde er von den Erdmassen halb erdrückt, halb erstickte er. Er trägt schmuddelige Arbeitskleidung, und in seiner Nähe findet sich auch Grabwerkzeug. Der Ork ist eher ausgemergelt als fit, und an seinem Hals hängt an einer Lederschnur eine Federpfeife aus Schilfrohr, an der noch vereinzelte dunkle Federn kleben. In einem geflochtenen, zerborstenen Korb finden sich Reste von Proviant und ein halbleerer Wasserschlauch.

Grabungsarbeiten am eingestürzten Tunnel sollten Sie durch nachrutschende Erdmassen unterbinden, die die Spielercharaktere oder Bewohner des Brandeshofes zu begraben drohen. Selbst für einen Zwerg sollte es nicht einfach sein, im Wald und so nah an einem Bach zu graben. Die Orks sind mit ihrem Schacht zu nah unter der Oberfläche, um ausreichende Stabilität sicherstellen zu können. Im Zweifelsfall lassen Sie noch mehr Gang einbrechen und einen der Wehrhöfer dabei zu Schaden kommen. Die Richtung des Gangstückes sollte aber klar erkennbar sein. (Beachten Sie dazu die Karte.)

Die Zehntagschlucht

Früher oder später sollte es den Spielercharakteren gelingen, den Weg zur Zehntagschlucht zu finden. Die Spuren der durchs Umland ziehenden Trupps von Pickelhäuten kehren letztlich alle über kurz oder lang zur Schlucht zurück, um Shaktha zu berichten und Nachschub für ihre Experimente zu bringen.

Was die Spielercharaktere nicht so schnell finden sollten, ist der Weg, denn die Pickelhäute in die Schlucht hinein nehmen. Der Einstieg für die mutierten Orks erfolgt durch ein unterirdisches Höhlensystem, das in einen alten Tunnel der Zwerge mündet und sie so an den meisten Gefahren im Inneren der Schlucht einfach vorbei bringt. Der Zugang ist sehr gut verborgen und zudem mit einem die Sinne täuschenden Zauber von Shaktha versehen, dem die Pickelhäute nur wiederstehen können, weil sie im Besitz der Federflöten sind. Spuren lesen um herauszufinden, wie sich die Mutanten im Bereich der Schlucht bewegen, ist wegen des steinigen Untergrundes ein nahezu sinnloses Unterfangen. Keiner der Pickelhäute wird freiwillig auch nur ein Wort über den Zugang verlieren. Um den Spielern nicht den Spielspaß der Schluchtentdeckung zu nehmen, sollten Sie sie den Zugang zumindest für den ersten Weg in die Schlucht hinunter nicht finden lassen. Zurück bleibt es dann Ihnen überlassen, ob Sie die Spielercharaktere auf schnellem und relativ gefahrlosem Weg durch die Höhlen wieder aus der Schlucht schicken, oder sie sich ihren Rückweg erneut durch die Schlucht suchen müssen. (Eine Karte finden Sie auf der nächsten Seite.)

Auf dem Hinweg sollte den Spielercharakteren letztlich nur der mühsame Abstieg in die Schlucht mit Seil und Kletterausrüstung bleiben. Spätestens hier gilt es dann auch, sich von Reit- und Packtieren zu trennen. Der Abstieg ist bei weitem zu steil, als dass die Tiere mitgenommen werden könnten. Ob sie bei der Rückkehr der Spielercharaktere noch dort sind, oder in der Zwischenzeit von Pickelhäuten gestohlen wurden, bleibt Ihnen überlassen.

Sie sollten darauf achten, wie schwer die Spielercharaktere bepackt sind und was sie von ihrer Ausrüstung mitnehmen.

Über den Rand

Als habe der Boden selbst von einem unermesslich großen Angreifer eine Wunde geschlagen bekommen, so liegt der Beginn der Zehntagschlucht vor euch. Ihr erinnert euch an eine der Geschichten, die Enros der Barde am Feuer zum Besten gegeben hatte. Jetzt, da ihr die Schlucht seht, ist euch klar, dass er nur diese gemeint haben kann. Als tiefe Wunde im Antlitz des Waldes hatte er sie beschrieben. Eine Narbe, die bis hinab auf die felsigen Knochen des Landes selbst geht, wo Wasserfälle zerstäuben und alles mit einer Feuchtigkeit wie Wundwasser überziehen. Gnädiger Nebel füllt den entfernten Verlauf der Schlucht, die gegen den umliegenden Wald fremd und tot wirkt. Er verhindert den Blick in die fernen Tiefen der mächtigen Schlucht, die zum Ende hin immer schmaler zu werden scheint. Zehntagschlucht. Enros sagte, die Zwerge hätten ihr in den alten Zeiten diesen Namen gegeben, bräuchte man doch zehn Tage strammer Reise, um die Schlucht zu durchmessen. Doch sprachen die Zwerge in ihren alten Geschichten auch davon, dass es nicht klug wäre, sich der Schlucht zu nähern. Es heißt, das Land selbst habe sich von dieser Wunde nie erholt. Und so höre man sein Wehklagen in den Lüften, spüre man den gestörten Fluss des Lebens selbst, und die Geister der Toten verbergen sich in den Nebeln, die sie sanft wie Leichentücher umhüllen.

Tatsächlich ist die Zehntagschlucht ein gewaltiger Einschnitt in die Landschaft, der sichtlich nicht natürlichen Ursprunges zu sein scheint. Als habe eine gigantische Klaue diese tiefe Furche in den Boden gerissen, erstreckt sie sich immer tiefer und schmaler werdend in leichtem Bogen. Der Gavant stürzt über den Rand der Schlucht hinab und scheint dann weiter zu fließen. Allerdings verteilt er sich am Grunde der Schlucht in viele kleinere Bäche, die teils mit reißender Geschwindigkeit durch ihre tief ausgewaschenen Betten schäumen. Immer wieder sind in den ziehenden Nebelschwaden sowohl trockene Felsen als auch Wasserfälle zu entdecken. Der Weg durch die Schlucht verspricht feucht zu werden. Seitlich neben dem Fluss ist aber genug Platz, um einen halbwegs trockenen Abstieg zu versuchen, wenn auch der Wind in Böen fein zerstäubte Wassertropfen mit sich bringt. Auch wenn der Fels hier nicht feucht genug ist, um glitschig zu sein, so ist der Abstieg nicht leicht (schweres Manöver) und der Einsatz von Kletterausrüstung unbedingt ratsam. Der Fels ist brüchig und an der Kante durchzogen von Wurzelwerk der umliegenden Büsche und Bäume. Zum Glück gibt es immer wieder kleinere Vorsprünge, auf denen loses Geröll zwar das Vorwärtskommen erschwert, aber dafür genug Platz lässt, um zu verschnaufen und die Seile neu zu verankern.

Die Spielercharaktere sollten sich nicht schon auf dem Weg in die Schlucht zu Tode stürzen. Im Notfall nutzen Sie die Felsvorsprünge und einige Büsche, die es geschafft haben, in der steilen Wand Wurzeln zu schlagen, um einen Sturz abzufangen und den unglücklichen Kletterer mit zerkratztem Gesicht und einigen Prellungen davonkommen zu lassen.

Je tiefer die Spielercharaktere klettern, um so lauter sollte es auch werden. Der Fluss stürzt hier rauschend mehrere Meter hinab in die Tiefe, um unten in einem tiefen Becken aufzutreffen, von dem aus er sich in eine Unzahl kleinerer Flüsschen verteilt, die sich an mächtigen Findlingen vorbei schlängeln. Dunstiger Sprühnebel vom Wasserfall liegt in der Luft, und der feuchte dunkle Fels lässt, zusammen mit dem Donnern des Wassers, ein eher beklemmendes Gefühl entstehen. Machen Sie den Spielern klar, dass der Himmel nun ein gutes Stück weiter entfernt ist als vorher. Die mächtigen Schluchtwände umgeben sie mit leichtem Überhang, was den Eindruck vermittelt, als würden die Wände gleich auf sie herab stürzen, um die Schlucht auf ewig zu verschließen und die Spielercharaktere zu verschlingen.

Es geht eine ganze Weile die Schlucht hinab, mal vorbei an Stromschnellen, dann wieder auf schmalen Kletterstiegen unter Felsüberhängen hindurch. Schließlich kommen die Spielercharaktere in den Bereich der Vogelgrube.

Vogelgruben und Nistwand der Raben
Wasserfälle des Gavant
Schlingwald
Heisse Quellen, Geysir, Totenkerze
Schutzsteine, Sammelkreise, Wandelteiche
Wasserfälle
Kerkokadaver
Lager, Sklavenkäfige
Versteckter Eingang zum Zwergentunnel

Vogelgrube

Im Bereich um die Vogelgrube und den Nistplatz der Raben zeigt sich die Zehntagschlucht felsig und feucht. Wasserfälle an den Rändern der Schlucht sorgen für einen kontinuierlichen Sprühnebel, der die Spielercharaktere auf Dauer durchnässen sollte. Der Boden und die Schluchtwände sind felsig, der Stein spröde und splittrig. Überall steht Wasser in kleineren oder größeren Mulden, einige haben mehrere Meter Durchmesser und sind bis zu vier Meter tief. Zwischen den Mulden gibt es nur kleine ebene Bereiche, so dass es nicht möglich sein sollte, die Mulden zu umgehen, sie müssen überquert werden.

Das Rauschen der Wasserfälle bildet eine stetige Geräuschkulisse, die um so lauter wird, je näher man den Schluchtwänden kommt. Der feine Sprühnebel bildet eine nicht unerhebliche Sichtbehinderung. Er reduziert die Sicht auf wenige Meter und sorgt außerdem für ein eher gedämpftes Licht, das es schwer macht, Abstände zu schätzen. Eine schmale Felswand steht am Ende dieses Bereiches quer zum Schluchtverlauf. Es existiert aber ein Durchgang in den hinteren Bereich der Zehntagschlucht, wo der spröde Fels zerbrochen und die Wand teilweise zusammengestürzt ist. Doch bis dorthin ist es für die Spielercharaktere ein feuchter Weg durch die Mulden, die den Boden der Schlucht bedecken wie tiefe Narben. Zumeist sollte das Wasser den Spielercharakteren nicht viel höher als bis zur Hüfte gehen, doch können sie nicht ausmachen, was wohl am Grunde der trüben Teiche lauert. Zum Ende der Vogelgruben hin scheint das Wasser des Gavant im Boden zu versickern, doch sind die Spalten zu klein, um seinem Verlauf folgen zu können.

Der Boden ist mit tiefen Mulden überzogen, steinig und unwegsam. Der Sprühnebel von einem Wasserfall, ein gutes Stück über euren Köpfen, überzieht euch und die Landschaft mit einem stetigen feinen Nieselregen. In den Spalten des Felsbodens haben sich Flechten und dicke gedrungenen Pilze angesiedelt. Sie verwandeln sich unter euren Schritten zu einer glitschigen Masse, der ein süßlicher Gestank entsteigt. Immer wieder geht es hinab in Mulden, in denen sich am Grund das Wasser gesammelt hat, mal in trüben, anscheinend bodenlosen Teichen, dann wieder glasklar. Die Wände der Mulden sind aus brüchigem Gestein, dem die stetige Berieselung mit Sprühregen trotzdem nichts von den scharfen Bruchkanten genommen hat.

Beschreiben Sie die Landschaft als eine unübersichtliche Aneinanderreihung tiefer Löcher, deren Böden alle mit Wasser bedeckt sind. Die Ränder der Krater sind schwer zu erklettern (schweres Manöver). Der scharfkantige Stein neigt dazu, schnell in langen, aber flachen Platten zu brechen und die Kletterer mit nadelspitzen Splitterregen zu überziehen. Dazu kommt die allgegenwärtige Feuchtigkeit und die schmierigen Flechten und Pilze, die den Untergrund glitschig machen.

Mit ein wenig Vorausplanung können die Spielercharaktere vermeiden, in die Mulden zu steigen, deren Wasserfüllung völlig trübe ist. Doch auch das klare Wasser bedeutet nicht unbedingt Sicherheit.

In den Becken können Gefahren lauern, die selbst im klaren Wasser verborgen bleiben.

Begegnungen in der Vogelgrube

Leicht - Nesselalgen

Feine Schlieren fast farbloser Algen durchziehen das Wasser. Stellenweise haben sich die Algenfäden zu größeren Teppichen verbunden. Kommt die nackte Haut mit den Nesseln der Algen in Berührung, so entstehen Quaddeln und ein juckender Ausschlag, der einige Tage braucht, bis er komplett abgeheilt ist (-10 auf Manöver für 3 Tage; *leicht* heilbar).

Mittel - Matschschnapper

In den Gruben mit trübem Wasser ist der Boden mit einer glitschigen Mischung aus Schlamm und Vogelexkrementen bedeckt, der bei der leichtesten Wasserbewegung aufgewirbelt wird.

Einige der Gruben sind die Heimat von Matschschnappern, amphibischen Lebewesen, die ausgewachsen eine Länge von fast einem Schritt erreichen können. Es sind platte Wesen, die sich mit Hilfe von verknöcherten Vorderflossen und ihren kräftigen Fischschwänzen durch den Schlick und Schlamm bewegen können. Außerdem verstehen sie sich hervorragend darauf, sich unter Einsatz ihres Schwanzes aus dem Wasser hinaus zu katapultieren. Dabei erreichen sie bis zu vier Meter Sprunghöhe. Durch ihre matschbraune bis steingraue Färbung sind sie hervorragend getarnt und werden, da sie zumeist reglos lauern, oft mit Felsen verwechselt.

Matschschnapper besitzen ein scharfes, mehrreihiges Fischgebiss und sind Allesfresser.

Einige Exemplare könnten sich auch in der Vogelgrube satt fressen, doch werden sie zum schlafen immer in die wassergefüllten Gruben zurückkehren, um nicht auszutrocknen.

Tritt ein Spielercharakter beim Durchwaten der Gruben auf einen Matschschnapper oder scheucht gar eine ganze Gruppe auf, so sind die Tiere durchaus lästige Gegner, da sie sich selbst im schlammigen Wasser mit Hilfe ihrer Wärmesicht zu orientieren vermögen.

Matschschnapper (1)
Angriffe: Biss (klein) +40
Trefferpunkte: 15, RK (DB): 4 (40)

Schwer - Fleischfressende Riesenschnecke (5)

Angriffe: Biss (mittel) +80
Trefferpunkte: 300, RK (DB): 6 (10)

Schließlich werden die Gruben flacher, und vor euch erhebt sich eine zerklüftete Wand, in der eine Unzahl schwarz befiederter Vögel nistet. Starre dunkle Vogelaugen beobachten eure Bemühungen, und seitlich der Brutkolonie führt ein schmaler Durchgang über ein Trümmerfeld, das wohl einst Teil der Steilwand war, hinein in dichten Wald.
Süßlicher Gestank mischt sich mit den Ausdünstungen der Vögel.
Es scheint sich um Raben zu handeln, doch schillert das Federkleid dieser Exemplare weniger ölig, als ihr es gewohnt seid, eher wirken die Federn fast schon mattschwarz. Die Tiere sind erstaunlich ruhig. Nur selten schallt ein krächzender Vogelschrei durch das Tal, um als Echo verzerrt zu euch zurück zu kommen. Die Tiere hocken auf ihren Nestern in den Vorsprüngen des brüchigen Felsen, als hätten sie Angst, jede kleinste Regung könnte den Fels weiter splittern lassen und die Nester in die Tiefe reißen.
Ätzender Vogelkot überzieht den Boden vor der Nistwand, doch den Ursprung des süßlichen Verwesungsgestankes findet ihr schließlich in einer Grube am Rande des Durchganges.
Unzählige tote Raben liegen dort, die Köpfe in unnatürlichen Winkeln verdreht, die Leiber gerupft und nur noch hier und da von Flaumfedern bedeckt.
Es müssen mehrere Dutzend Vögel sein, die hier in den unterschiedlichsten Stadien der Verwesung liegen, allesamt ihres schwarzen Federkleides beraubt.

Die Pickelhäute haben hier für Shaktha Federn besorgt, dabei waren sie wenig zimperlich. Untersuchen die Spielercharaktere die Vogelkadaver (Selbstdisziplin, *mittelschwer*), so wird ihnen auffallen, dass die Tiere überbrüht und dann gerupft wurden. Dabei wurden teilweise Hautfetzen mit abgerissen, und bei einigen Vögeln ist der Brustkorb eingedrückt. Sobald die Spielercharaktere in den natürlichen Durchgang treten, der durch den teilweisen Einbruch der Nistwand entstanden ist, entdecken sie in einer Nische einen großen Kessel. Der Kessel ist voll schmutzigem Wasser und kleinen Federn und hängt in einem provisorischen Gestell über einer erloschenen Feuerstelle. Neben der Feuerstelle liegen achtlos einige alte Säcke aus grob gewebtem Stoff. In ihnen stecken teilweise noch dunkle Federn. Unter dem letzten der Säcke liegt ein schlecht gearbeitetes Messer mit stumpfer Klinge.

Shaktha benötigt die Federn, um Federpfeifen herzustellen, und sie hat auch ihren eigenen Mantel und den des Monsters mit Federn verziert, die sie verzaubert hat. Hinter dem Kessel führt der Weg in den Schlingwald.

Rapp-Raben (1)

Die Rapp-Raben leben zumeist im Umland der Zehntagschlucht, in der sie auch ihre Nistplätze haben. Die Tiere sind ungewöhnlich sozial und sehr aufeinander bezogen. Oftmals wird davon berichtet, dass sich die Tiere in einem Schwarm alle zur gleichen Zeit auf dieselbe Weise bewegen und ihre Formationsflüge sind fast schon beängstigend anzusehen, so perfekt aufeinander abgestimmt fliegen sie. Die Tiere unterscheiden sich von gewöhnlichen Raben durch ihr eher matteres Gefieder, auch wirkt der Rapp-Rabe etwas kompakter als gewöhnliche Raben und ist zumeist sehr still. Die Tiere scheinen sich mit Pfeiflauten untereinander zu verständigen.

Es heißt, das Gefieder der Rapp-Raben ist hervorragend geeignet, um als Zauberkomponente bei Zaubern zu dienen, bei denen es auf Interaktion und Kommunikation ankommt, wohl eine Nebenwirkung der magischen Umgebung der Zehntagschlucht.

Angriffe: Kralle (klein) +20
oder Schnabel (klein) +20
Trefferpunkte: 25, RK (DB): 1 (30)

Im Schwarm (über 10 Tiere):
Angriffe: Kralle (klein) +30
oder Schnabel (klein) +30

Schlingwald

Sobald die Spielercharaktere die eher karge Landschaft im Bereich der Vogelgrube hinter sich gelassen und durch den eingestürzten Felswandbereich getreten sind, erwartet sie eine völlig andere Umgebung. Die Wassermassen des Gavant sind in den Vogelgruben zum Großteil versickert und fließen nun unterirdisch, trotzdem drückt das Wasser nach oben und versorgt so den Schlingwald von unten mit mehr warmer Feuchtigkeit, als so manchem Spielercharakter lieb sein mag.

Mangrovenartige Bäume ragen viele Meter hinauf in den Nebel, der für die Zehntagschlucht charakteristisch zu sein scheint. Die Baumkronen verlieren sich im Dunst. Glänzende Feuchtigkeit auf sattem Grün dominiert die Umgebung. Zwischen den mächtigen alten Stämmen der Mangroven, deren weit verzweigtes Wurzelwerk auf schlammigem Grund steht, ziehen sich dicke Stränge von Luftwurzeln, teils überzogen von Flechten und kleineren blühenden Gewächsen.

Die Flechten hängen wie löchrige weiße Tücher von den Mangroven hinab, haben teilweise das üppige Grün verdeckt und die Bäume erstickt. Zwischen dem lebendigen Grün ragen immer wieder modrig schwarz Stämme gen Blätterdach, die mit den langen weißen Flechtenbahnen wie mit Leichentüchern behängt sind. Der allgegenwärtige Duft nasser Pflanzen mischt sich mit dem erdigen Geruch der vermodernden Stämme.

Vereinzelt schimmern rote und kränklich gelbe Blüten durch das dichte Grün, umtanzt von Insekten.

Das stetige Tropfen von Wasser mischt sich mit Blättergeraschel und den leisen Lauten von kleineren Tieren, die durch den dichten Bewuchs eurem Blick verborgen sind. Schwere Nebelstreifen, die in den Zweigen hängen, schränken die Sicht zusätzlich ein. Im feuchten Boden vergeht jede Spur in wenigen Minuten, füllt sich mit Wasser und feinem Schlamm.

Beschreiben Sie den Bereich des Schlingwaldes eher wie eine Mischung aus Mangrovensumpf und Urwald. Es ist deutlich wärmer in diesem Teil der Zehntagschlucht, und der Nebel und die Pflanzen machen eine Orientierung schwierig. Oft stehen die Mangrovenbäume mit ihren hohen, weit reichenden Wurzeln so dicht verflochten, dass ein Durchkommen unmöglich ist und Umwege gegangen werden müssen. Das Gelände steht teilweise unter Wasser, vor allem rund um die größeren Bäume. Das Wasser ist von dunkelbrauner Färbung und der Bodengrund schlammig und voller Wurzelwerk, das es einfach macht, mit dem Fuß stecken zu bleiben. Auch lebt in dem Wasser einiges an Viehzeug, und nicht alles flieht, wenn es aufgestört wird.

Die Umgebung ist in dauernder Bewegung. Die Blätter rascheln in einem lauen Wind, Luftwurzeln und die langen Bahnen an abgestorbenen Flechten, die wie Tücher über den Ästen hängen, schwingen hin und her. Dauernd raschelt es irgendwo, gluckert Wasser, und Feuchtigkeit tropft aus dem Blätterdach hinab. Dazu fühlen sich in dieser feuchtwarmen Umgebung Stechmücken sehr wohl und sehen die vorbeikommenden Spielercharaktere als gerne gesehene Erweiterung des Nahrungsangebotes an. Von armdicken Tausendfüßlern, Ameisen und Spinnen, bis hin zu kleinen flinken Vögeln, die zwischen den Lianen und Luftwurzeln hin und her von Blüte zu Blüte huschen, gibt es genug, um für Geräuschkulisse und unerwartete Begegnungen zu sorgen. Die größeren Bewohner des Schlingwaldes halten sich allerdings sehr zurück. Sie haben mit den Pickelhäuten zumeist die Erfahrung gemacht, dass es schmerzhaft oder sogar tödlich enden kann anzugreifen. Trotzdem gibt es immer wieder Lebewesen, die entweder hungrig und entschlossen genug sind, oder schlichtweg zu dumm, um den Spielercharakteren aus dem Weg zu gehen.

Begegnungen im Schlingwald

Leicht - Gleitflügler

Bei den Gleitflüglern handelt es sich um unterarmlange echsenartige Wesen, die eine feine Körpermembran zwischen den Vorder- und Hinterbeinen an den Flanken entlang besitzen. Mit Vorder- und Hinterbeinen weit ausgestreckt erlaubt es ihnen diese Membran, mehrere Meter weit zu gleiten. Die Gleitflügler sind gute Kletterer. Mit ihren kleinen Krallen und dem Balanceschwanz erklettern sie blitzschnell die Mangrovenbäume, um dann aus mehreren Metern Höhe zwischen den Baumstämmen hin und her zu springen und zu gleiten.

Die kleinen Echsen sind zumeist von mattgrüner Farbe mit dunkleren braunen Sprenkeln. Die Reptilienaugen im eckigen Kopf haben einen schmutzigen Gelbton. Auch in der Dämmerung vermögen die kleinen Aasfresser erstaunlich gut zu sehen und bewegen sich schnell und sicher zwischen den Stämmen.

Die kleinen Räuber ernähren sich hauptsächlich von Aas und Früchten und sind nicht sonderlich intelligent. Sie fressen letztlich alles, was nicht schnell genug weglaufen kann. Außerdem stehlen sie mit Vorliebe glitzernde Dinge und schrecken dabei auch nicht davor zurück, sich an Gegenständen zu versuchen, die ein gutes Stück größer sind als sie selbst. Alleine sollte ein Gleitflügler kein großes Problem darstellen, doch treten sie in größeren Gruppen auf, die schnell lästig werden können.

Die Echsen haben Angst vor Feuer, nur ist es bei dem feuchten Grund größtenteils unmöglich, ein Lagerfeuer zu entfachen. Eine Gruppe Gleitflügler, die sich auf die rastenden Spielercharaktere stürzt, dürfte aber, auch wegen ihrer diebischen Neigung, in der Lage sein für Kratzer, kleinere Bisswunden und Unannehmlichkeiten zu sorgen.

Vielleicht gelingt es den kleinen Biestern ja sogar, etwas zu verschleppen, und Sie können die Gleitflügler benutzen, um die Spielercharaktere tiefer in den Schlingwald zu locken.

Sollte ein wenig Ausrüstungshilfe nötig sein, so können Sie die Spielercharaktere auch über ein Nest der Gleitflügler stolpern lassen, in dem sich neben allerlei glitzerndem Tand auch die eine oder andere brauchbare Kleinigkeit oder sogar Federpfeifen der Pickelhäute finden lassen. Die Nester der kleinen Echsen sind zumeist auf Schulterhöhe in breiten Astgabeln und aus einer Mischung von getrocknetem Schlamm und kleineren Ästen und Schlingpflanzen gebaut.

Da die Gleitflügler die Aasfresser des Schlingwaldes sind, machen sie auch den meisten Lärm, wenn sie sich um Beute zanken, so können von Ihnen benutzt werden, um die Spieler zum Beispiel zu einer verunfallten Pickelhaut oder einen verendeten größeren Bewohner des Schlingwaldes zu führen, sollten Sie einen Zwischenfall provozieren wollen.

Gleitflügler (1)

Angriffe: Kralle (klein) +30 oder Biss (klein) +40
Trefferpunkte: 20, RK (DB): 6 (20)

Mittel - Wasserschlange

Hervorragend zwischen den knorrigen Luftwurzeln der Mangrovenbäume getarnt wartet die Dentora, eine Wasserschlange, auf ihre Opfer. Die Würgeschlange erreicht eine Länge von bis zu 8 Metern und ist an ihrer dicksten Stelle so groß wie ein kräftiger Orkoberschenkel. Ihre mattbraune Farbe mit helleren Sprenkeln tarnt die Schlange hervorragend, und zumeist lauert sie entweder knapp unter der Wasseroberfläche oder aber im Gewirr der Luftwurzeln dicht am Wasser auf Opfer. Die Dentora ist ungiftig, sie erwürgt ihre Opfer, indem sie sie umschlingt und ihnen dann mit kräftigem Druck die Knochen bricht. Zumeist zieht sie ihre Opfer dafür noch unter Wasser, ist sie selbst doch in der Lage, mehrere Minuten ohne Atmen auszukommen. Sie können die Spielercharaktere bei ihrem Weg durch einen überfluteten Bereich des Schlingwaldes über die Schlange stolpern lassen. An Land ist die Schlange eher träge, im Wasser aber bewegt sie sich schnell und mit kraftvollen Bewegungen.

Dentora (4)

Angriffe: Umhüllen/Umklammern (groß) +100
Trefferpunkte: 110, RK (DB): 3 (0)

Schwer - Schnitter

Die Schnitter sind Großkatzen, die anstatt mit Fell mit feinen Schuppen bedeckt sind, deren Ränder scharf wie Rasierklingen sind. Ungefähr halb so groß wie Panther jagen sie nicht einzeln, sondern im Familienverband. Die Schnitter haben mächtige Köpfe mit grellgrünen Augen, die es ihnen auch erlauben, bei Nacht auf die Jagd zu gehen. Ihre Schnauzen in den breiten Gesichtern sind eher klein aber mit überlangen, messerscharfen Reißzähnen bewehrt. Ihr ganzer Leib ist von den großen, krallenbewehrten Tatzen, über die gedrungene muskulöse Gestalt, bis hin zur zuckenden Schwanzspitze von münzgroßen Schuppen überzogen. Zumeist haben die Schuppen eine mattgraue Färbung, aber teilweise sind sie mit grünlichem Moosschimmer bedeckt. Wie ein Schuppenpanzer greifen die Schuppen in- und übereinander, weisen aber alle an den abgeflachten Enden eine scharfe Schnittkante auf.

Die Schnitter können sich nahezu lautlos bewegen, sind dann aber sehr langsam. In normalem Trott geben die Schuppen ein leises rasselndes Geräusch von sich. Für die Tiere im Schlingwald ist das Rasseln der Schnitter ein Alarmsignal, und sehr schnell wird es ruhig im Wald, wenn die Raubkatzen auf Jagd gehen. Da sie im Familienverband agieren und Lauerjäger sind, ist fast jede Jagd erfolgreich.

Die Schnitter bewegen sich nicht nur auf dem Boden, sondern verstehen es auch hervorragend, sich im dichten Geäst der Bäume fortzubewegen, wobei ihnen ihr Balanceschwanz gute Dienste leistet.

Sie können Schnitter als Gruppe oder auch als Einzeljäger einsetzen. Es könnte sich dann um ein junges Männchen handeln, das sich seine eigene Familie sucht.

Als Warnung könnten Sie die Spielercharaktere die zerfetzte und mit Schnittwunden übersäte Leiche einer Pickelhaut finden lassen. Allerdings werden die Schnitter den mutierten Ork nicht aufgefressen haben, ist ihnen doch das betäubende Sekret aus den Pickeln und Pusteln der Pickelhäute mehr als unangenehm an den Schnauzen.

Wenn sich eine Gruppe Schnitter auf der Jagd in der Nähe befindet, kann den Spielercharakteren auffallen *(schweres Manöver)*, dass es ungewöhnlich still im Schlingwald geworden ist.

Aus dem Balg von zwei ausgewachsenen Schnittern kann eine Rüstung gefertigt werden, wenn man die Tiere abzieht und die Schuppenhaut fachmännisch bearbeiten lässt (sehr schwer, 30 Stunden, andere Materialien im Wert von 2 Trionthaler notwendig: RK 12, 8kg).

Schnitter (6)

Angriffe: Biss (mittel) +30, Schuppen (Kralle - mittel) +60 oder Schwanzschlag (Kralle - mittel) +90 oder Tatze (Klaue - mittel) +80
Trefferpunkte: 150, RK (DB): 12 (40)

Heisse Quellen

Langsam lichtet sich der Schlingwald, die Mangroven werden niedriger. Schließlich passiert ihr nur noch verkrüppelte Büsche und Bäumen, die kaum hoch genug wachsen, um in den Nebelschwaden über euren Köpfen zu verschwinden. Immer öfter weicht das satte Laubgrün kränklich gelben Blättern mit zusammengerollten Blattkanten. Die Baumstämme haben grau-weiße Flecken. Der erdige Duft des Schlingwaldes und auch das Summen der Insekten verlieren sich mit jedem Schritt mehr. Ein Gestank wie von faulen Eiern steigt euch in die Nase und reizt die Augen zu Tränen. Langsam wandelt sich auch das Aussehen des Bodens. Er ist nicht mehr so feucht und nachgiebig, sondern von einer krustigen weißen Schicht überzogen, die mit leisem Knirschen unter euren Füßen zu körnigen Kristallen zerbricht. Vereinzelt liegen knollige Steine verstreut zwischen dem krüppeligen Bewuchs. Die Bäume werden zunehmend blattlos, mit weißen Stämmen, deren Zweige sich wie Klauen in den nebligen Himmel strecken. Die Büsche sind niedrig und ebenfalls blattlos und fahl, teils glitzern kristallartige Ablagerungen auf den niedrigeren Zweigen. Mit jedem Schritt, den ihr über den knirschenden Boden macht, wird es etwas wärmer. Schließlich wandert ihr durch dunstigen Rauch. Es ist warm wie in einer Schwitzhütte, und außer dem Geräusch eurer Schritte ist nichts zu hören.

Die Spielercharaktere bewegen sich nun auf einen Geysir zu, eine heiße Quelle, die ihr Wasser in unregelmäßigen Abständen als Fontäne hoch hinauf in den Himmel schickt.

Das Gelände ist steinig und wird erst kurz vor dem kleinen Teich, aus dem der Geysir in unregelmäßigen Abständen ausbricht, wieder feuchter. Der Untergrund ist trügerisch und fühlbar warm. Sinter, eine mineralische Ablagerung, hat sich im Bereich rund um den Geysir abgesetzt und überzieht alles mit einer hellen brüchigen Schicht. Im Gestein gibt es Hohlräume, und schwere Spielercharaktere laufen Gefahr einzubrechen. Ob sie dabei nur in kleineren Hohlräumen mit scharfkantigen Seitenwänden landen, oder in mit warmem Wasser gefüllten kleineren Höhlen, bleibt Ihnen überlassen. Sie können auch einen Schwarm Funken aufscheuchen, der dann versucht, sich an der Körperwärme der Spielercharaktere zu laben.

Der Boden erwärmt sich spürbar, je näher die Spielercharaktere dem Geysirteich kommen.

Der Gavant fließt hier unterirdisch, doch ist er durch die brüchigen Gesteinsschichten oft wie ein fernes Rauschen und Donnern zu vernehmen. Aus schmalen Spalten steigt Wasserdampf nach oben. Die Funken tummeln sich in den heißen Spalten und laben sich an der Wärme des Wasserdampfes, immer kurz davor, von der Feuchtigkeit zum Erlöschen gebracht zu werden.

Sobald sich die Spielercharaktere dem Geysir bis auf zehn Schritte genähert haben, können Sie den ersten Ausbruch stattfinden lassen. Der Geysir spuckt eine gut zwanzig Schritt hohe Säule aus Wasserdampf und kochendem Wasser in den dunstigen Himmel. Prasselnd stürzt sie im unmittelbaren Umfeld des Teiches wieder hinab und kann zu Verbrühungen führen. Dabei zischt und blubbert es aus dem kleinen Teich, der aber nach dem Ausbruch schnell wieder zur Ruhe kommt. Wie lange es bis zum nächsten Ausbruch dauert, ist Ihnen überlassen.

Der Ausbruch hat einen Nebeneffekt, der den Spielercharakteren schnell gefährlich werden kann.

Funken (0)

Die Funken sind magisch belebte kleine Flämmchen. Woher sie kommen ist ungewiss, doch scheinen sie an die unmittelbare Umgebung des Geysirs gebunden zu sein, da sie die Wärme brauchen, um nicht zu verlöschen.

Generell ziehen die vielleicht handtellergroßen schwebenden Flammen trockene Wärme der feuchten Umgebung vor. Deswegen werden sie versuchen, sich an der Körperwärmer der Spielercharaktere zu laben. Leider ruft die Berührung eines Funken Flammenschaden (+0) hervor, immerhin ist er eine lebende Flamme. Je mehr Wärme der Funken bekommt, umso heller und größer ist er, wobei er nicht größer zu werden vermag als eine menschliche Hand. Ist er länger als einen Tag ohne Wärme, so schrumpft er zu einem matt glimmenden kleinen Funken zusammen, um dann nach Ablauf einer Woche völlig zu erlöschen.

Sollten die Spielercharaktere den Geysir bei Nacht passieren und Fackeln oder Laternen entzündet haben, so kann es passieren, dass sich Funken in den Flammen festsetzen. Sie sind nur *schwer* zu entdecken und sorgen sonst dafür, dass sich die Fackel oder das Öl der Laterne doppelt so schnell verbraucht. Dafür brennt die Flamme der Lichtquelle aber regelmäßiger und mit einer höheren Leuchtreichweite.

Verlöscht das Feuer, wird der Funken es verlassen und sich der nächsten Wärmequelle zuwenden. Auf diese Art und Weise kann es passieren, dass Funken über das Gebiet des Geysirs hinaus mitgetragen werden. Sie sind ungefährlich für die Spielercharaktere, solange sie ein nährendes Feuer in Reichweite haben.

Funken können wie normales Feuer durch Wasser oder Sauerstoffentzug zum Erlöschen gebracht werden.

Angriffe: Speziell (Feuer) +0
Trefferpunkte: 1, RK (DB): 0 (0)

Die in den kleinen Spalten und Höhlungen im brüchigen Boden verborgenen Funken werden von der Wärme des Ausbruchs des Geysirs an die Oberfläche gelockt. Normalerweise verschwinden sie nach einer Weile wieder in ihren Höhlen, doch entdecken sie die Spielercharaktere, werden sie sich auf sie stürzen und sie in wüstem Tanz umwirbeln, um ihnen die Wärme zu entziehen. Funken lieben Wärme und benötigen sie, um zu existieren. Bedingt durch ihre Flammennatur können sie es aber in der feuchten Umgebung am Teich nicht sehr lange aushalten. Deswegen sind die Spielercharaktere nahe am Geysir zwar vor Angriffen der Funken sicher, dafür drohen ihnen dort Verbrühungen, sobald der Geysir ausbricht. Der Teich selbst hält auch noch eine unangenehme Überraschung bereit.

Im Teich liegt eine Totenkerze, einst eine schöne Frau, die auf der Flucht vor den Funken in den Geysirteich stürzte und dabei zu Tode kam. Die Illusion erhält das Bild der hübschen Reisenden aufrecht, und so sehen die Spielercharaktere eine Zwergin in prächtiger Reisekleidung. Sie ist mit fein gearbeitetem Schmuck um Hals und Handgelenke ausstaffiert und hat ein verlockendes Lächeln auf den Lippen. Die dunklen Augen der Zwergin wirken halb amüsiert, halb traurig, und die zuckende Flamme, die sie in der kunstvollen Feuerschale in Händen hält, tanzt hypnotisch auf und ab. Ihr Schein tanzt knapp unter der Wasseroberfläche des Geysirteiches, und die Zwergin scheint im Wasser zu schweben.

Der Geysirteich selber ist an den Rändern brüchig von Sinterstein, wird aber mit zunehmender Tiefe von krustigen hellorangen Mineralablagerungen dominiert, bis schließlich als schmale, schwarze Öffnung mittig der Geysirausgang auszumachen ist. Das Wasser ist klar, so dass man bis zum Grund sehen kann, und unangenehm warm, fast schon heiß. Sollten die Spielercharaktere in den Teich fallen oder gar zum Grund tauchen wollen, müssen sie schmerzhaft feststellen, dass das Wasser rapide heißer wird, je tiefer man kommt. Steht der Geysir kurz vor dem Ausbruch, so sind am Grund winzige Siedebläschen auszumachen.

Lassen die Spielercharaktere den Geysir hinter sich, so vergeht langsam der Gestank nach Schwefel. Der Boden kühlt ab und wird wieder zerklüfteter. Die Dampfschwaden werden langsam durch Nebel ersetzt und das ungesunde Aussehen der wenigen Vegetation wandelt sich zu gesundem Grün. Noch sind die Bäume niedrig, aber es ist deutlich zu erkennen, dass das Gelände zerklüfteter wird. Es gibt große Findlinge, die mit Moosen und Flechten überzogen sind, zwischen denen sich mit Schlingpflanzen bewachsene Bäume immer höher gen Himmel recken. Auch tritt der Fluss wieder zu Tage und windet sich in vielen kleinen Bächlein durch die mit frischem Grün überzogene Felslandschaft.

Totenkerze (7)

Es handelt sich um einen von einer Illusion umhüllten Leichnam einer Ertrunkenen. Die Illusion gibt ihr ein vollkommenes und ansehnliches, wenn auch etwas feuchtes Erscheinungsbild. Das Trugbild der Totenkerze, die behutsam ein einladendes Licht hält, scheint direkt unter der Wasseroberfläche zu schweben. Die Illusion der Totenkerze winkt mit verführerischem Charme den Lebenden zu, die von oben auf sie herabblicken.

Tatsächlich ist der Leichnam oft schon bis auf die Knochen verwest, wie es auch hier der Fall ist. Die Totenkerze ernährt sich von der Lebensenergie derer, die über ihr ins Wasser blicken, angelockt vom illusionären Schein der Totenkerze in ihrer Hand. Die Totenkerze ist ein Untoter der Klasse III.

Blickt jemand in das Flammenspiel der Totenkerze, so fällt er in eine Trance, aus der er schlimmstenfalls nie wieder erwacht. Misslingt der WW, so zwingt der Untote sein Opfer, unbeweglich in die Flamme zu sehen und entzieht ihm dabei jede Runde nach misslungenem WW vier Konstitutionspunkte. Dem Opfer ist jede Runde ein WW gestattet, um zu versuchen, sich dem Bann zu entziehen, bevor er jeglicher Kraft entzogen als lebloser Leichnam endet.

Siehe alternativ auch *Kreaturen & Monster*,
Seite 193, 200.

Untoter (III)
Angriffe: Spruch/Speziell
Trefferpunkte: 100, RK (DB): 1 (30)

Schutzsteine und Wandelteiche

Der Fluss plätschert in viele kleine Bächlein aufgeteilt zwischen niedrigen Büschen und mächtigen Findlingen hindurch. Nebelschwaden hängen zwischen den Steinen und machen die Flechten, Moose und Schlingpflanzen schlüpfrig. In kleinen Teichen zwischen den größeren Felsbrocken steht ruhig das Wasser, während die Bächlein, eingezwängt in ihren zerklüfteten Felsbetten, schnell und schäumend fließen. Vereinzelt ragen Bäume im Dunst hinauf, die Rinden mit Moos überzogen, die Baumkronen im Nebel verschwunden. Als hätte man sie in bleiche Tücher gehüllt, hängen lange blasse Flechtenvorhänge von den Zweigen hinab und treiben teils sogar im Wasser. Das Gelände fällt nun steil ab, und sehr bald werden aus den Bächlein Wasserfälle, die sich mehrere Meter in die Tiefe stürzen. Immer noch ist es warm, wenn auch nicht mehr ganz so heiß wie in der Umgebung des Geysirs. Durch gezackte schmale Spalten im Gestein steigt immer wieder Dampf hinauf.

Magische Effekte

Die magischen Effekte, die von den alten Runensteinen gedämpft oder gesammelt werden, sind im Laufe der Jahrhunderte wieder stärker geworden, haben die einst mächtigen Runen doch durch Verwitterung an Macht verloren.

Die unterschiedlichsten Effekte können deshalb auftreten. Ihnen als Spielleiter sind wenig Grenzen gesetzt, und so können Sie sich aus einem breiten Spektrum zwischen leichten und ungefährlichen bis hin zu schweren, gefährlichen Auswirkungen bedienen.

Ob sich den Spielercharakteren nur die Haare am Körper aufstellen, sie einen leichten Stromfluss zu bemerken scheinen, ihnen ein ungutes Gefühl in den Knochen sitzt, sie nur einen seltsamen Geruch in der Nase oder einen schlechten Geschmack im Mund haben - alles ist möglich. Es kann aber auch durchaus sein, dass die Schwerkraft plötzlich deutlich nachlässt oder ansteigt, die Temperatur sich um mehr als 50 Grad absenkt oder steigt, oder gar einzelne Sinneswahrnehmungen wie Tastsinn oder Sicht komplett versagen, solange die Spielercharaktere sich im Wirkungsbereich der Steine befinden. Auch können die verschiedensten Emotionen ausgelöst werden, von abgrundtiefer Verzweiflung oder Hass bis hin zu unbändigen Lachanfällen und völligem Leichtsinn und Sorglosigkeit. Im Zweifelsfall lassen Sie nicht die ganze Gruppe im Wirkbereich stehen, so dass es immer noch möglich sein sollte, dass Rettung nur wenige Meter entfernt organisiert werden kann.

Es geht nun steil abwärts, auf den Grund der Zehntagschlucht. Dabei bleibt es feuchtwarm.

In mächtigen unterschiedlich hohen Treppen fällt das Gelände ab, und eine Unzahl kleinerer und auch einige große Wasserfälle stürzen in die Tiefe. Auffallend ist, dass es in diesem Gebiet keine größeren Tiere zu geben scheint. Das Gelände ist für größere Tiere zu unwegsam, und die Pickelhäute unter Shakthas Befehl sorgen dafür, dass niemand die Wandlung der Orks zu Pickelhäuten stört, die weiter die Schlucht hinab stattfindet. Aufmerksamen Beobachtern (*mittelschwer*) dürfte auffallen, dass es immer wieder Stellen in den Felswänden gibt, die auf zwergische Bearbeitung hin deuten. Allerdings sind es immer nur kleine Stücke, und nie wurden Stollen gegraben, die tiefer sind als wenige Schritt. In der Nähe dieser kurzen Probegrabungen sind oft Schutzsteine aufgestellt. Durch den terrassenförmigen Charakter der Umgebung wechseln sich hier kurze Erkundungen mit Kletteraktionen ab.

Für die Spielercharaktere ist es nun wieder soweit, dass die Fortbewegung größtenteils gesichert an Seilen stattfinden sollte (*mittelschwer*), um zu verhindern, dass es zu Abstürzen kommt. Der Boden ist nass und oftmals von Moos und Flechten überwuchert, die durch das Sprühwasser der Wasserfälle rutschig sind. Die Sicht ist wegen der Tiefe der Schlucht und des Nebels eher eingeschränkt, und es ist auch nicht sonderlich hell.

Vereinzelt leben in den Spalten, aus denen Dampf hervor quillt, Funken, die in eine Lampe oder Fackel gelockt durchaus gute Dienste leisten, da sie den Sichtbereich vergrößern.

Auf größeren Plateaus stehen immer wieder kleine Baumgruppen, zumeist mit langen Flechtenbahnen behangen, die notfalls als Kletterhilfe herhalten können (+10).

Begegnung im Stollen

Wenn Sie den Spielercharakteren ein wenig Beschäftigung geben wollen, so können Sie in den vor Jahrhunderten aufgegebenen Probestollen der Zwerge kleinere Tiere oder vielleicht sogar eine Pickelhaut platzieren, die auf einer Mission im Stollen Pause macht. Die Stollen sind als leidlich trockener Unterschlupf durchaus zu gebrauchen.

Sie können auch, um den Spielern klar zu machen, dass sie noch auf dem richtigen Weg sind, einen toten Flüchtling entweder im Stollen, oder als Opfer eines Klettersturzes am Boden einer der Terrassen platzieren. Er sollte als Bauer oder Wehrhöfer anhand seiner Kleidung zu erkennen sein, aber nichts mit sich führen. Anscheinend konnte er den Pickelhäuten entkommen, ist aber bei der Flucht hinauf zu Tode gestürzt.

Nachdem es eine Weile abwärts gegangen ist und die Schluchtwände, so sie im Sprühnebel der Wasserfälle überhaupt sichtbar sind, bis in den Himmel zu ragen scheinen, sollten Sie die Spieler auf die ersten Runensteine der Zwerge stoßen lassen.

Einst haben die Zwerge in der Zehntagschlucht Bodenschätze abgebaut. Bedingt durch die Tiefe der Schlucht war es größtenteils unnötig, tiefe Stollen zu bauen. Die meisten Erzadern und Edelsteine waren relativ nah unter dem Schluchtgrund oder gar in den Wänden zu finden. Allerdings mussten die Zwerge sehr schnell feststellen, dass die Schlucht umso gefährlicher wurde, je tiefer es hinab ging. Leider waren die tiefen Bereiche aber auch die, in denen es die besten Funde zu machen gab. Die Zehntagschlucht ist keines natürlichen Ursprungs, etwas Mächtiges schuf sie vor langer Zeit, und ein Echo dieser Macht scheint immer noch am Grund der Schlucht zu klingen. Die Tiere spürten das schon immer, und deswegen gibt es kaum Leben hier unten, das größer ist als ein Kaninchen. Nur die Wesen, die zu dumm oder zu gleichgültig sind, setzen sich freiwillig den wechselnden Effekten aus, die durch die magischen Störungen entstehen.

Die Zwerge lernten, dass der Abbau der Bodenschätze nicht ungefährlich war, und beauftragten ihre Gelehrte, die Schlucht so sicher wie möglich zu machen.

Geoden und Priester schufen gemeinsam mächtige Schutzsteine, die entweder die fluktuierenden Effekte abhalten oder teils sogar bündeln und so kontrolliert an einer Stelle halten sollten. Doch selbst das Werk der Zwerge ist nicht für die Ewigkeit. So sind heutzutage nur noch wenige der Schutzsteine und Sammelkreise aktiv. Die meisten sind schon lange von der Natur zurückerobert worden und stehen als überwucherte Findlinge, doch geschaffen von Zwergenhand, in der Schlucht. Nur einige sind noch aktiv, und in ihrer Nähe geschehen die seltsamsten Dinge.

Schutzsteine

Die Schutzsteine stehen einzeln. Sie sind zumeist ungefähr so hoch wie ein Zwerg und haben die Form von mächtigen Quadern. Auch wenn das Gestein im Laufe der Zeit gelitten hat und sich Moos auf dem Stein festsetzte, so ist doch klar zu erkennen, dass jeder Schutzstein aus anderem Material besteht, als in der Schlucht zu finden ist. Alle Schutzsteine sind aus fast weißem Material, durchzogen von helleren Adern, die leicht schimmern, wenn Licht darauf fällt. Sie sind mit ehemals kunstvollen Runen verziert, die aber im Laufe der Zeit verwittert sind. Dadurch haben die Steine zumeist ihre Macht verloren, nur einige wenige sind noch in der Lage, die magischen Effekte in ihrem Umkreis abzuhalten. Die Reichweite der Runen hat auch deutlich nachgelassen, und man ist nun nur noch im Umkreis weniger Meter um die Schutzsteine völlig sicher. Dadurch bieten sie sich als Lagerplätze an, sobald die Spielercharaktere herausfinden, dass die Effekte im Bereich der einzelnen hellen Steine deutlich seltener auftreten als anderswo in der Schlucht.

Diese Beobachtung machte allerdings auch Shaktha, die dafür sorgte, dass ein Großteil der Schutzsteine von den Pickelhäuten in mühsamer Schlepperei zu den Wandelgruben gebracht wurde. Die Steine sollen sicherstellen, dass die Verwandlung von Orks in Pickelhäute mit möglich wenigen Störungen stattfinden kann. Shaktha zog sich unter anderem deswegen so tief in die Schlucht zurück, weil niemand, der noch bei klarem Verstand ist, sein Lager für längere Zeit an diesem Ort aufschlagen würde.

Sammelkreise

Öfter als die Schutzsteine sollten die Spielercharaktere auf noch intakte Sammelkreise treffen. Die Steine der Sammelkreise sind höher und schlanker als die Schutzsteine und von fast schwarzer Färbung. Fast so groß wie der durchschnittliche Ork aber schlank wie ein Elf ragen die Steine der Sammelkreise gen Himmel. Sich nach oben verjüngend und mit Spiralen aus zwergischen Runen bedeckt sind sie gen Zentrum des Kreises leicht geneigt. Zumeist sind es mindestens acht Steine, die einen Kreis bilden, vereinzelt auch mehr. Einige der Kreise sind zerstört.

Die Zeit hat dafür gesorgt, dass die Runen verwitterten. Teils sind sogar einzelne Sammelsteine umgestürzt, und der Kreis wurde so gebrochen. Allen Sammelkreisen ist aber gemeinsam, dass in der Mitte der Kreise nichts wächst. Oftmals ist der blanke Fels nicht nur frei von Bewuchs, selbst die sonst allgegenwärtige Feuchtigkeit schlägt sich in der Mitte der noch aktiven Sammelkreise nicht nieder. Ein feines Zischeln und Summen liegt in der Luft, wenn ein aktiver Sammelkreis in der Nähe ist. Blickt man in den Kreis, so scheint die Luft zu wabern, wie an einem heißen Tag. Die magisch aufgeladene Umgebung kanalisiert sich an den Steinen entlang in der Mitte des Kreises und entlädt sich in unregelmäßigen Abständen in den Boden. Wer auch immer das Pech hat, im Weg zu stehen, wenn der Kreis sich entlädt, hat ein ungewisses Schicksal vor sich.

Es liegt an Ihnen als Spielleiter, den Spielern zu vermitteln, dass es keine gute Idee ist, sich den gesammelten magischen Energien der Kreise auszusetzen. Je näher die Spielercharaktere den Sammelkreisen kommen, umso offensichtlicher treten zunächst ungefährliche Effekte auf. Betreten sie einen der Kreise, so lassen Sie Effekte auftreten, die durchaus negative Auswirkungen auf die Spielercharaktere haben sollten.

Ist jemand bei der Gruppe, der zwergisch lesen kann, so kann er die alten Runen teilweise entziffern. Auch wenn kein genauer Wortlaut zu erkennen ist, so sagen die Runen aus, dass eine Annäherung an den Kreis lebensgefährlich ist. Sie sind Teil des Zaubers, der die magischen Energien kanalisiert.

Schließlich ist der Grund der Schlucht erreicht. Die Wasserfälle werden zunehmend kleiner und das Gelände flacher. Der Grund der Schlucht ist düster und feucht, der Himmel über euch nur noch ein matter Streifen. Der Baumbewuchs wird wieder merklich höher, doch wirkt das Grün hier unten düster und blattärmer als weiter oben in der Schlucht. Viele Bäume sind kahl, und die euch schon bekannten weißen Flechten, die wie Leichentücher über den Ästen liegen, bewegen sich geisterhaft im leichten Wind, der am Grund der Schlucht weht. Der Wind bringt immer wieder kurze schwarze Federn mit sich, und ihr vermeint leise Flötentöne wie aus weiter Ferne zu vernehmen, doch dann ist da nur wieder das Gurgeln des Flusses.
Die vielen Flussarme des Gavant vereinigen sich wieder zu einem größeren Fluss, der sich tief in den Fels gefressen hat. Nur vereinzelt strömen kleinere Seitenarme ein wenig neben der Hauptrinne und füllen immer wieder kleine Teiche.

Die Teiche werden von Shakthar zur Umwandlung der Orks in Pickelhäute benutzt.

Die Orks werden nackt auf Holzkonstruktionen knapp unter der Wasseroberfläche an Händen und Füßen gefesselt.

So sind sie, mit Blick nach oben, mittig in den Teichen fixiert. Sie können nicht untergehen, aber auch nicht wegschwimmen, um der schmerzhaften Wandlung zu entkommen. Über den Teichen sind in einem Astgeflecht eine Unzahl an dunklen Federn angebracht. Schilfröhren erzeugen leise Flötentöne, je nachdem, wie der Wind geht. Je länger die Orks schon in der Umwandlung sind, umso mehr sind die mit Federn geschmückten Geflechtdächer über den Teichen mit haarfeinen Spinnfäden durchzogen. Tautropfen hängen an den hellen Fäden und zittern im Wind, der den Flöten hohe leise Töne entlockt. Tatsächlich sind die Fäden aber nicht von Spinnen verursacht, sondern manifestieren sich als magisches Geflecht, je länger die Umwandlung dauert anscheinend aus dem Nichts heraus. Dieser Effekt ist auf das mit Magie aufgeladene Umfeld des Schluchtgrundes zurückzuführen. Ist die Umwandlung abgeschlossen, verblassen die Fäden und zerfasern zu nichts. Berührt man sie, so erzeugen sie ein Prickeln auf der Haut und eine Ahnung drohenden Unheils.

Beschreiben Sie Teiche mit Orks in den unterschiedlichsten Stadien der Wandlung zur Pickelhaut. Je weniger verwandelt sie sind, umso benommener wirken sie und nehmen die Annäherung der Spielercharaktere kaum wahr. Steht die komplette Umwandlung kurz vor dem Ende, so zeigen die Pickelhäute ihr aggressives Verhalten und knurren und zischen die Spielercharaktere an, wenn sie sie entdecken. Zumeist liegt aber eine geisterhafte Stille über den Wandelteichen, die nur von den hohen Flötentönen und dem Rauschen des Gavant gestört wird.

Wenn Sie möchten, können Sie einen der Pickelhäute, der kurz vor Abschluss der Wandlung ist, sich befreien und auf die Spielercharaktere losgehen lassen. Bitte berücksichtigen Sie dabei, dass die Pickelhaut unbekleidet und waffenlos ist und noch immer unter den Nachwirkungen der schmerzhaften Umwandlung leidet.

Unvollendete Pickelhaut (3)
Angriffe: Rammen (groß) +30
Bei einem kritischen Treffer durchRammen wird der betroffene Charakter dem Sekretgift ausgesetzt, was ihm für 5 Minuten einen Malus von -10 einbringt.
Trefferpunkte: 100, RK (DB): 16 (10)

Es liegt nun an den Spielern, was weiter mit den Wesen in den Wandelteichen passiert. Da sie alle festgebunden sind, dürfte es nicht sonderlich schwer sein, sie abzuschlachten. Allerdings ist dies auch nicht gerade moralisch einwandfreies Benehmen - immerhin sind die Orks und Pickelhäute wehrlos.

Sollten die Spieler die in Wandlung befindlichen Kreaturen abschlachten oder anderweitig kampfunfähig machen, so hat dies durchaus Auswirkungen auf die Streitmacht, die später Leet angreifen wird, und Sie können die Anzahl der Angreifer entsprechend reduzieren. Allerdings sollten Sie als SL überlegen, ob die Spielercharaktere mit Konsequenzen ihres Handelns konfrontiert werden sollten. Die denkbare Bandbreite könnte von simplen Gewissensbissen, über Alpträume bis hin zu Konsequenzen ihrer Götter gehen. Vor allem, wenn es sich um leitmagisch begabte Spielercharaktere handelt oder sie Schwüre geleistet haben, die den Umgang mit Wehrlosen betreffen.

Lassen Sie die Grenze vom völlig benebelten Ork, der unter Shakthas Einfluss gerade erst begonnen hat sich zu verändern, bis hin zum pickelüberzogenen wahnsinnigen Killer fließend sein. Vielleicht sprechen die Orks sogar teilweise einige Brocken Menschensprache und können sich verständlich machen. Lassen Sie sie im Zweifelsfall bitten und betteln, um losgemacht und befreit zu werden. Die Umwandlung ist eine verwirrende und vor allem schmerzhafte Erfahrung, und die Orks werden von Shakthas Zauber genauso gebunden wie von den Seilen. Sie können sogar fast schon fertig verwandelte Orks die Spieler anbetteln lassen, sie zu töten, um den Schmerzen und dem Klang der Federflöten zu entgehen.

Hier können Sie auch den Spielern noch einmal klar machen, dass es einen Zusammenhang zwischen den Federflöten und der Kontrolle der Pickelhäute geben muss. Je näher die Umwandlung auf ihr Ende hin geht, umso mehr reagieren die Pickelhäute auf die Flötentöne. Allerdings gehorchen nur fertig verwandelte Pickelhäute den Lauten der Federflöten.

Kerko-Kadaver

Sobald die Spielercharaktere sich ausreichend mit den Wandelteichen beschäftigt haben und weiter in die Schlucht vordringen, sollten Sie ihnen einen süßlichen Verwesungsgeruch beschreiben.

Mit jedem Schritt wird der Gestank stärker, zieht euch den Magen zusammen. Süßlicher Verwesungsgeruch weht euch entgegen. Die Windstöße, die um die Findlinge streichen, bringen immer wieder lange schwarze Feder mit sich. Unwillkürlich kommt euch das Bild der mit Vogelkadavern gefüllten Grube wieder in den Sinn. Doch als ihr einen der größeren Findlinge umrundet, wird euch klar, dass es dieses Mal keine normalen toten Vögel sind. Auch wenn das Wesen vor euch auf den ersten Blick einem Vogel durchaus gleicht. In einem Durcheinander an schwarzen Federn liegt ein mehr als menschengroßes Tier am Boden mit einem gedrungenen Körper auf langen nackten Beinen, die in Vogelkrallen enden. Das Wesen mit dem langen Hals, auf dem ein überraschend kleiner Kopf sitzt, ist überall mit schwarzen Federn bedeckt. Es hat Schwingen, die sicherlich zu klein sein dürften, um ihm das Fliegen zu erlauben. Die langen Beine scheinen wie dafür gemacht zu sein, schnell zu laufen und zu springen. Der kleine Kopf ist mit einem sichelförmigen Schnabel versehen. Eine Unzahl an Krähen hat sich über den Kadaver hergemacht, der am ganzen Körper mit Wunden überzogen ist. Überall fliegen schwarze Federn im Wind, und durch die um das Fleisch zankenden Krähen, deren Gefieder dieselbe Farbe hat, wirkt es, als würde der Kadaver sich noch regen. Unmittelbar neben dem toten Wesen ist ein großer schlanker Stein, der dunkel gen Himmel ragt. Erst jetzt bemerkt ihr die verwitterten Runen, die in den Stein eingearbeitet sind.

(Der Kreis ist *leicht* zu entdecken.)

Der Kadaver des Laufvogels ist eine falsche Fährte. Das Tier soll die Spielercharaktere glauben machen, sie hätten das Monster von Leet gefunden. Untersuchen die Spielercharaktere den Kadaver genauer, so deuten die spitzen Krallen an den Vogelfüßen des Laufvogels und auch sein messerscharfer Schnabel darauf hin, dass er an den Angriffen teilgenommen haben könnte. Nur den Spielercharakteren, die sehr gut aufgepasst haben, dürfte auffallen, dass es pro Bein nur vier Vogelkrallen gibt. Die Wunden, die das Monster geschlagen hatte, hatte aber bisher auf fünf Krallen pro Schlag schließen lassen.

Der Vogel kam um, weil er an einen Stein eines fast zerstörten Sammelkreises kam und eine Entladung mitbekam. Die Spieler sollten realisieren, dass es gefährlich ist, den Kadaver zu untersuchen, da der Kreis anscheinend teilweise aus den Findlingen gebildet wird, zwischen denen sie stehen. Versuchen Sie sich aus dem Kreis zu entfernen, sollten sie zu dem Felsvorsprung gelangen, der ein Nest beschirmt.

Der Laufvogel wird von den Orks „Kerko" genannt. Er kommt nur in der Zehntagschlucht vor, und Shakthas Diener haben in den letzten Wochen ihr möglichstes getan, um ihn zu einer aussterbenden Art zu machen.

Da sie flugunfähig sind, haben die Kerko keine Möglichkeit gefunden, die Schlucht zu verlassen und sich auf ein Leben am Grunde der Zehntagschlucht spezialisiert. Sie sind Allesfresser und schnelle Läufer, wenn auch nicht übermäßig ausdauernd. Sehr zur Freude der Orks besitzen die Kerko ein wohlschmeckendes Fleisch, und deswegen sind die meisten der großen Vögel zusammengetrieben und verspeist worden, schon bevor die ersten Geiseln genommen wurden. Nur wenige Exemplare konnten sich bisher den Jagden von Shakthas Dienern entziehen und verstecken sich noch in den unwegsameren Teilen der Schlucht und damit zumeist in der Nähe von Sammelkreisen.

Normalerweise sind die Kerko ungefährlich, wenn man größer als ein Hund ist. Doch in die Enge getrieben können vor allem brütende Weibchen außerordentlich gefährlich werden.

Ein Stück hinter dem Kadaver findet sich unter einem Felsvorsprung auch das Nest des Kerko. In ihm liegen drei Eier, groß wie Kinderköpfe und von einem matten Grauton, der sich auf dem steinigen Hintergrund kaum abhebt. Schwarze Flaumfedern und eine Mischung aus verrottenden Flechten und Knochensplittern polstern das Innere des Nestes aus. Am Rand liegen auch größere Knochen, alle sind sauber abgenagt mit deutlichen Schnabelspuren. Das Äußere des Nestes ist aus kleineren Steinen geschaffen, zumeist poröse leichte Exemplare, in denen sich einige Funken eingenistet haben. Ab und zu flackern sie wie Geisterlichter über die Eier hinweg.

Die Eier sind kurz vor dem Schlupf, zum Omelette taugen sie deswegen nicht mehr. Sollten die Spielercharaktere sich aber mit der Idee tragen, die Eier zu öffnen oder mit sich zu nehmen, so besteht eine 5% Chance, dass das Ei zerbricht und ein überlebensfähiges Kerkoküken schlüpft. Kerko lassen sich zähmen, wenn man konsequent in der Aufzucht daran arbeitet, die Laufvögel an Befehle zu gewöhnen. Die Küken sind Allesfresser wie die erwachsenen Tiere und lassen sich mit einer zerstoßenen Fleischmasse ernähren.

KERKO (2)
Angriffe: Rammen (groß) +90
Trefferpunkte: 180, RK (DB): 8 (0)
Es ist *sehr schwer* einen Kerko zu dressieren.

In dieser Szene kommt es sehr darauf an, dass Sie als Spielleiter den Spielern den toten Kerko als „Kuckucksei" statt des Monsters untergeschoben bekommen. Gerade dann dürfte das Nest auch zur Entdeckung werden, die Folgen haben sollte. Denn wenn die Spielercharaktere denken, sie hätten das Monster gefunden, deuten die Eier durchaus darauf hin, dass es noch mindestens ein anderes Monster geben muss und dass die Monster Nachwuchs haben. Da die Kerko Allesfresser sind, sollten Sie das Innere des Nestes mit alten Knochen dekorieren, die klar darauf schließen lassen, dass zumindest Mama Kerko sich nicht nur von Gras ernährt.

Sklavenkäfig und Lager der Pickelhäute

Die Schluchtwände rücken immer näher zusammen, und so ist es nicht leicht, die Kreise zu meiden und sich zügig vorwärts zu bewegen, zumal der Gavant nun mittig in der Schlucht fließt und die Überquerung des schnellfließenden Flusses nicht ratsam ist.

Nach einiger Zeit stellt ihr fest, dass die Fortbewegung im Schutze einer der Schluchtwände euch noch am ehesten schnell voran bringt. Auch erspart ihr euch so die Kletterei auf vom Fluss nassen Felsen. Als das Gelände wieder in einer kleineren Stufe abfällt, entdeckt ihr in den Fels geschlagene Kletterhilfen, an denen dicke Seile befestigt wurden, um den Abstieg zu erleichtern.

Wollen die Spieler die Umgebung untersuchen, lassen Sie die Spielercharaktere ruhig mit Schleichen- und Wahrnehmungsproben den Verlauf des Weges erkunden. Die magischen Effekte in der Schlucht, die teilweise Bewegungen und Geräusche vorgaukeln, können Sie hier einsetzen, um das Ganze spannend zu gestalten.

Ein längeres Anschleichen, zum Beispiel an ein Trugbild oder Geräusche eines sich nähernden Trupps, der dann doch nur ein geisterhafter Zwergenbergbautrupp statt einer Horde Pickelhäuten ist, dürfte die Gruppe beschäftigen. Dabei sollte ihnen auffallen, dass sie sich auf einem alten Weg zu befinden scheinen.

Schnell wird euch klar, dass ihr euch auf einer Art provisorischem Weg befindet. Immer wieder trefft ihr auf Kletterhilfen, seien es Seile, in den Stein geschlagene Stufen oder auch Holzplanken, die über kleinere Vertiefungen hinweg führen.
Schließlich dringt euch der Geruch von Rauch und ungewaschenen Körpern in die Nase, und ihr vermeint mit dem Wind ab und zu leise Stimmen zu vernehmen.

Die Spieler haben das Lager der Pickelhäute und den Sklavenkäfig gefunden. Hinter einigen größeren Findlingen, die die Sicht versperren liegt das Lager. Wenn die Spielercharaktere nicht gerade singend den Weg hinab kommen, sollten sie unbemerkt bleiben.
Geben Sie den Spielern die Möglichkeit, sich das Lager erst einmal aus der Ferne unbemerkt anschauen zu können. Damit können sie sich eine Strategie überlegen, wie sie die Gefangenen befreien und die Pickelhäute gegebenenfalls außer Gefecht setzen können. Dieser Angriff kann gerne heimlich ausgeführt werden, die offene Konfrontation wird spätestens beim Angriff auf Leet unvermeidlich.

Passen Sie die Anzahl der anwesenden Pickelhäute dem an, was die Spieler bewältigen können. Sollte es dazu kommen, darf der Kampf ruhig hart werden und der Ausgang knapp zu Gunsten der Spieler. Aber es sollte keine zu schwer verletzten Spielercharaktere geben, immerhin steht ihnen noch einiges bevor. Am besten wäre es jedoch, den Kampf zu vermeiden und die Gefangenen heimlich zu befreien und mit ihnen zu fliehen.

Der Aufbau des Lagers ist zweigeteilt. Auf der Seite, auf der der Weg hinab kommt, auf dem die Spielercharaktere sich bewegt haben, ist der Sklavenkäfig. Dort werden die gefangenen Bauern und Reisenden unter einem natürlichen Felsvorsprung gehalten. Mit kräftigen Gittern, die teils aus alten Zwergen-beständen, teils aus Holz improvisiert wurden, ist der Bereich abgesperrt und erlaubt den Gefangenen in Maßen eine freie Bewegung. Der Felsvorsprung bietet teilweise Schutz gegen Feuchtigkeit und Wind.

Die dem Weg zugewandte Seite scheint von den Gefangenen als Latrine benutzt zu werden, zumindest riecht es entsprechend. Bei den Gefangenen handelt es sich um ein gutes Dutzend, zumeist Bauern und Reisende und alles Männer. Sie sind in unterschiedlicher Verfassung, einige sind noch recht fit, andere wirken ausgemergelt und niedergeschlagen. Unter den Gefangenen gibt es nur zwei Frauen, die tagsüber an den Kochfeuern arbeiten müssen, zum Abend hin aber ebenfalls in den Käfig gesperrt werden.

Der vom Weg am weitesten entfernte Bereich des Lagers wird von den Pickelhäuten bewohnt. Hier haben sie unter kleineren Felsvorsprüngen und zwischen Findlingen ihre Quartiere improvisiert. An ihren Lagern vorbei verschwindet der Gavant in einer Höhle, deren Zugang gerade einmal zwei Handbreit über den schäumenden Wellen des rasch strömenden Wasser liegt. Näher am Fluss gibt es einiges an Baumbewuchs an der Schluchtwand, doch sind die Läger der Pickelhäute in dem Teil, wo der Bewuchs noch eher karg ist.

Der Bewuchs ist teils real, teils ein Zauber von Shaktha, der den Zugang zu dem Zwergentunnel tarnt, in dem sie Quartier bezogen hat. Er sollte von den Spielern zu diesem Zeitpunkt noch nicht entdeckt werden.

Tarnzauber

Der mehrschichtig gewobene Zauber wirkt auf verschiedenen Wegen. Er täuscht die Sinne, versteckt die wahre Natur des Zugangs und verbirgt sogar die Zeichen der Magie. Es ist sehr schwer diesen Zauber zu entdecken und aufzulösen, insbesondere weil der Ort selbst chaotisch ist. Allerdings muss die Magie alle 24 Stunden erneuert und verstärkt werden.

Es gibt einen weiteren Tunnel, der recht offensichtlich ist und zwischen dem Sklavenquartier und den Lagern der Pickelhäute liegt. Sein Eingangsbereich ist gute drei Schritt hoch und breit wie ein Händlerkarren. Die Gefangenen wissen zu berichten, dass sie durch diesen Höhlenbereich in die Schlucht hinein gekommen sind. Es geht durch ein natürliches Höhlensystem, an zur Orientierung gespannten Seilen entlang, hinaus aus der Zehntagschlucht. Der Weg ist steil, aber die Strecke ist in einem halben Tagesmarsch recht einfach zu erledigen, solange man genug Fackeln oder andere Beleuchtung mit sich führt und dem Seil folgt, da die natürlichen Höhlen anscheinend weit verzweigt sind. Eingefangene Funken dürften hier gute Dienste leisten, im Zweifelsfall lassen Sie die Orks genug Fackeln gelagert haben, um die Spielercharaktere neu auszurüsten. Da der meiste Proviant und Dinge des täglichen Bedarfs in der Nähe des Sklavenkäfigs gelagert wird, dürfte ein Diebstahl, solange er heimlich ausgeführt wird, nicht zum Alarm führen.

Sind die Spieler geschickt und geduldig genug, um den Einbruch der Nacht und den Schlaf der Pickelhäute abzuwarten, so sollte es ihnen gelingen, die Gefangenen zu befreien. Dann können sie sich mit ihnen auf den Weg durch das Höhlensystem hinaus aus der Schlucht machen, ohne einen Kampf mit den Pickelhäuten riskieren zu müssen. Natürlich sollten sie Überlegungen unterstützen, die die Verfolgung der Flüchtlinge erschweren. Zum Beispiel könnte das Seil, das den Weg weißt, abgenommen oder absichtlich falsch aufgehängt werden, um die Orks in den Höhlen in die Irre zu führen.

Die Pickelhäute fühlen sich sicher in der Schlucht, sie werden keine Wachen aufstellen, weil sie nicht damit rechnen, Besuch zu bekommen.

Shaktha selbst wird während der Zeit, in der sich die Spielercharaktere in diesem Bereich der Schlucht aufhalten, nicht auftauchen. Sie ist in ihrer Höhle mit Experimenten und der Planung des Angriffs auf Leet beschäftigt.

Heimliche Gespräche mit den Gefangenen sollten den Spielern gute Dienste bei der Informationsbeschaffung und Befreiungsplanung leisten. Die Gefangenen wissen zu berichten, dass die Anzahl an Pickelhäuten im Lager stark schwankt. Im Moment sind nur sehr wenige Pickelhäute anwesend, die meisten scheinen unterwegs zu sein. Wohin, können die Gefangenen aber nur vermuten, sie glauben, dass sich die Pickelhäute zerstreuen.

Die Gefangenen wissen auch, dass die Pickelhäute von einer Schamanin angeführt wurden, die Shaktha hieß. Sie sind aber der Meinung, dass die Orkin bei dem Angriff des Vogelmonsters zu Tode kam.

Die Gefangenen berichten, dass sie ursprünglich viel mehr Personen waren, immer wieder aber vereinzelt Männer von den Pickelhäuten geholt werden. Noch keiner ist zurückgekommen.

Das Essen besteht übrigens aus auf dem Spieß überm Lagerfeuer gegrillten großen Stücken eines toten Kerko. Es handelt sich um das Männchen, das zu dem Nest weiter flussaufwärts gehört. Die Gefangenen berichten über dieses Wesen, dass die Pickelhäute sich der wütenden Bestie angenommen haben, die vor kurzem im Lager auftauchte. Sie stürzte sich auf alles, was sich ihr in den Weg stellte, bis Shaktha in einen Federmantel gehüllt erschien und anfing, die Federflöte zu spielen. Dies schien den riesigen Vogel ein wenig zu besänftigen, so dass es den Pickelhäuten schließlich gelang, ihn zu töten. Bevor sich das Vogelmonster beruhigte, griff es aber die Orkin an. Einer der Gefangenen behauptet gesehen zu haben, wie die Frau von dem Vogel zerfleischt wurde. Hierbei unterliegt er aber einem Irrtum. Der Kerko hatte Shaktha ihren Schamanenmantel von Leib gerissen und wütend in kleine Streifen zerfetzt.

Reste davon liegen auch immer noch auf dem Boden herum, der an dieser Stelle zertrampelt und auch blutverschmiert ist. Das Blut stammt aber nicht von der Schamanin, sondern von den Pickelhäuten, die im Kampf mit dem Kerko seine Krallen und den scharfen Schnabel zu spüren bekamen. Der Bauer, der sich als Javier vorstellt, schwört aber, er habe gesehen, wie die Orkin zerfetzt wurde, die anscheinend auch die Anführerin der Truppe war. Seine Mitgefangenen haben auf Befragung der Spieler nicht genau sehen können, was passierte.

Fest steht aber, dass nach dem Tod des wütenden Vogelmonsters Ruhe im Lager eingekehrt ist. Die Pickelhäute sind seitdem nicht auf neue Raubzüge ausgezogen, und es wurden auch keine Gefangenen mehr aus dem Käfig geholt. Anscheinend sind Monster und Anführerin der Pickelhäute besiegt, nun gilt es nur noch, die Gefangenen heil nach Hause zu bringen und die restlichen Ansammlungen von Pickelhäuten zu zerschlagen. Die Bauern betonen aber, dass sie keine Kämpfer sind und sich nicht zutrauen, gegen die Pickelhäute zu bestehen. Sie haben während ihrer Gefangenschaft genug Kostproben der Brutalität und Kraft der mutierten Orks gesehen, um lieber fliehen statt kämpfen zu wollen. Sie wissen nicht, dass es einen zweiten Höhlenzugang in diesem Teil der Schlucht gibt, weil ein großer Findling vom Käfig aus den Blick auf den Bereich verdeckt, in dem Shaktha ihre Höhle durch den magischen Baumbewuchs getarnt hat.

Shaktha ist natürlich nicht tot. Sie befindet sich in der Endphase der Planung des Angriffs auf Leet. Die Schamanin hat sich im Schutz der Findlinge und Büsche und Bäume in ihre Höhle zurückgezogen und wurde deswegen von den Gefangenen nicht mehr gesehen.

Die Gefangenen werden von Shaktha für die Experimente zur Umwandlung in weitere Monster benötigt. Ihr Verfahren ist aber noch nicht erfolgreich, bisher hat nur einer der Umgewandelten, nämlich das Monster von Leet, die Umwandlung lebendig überstanden und danach auch noch den Befehlen der Schamanin gehorcht.

Die Umwandlung von Menschen in Monster führt sie in ihrer privaten Höhle durch, die an einen alten Zwergentunnel angrenzt, der in gerader Linie gen Ghalgrat führt und der früher in der Zwergenfestung hoch oben im Gebirge endete. Als die Zwerge vor Jahrhunderten gegen die Orks kämpften, wurde der Gang aber zum Einsturz gebracht, so dass heute ein unterirdischer Zugang in die Zwergenfeste unmöglich ist.

Shaktha lässt die Orks und Pickelhäute den Gang gen Leet erweitern, ein mühsames Unterfangen, das schon mit einigen Leben bezahlt wurde. Doch kennt die Schamanin in ihrem Wunsch keine Gnade, Leet zu stürzen und sich zur Herrin der Umgebung zu machen. Die Orkin weiß, dass die Menschen Trions ihr mehr entgegen zu setzen haben als die vielen kleinen Orkstämme. Deswegen will sie Leet erobern, bevor sich überhaupt Widerstand formiert und schlimmstenfalls Hilfe angefordert werden kann. Sie plant, ihre Streitmacht aus mutierten Orks unterirdisch bis nah an Leet heran zu führen, um dann aus der Deckung heraus die Stadt anzugreifen und niederzumachen. Shaktha betrachtet Leet als Schlüssel zur Eroberung der ganzen Region.

Kerkos gibt es kaum noch in der Zehntagschlucht, deswegen sollte den Spielercharakteren fürs erste keiner mehr über den Weg laufen. Lassen Sie sie denken, das Monster wäre Geschichte und hätte die Anführerin der Pickelhäute gleich mit in den Tod genommen.

Das Fleisch des Kerko ist übrigens überraschend schmackhaft.

Rückweg nach Leet durch natürliche Tunnel hinaus aus der Zehntagschlucht (Orkabkürzung)

Der Weg durch die Schlucht bis hinab an die Stelle, wo die Pickelhäute ihr Lager haben, ist lang und gefährlich. Deswegen haben sich die Orks, genauso wie die Zwerge vor ihnen, nach anderen Möglichkeiten umgesehen, um schnell in die Schlucht hinab zu kommen. Die Orks selbst haben bis auf das Bauvorhaben, das Shaktha gen Leet von ihnen verlangt, wenig graben müssen. Nach einigen Tagen der Erforschung des Umlandes entdeckten sie einen alten Zwergenweg, der neben der Schlucht verlief und unter Nutzung natürlicher Höhlen bis an den Grund der Schlucht führte. Diese Abkürzung umgeht alle Gefahren, die das Innere der Schlucht mit sich bringt. Sie bedeute aber eine Reise durch die Dunkelheit und über alte Kletterstiege und Wege.

Einst nutzten die Zwerge den Weg als Abkürzung für die Arbeiter, da er zum Transport von Gütern denkbar ungeeignet ist. Dementsprechend ist die Strecke auch nicht dafür ausgelegt, sich in breiter Formation und mit Beute zu bewegen. Zumeist geht es auf schmalen Wegen, an denen an den nötigen Stellen Kletterhilfen und manchmal sogar Stufen in den Fels geschlagen sind, in stetiger Steigung voran. Da der Weg ursprünglich für Zwerge gedacht war, hat er an einigen Stellen eine für Menschen, Orks und Elfen zu niedrige Deckenhöhe, so dass das Vorwärtskommen stellenweise nur gebückt möglich ist. Die Stufen sind kurz und hoch, die Kletterhilfen darauf ausgelegt, ein gewisses Gewicht zu tragen. Aber Sie sollten nicht vergessen, dass die Zeiten lange vorbei sind, in denen die Zwerge in der Zehntagschlucht schürften. Sichtlich marode Kletterhilfen haben die Orks ersetzt, doch wurde das zumeist mehr schlecht als recht durchgeführt, und so ist es an einigen Stellen nicht ungefährlich zu klettern.

Wollen Sie die Reise durch die enge Dunkelheit der natürlichen Höhlen ein wenig ausweiten, so lassen

Sie ruhig einem der befreiten Gefangenen bei einem Sturz etwas zustoßen. Die Dunkelheit und auch die im Stein abgeschwächten magischen Nebeneffekte der Zehntagschlucht können durchaus ein Bauernopfer fordern.

Unter Tage können Sie die fluktuierenden magischen Effekte schön mit Licht und Farbspielen beschreiben, die über die verschiedensten Steinschichten huschen. Auch die Temperaturunterschiede können schön eingesetzt werden. Beschreiben Sie das deutlich hörbare stete Tropfen von Wasser, wobei der Stein ringsum im Sichtfeld völlig trocken ist. Ferne Geräusche wie Schreie oder auch Arbeitskommandos auf zwergisch können genauso andeuten, dass es im Umkreis der Schlucht und selbst unter der Erde nicht mit rechten Dingen zugeht. Vielleicht streift ja sogar das nebelhafte Abbild eines Zwerges in Bergmannstracht eine Weile durch die unterirdischen Höhlen und zeigt sich mal hier, mal da und beunruhigt damit die Bauern. Vielleicht weiß auch für eine kurze Weile einer der Bauern plötzlich nur zu gut über Gesteinssorten Bescheid und beharrt darauf, dass bestimmte Kletterhilfen nicht sicher sind, nur um sich wenige Augenblicke später an nichts von dem, was er gesagt hat, erinnern zu können.

Natürlich können Sie auch Edelsteine auftauchen lassen, die sich leicht aus dem Gestein herausbrechen lassen. Zurück an der Oberfläche ist es höchstens noch Katzengold oder wertlose Steinbrocken.

Die Höhlen sollten die Sinne verwirren und die Spielercharaktere und die Flüchtlinge zwar letztlich viel einfacher hinaus aus der Schlucht bringen als es hinein ging, aber trotzdem sollte es kein Spaziergang werden.

Die Kletterpartie endet schließlich ca. einem Kilometer entfernt vom Beginn der Schlucht in einem Waldstück, gut verborgen hinter mehreren Büschen und Hecken. Dass Shaktha den Bereich auch magisch vor Entdeckung geschützt hat, können die Spieler bemerken (*unterschiedlich schwer* - ja nach Zeit, siehe weiter oben: Tarnzauber).

Achtet niemand ausreichen darauf, wird es sehr schwer, den Einstieg wiederzufinden.

Zurück nach Leet

Der Rückweg kann schnell und unspektakulär abgehandelt werden. Die Gruppe ehemaliger Gefangener kommt gut voran, und auch wenn sie immer wieder auf Hinweise stoßen, dass Pickelhäute in der Gegend unterwegs sind, so bekommen sie doch keine zu Gesicht.

Heimkehr

Die Rückkehr nach Leet sollte in den Mittagstunden erfolgen.

Sobald die Spielercharaktere mit den ehemaligen Gefangenen in Sichtweite Leets geraten, hören Sie ein Hornsignal aus der Stadt. Kurz drauf finden sich auch schon die ersten Leeter am Stadttor ein, um die Heimkehrer zu begrüßen.

Als ihr das Stadttor erreicht, erwartet euch schon eine Menschenmenge. Die Leeter begrüßen euch und die befreiten Gefangenen überschwänglich, und schnell entsteht ein buntes Durcheinander. Helle Frauenstimmen mischen sich mit den dunkleren Stimmen der Männer, es wird sich umarmt, gelacht und geweint vor Erleichterung. Kein Befreiter steht alleine, sind die Wehrhöfer doch zumeist mit den Leetern gut bekannt, wenn nicht sogar verwandt. Immer wieder klopfen Leeter euch anerkennend auf die Schulter, und Kinder zupfen an euren Ärmeln, um mehr von dem Monster zu hören. Dass das Untier schon tot war, als ihr ankamt, weil es sich gegen die Pickelhäute und ihre Anführerin wandte, tut der allgemeinen Feierlaune keinen Abbruch.

Es dauert nicht lange, da bittet Flavio, der Knappe Ritter Merenos, euch zu einer Audienz bei seinem Herrn. Ganz offensichtlich ist auch der Schirmherr Leets neugierig auf euren Bericht.

Bei Ritter Mereno werden die Spielercharaktere in dessen Audienzhalle empfangen. Enros der Barde hat sich auch schon eingefunden, um dem Bericht der Spielercharaktere zu lauschen. Lassen Sie die Spieler ruhig berichten, was geschehen ist, denn was sie nun erzählen, wird Enros zu einem Lied schmieden, das von den Heldentaten der Spielercharaktere erzählt.

Ritter Mereno wird aufmerksam zuhören und am Ende des Berichtes entscheiden, dass die Pickelhäute natürlich noch zu bekämpfen sind. Aber er wird sichtlich erleichtert sein, dass sie nun keine Anführerin mehr haben und wohl auch zu aggressiv und dumm sind, um sich selbst einen neuen Anführer zu bestimmen. Er geht davon aus, dass sich die Pickelhäute in viele kleine marodierende Trüppchen auflösen werden, denen man aber gut Herr werden sollte.

Über den Tod des Monstervogels ist er erstaunt, allerdings möchte er gerne, dass Enros die nächste Expedition begleitet, um sich das tote Monster genau anzusehen. Ihm ist eine gewisse Genugtuung anzumerken, dass das Böse sich selbst vernichtet zu haben scheint.

Zum Ende der Unterredung hin bietet er den Spielercharakteren Quartier im Brandkessel und setzt für den Abend eine Feier in der Festhalle an, bei der Enros dann auch sein neues Heldenlied aufzuführen gedenkt.

Bis zum Abend sollten die Spielercharaktere umschwärmte Helden sein, denen man Bier und Essen ausgibt und die immer wieder nach Einzelheiten ihrer Reise gefragt werden.

Vom Dienstmädchen, das den Badezuber richtet, bis hin zu Leunand, dem Wirt, will jeder hören, wie es den Helden ergangen ist und was sie in der Zehntagschlucht erlebt haben.

Heldenfeier

Als die Sonne sinkt, ziehen der Geruch bratenden Fleisches und der Duft von frischem Brot durch die Straßen Leets. Der Klang des Schmiedehammers ist genauso verstummt wie das Geschwätz der Marktfrauen, und nun streben die Leeter, egal ob Mann, Frau oder Kind, gen Festhalle.

Sie liegt direkt nahe dem Südtor auf einer Anhöhe am Markt.

Eine große doppelflügelige Holztür, geschmückt mit reichen Verzierungen, öffnet den Blick auf einen geselligen Raum, der so groß ist wie manches Haus. Lange Bänke und Tische stehen in der Halle seitlich, und in der Mitte ist eine quadratische Feuerstelle, auf der schon auf Spießen saftige Fleischstücke und Geflügel gegrillt werden.

Leunand hat einige Fässer seines besten Biers herangeschafft und zapft Krug um Krug. Die meisten Leeter sitzen bereits in freudiger Erwartung des Festschmauses vor metallenen Tellern, Holzschalen mit Gemüse und Erdäpfeln und einem schaumgekröntem Bier. Ritter Mereno wartet am Ende der Halle an einem besonders sorgsam geschmückten Tisch. Er erhebt sich, als er euch am Hallentor entdeckt, um euch mit einem breiten Lächeln auf dem Gesicht näher zu winken. „Meine lieben Freunde, Befreier der Verschleppten, kommt zu mir, und feiert mit uns allen!", lädt er euch an seinen Tisch ein, wo schon Bierkrüge und Weinkaraffen bereit stehen.

Die Hallenwände sind mit Schilden, Speeren, Bärenfellen und Jagdtrophäen geschmückt. Im Balkengerüst der Decke hängen Webarbeiten, die die Geschichte Leets erzählen – von den ersten Siedlern an bis zum Bau der Befestigung.

Auf den Bänken liegen Schafsfelle, und hier und da stehen dicke Kerzen auf den Tischen. Auf dem Weg durch die Halle werden die Krüge grüßend in eure Richtung erhoben und anerkennende Worte gemurmelt. Kaum habt ihr euren Platz an des Ritters Seite erreicht, erhebt er auch schon seinen Bierhumpen und spricht einen Trinkspruch auf euer Wohl aus.

„Meine werten Freunde, lass mich euch, stellvertretend für die braven Bürger von Leet und die Wehrhöfer des Umlandes, aus tiefstem Herzen danken. Ihr habt beispiellosen Mut bewiesen, aber auch Tapferkeit und Umsicht. Wir verdanken es eurem beherzten Dienst an Leet, an seinen Bewohnern und den Wehrhöfern, dass wir nun wieder so zahlreich feiern können, statt uns des Nachts ängstlich in unseren Häusern zu verbarrikadieren. Ihr bezeugtet den Tod des Monsters, ihr brachtet uns die Geraubten zurück. Auf euch! Auf Leet!" Hochrufe branden durch die Halle und das Klirren aneinanderschlagender Humpen klingt dumpf durch die Festhalle. Nachdem die ersten Schlucke kühlen Bieres die Kehlen hinab geflossen sind, wird das Essen verteilt, und die Feier nimmt, immer wieder von einem Lied Enros angeheizt, ihren Lauf.

Leider feiern die Leeter zu früh, hat sich Shaktha nach dem Verlust der Gefangenen doch wutentbrannt dazu entschlossen, den Angriff auf Leet vorzuverlegen. Die letzten Arbeiten am unterirdischen Gang von der Zehntagschlucht nach Leet sind gerade erst fertiggestellt. Der Gang ist an einigen Stellen noch nicht vollständig abgestützt und ein Teil der Pickelhäute noch auf Patrouille im Umland. Aber trotzdem wollte Shaktha nicht eine Nacht länger warten und treibt ihre Truppe nun zum nächtlichen Angriff.

Friede?

Sollten die Spieler dem Frieden nicht trauen und Wachen aufstellen wollen, so lassen sich die Leeter nur sehr ungerne dazu bewegen, den Platz in der warmen Halle gegen den Wachturm zu tauschen, werden aber schließlich nachgeben. Hier kommt es auch auf das Argumentationsgeschick der Spielercharaktere an. Mit Wachposten bleibt den Dorfbewohnern etwas Vorwarnzeit, die hauptsächlich dazu benutzt wird, Frauen und Kinder in Sicherheit zu bringen, die Waffen zu holen und die Tore provisorisch zu verstärken.

Sollten die Spieler den Tunnelausgang vor Leet schon entdeckt haben, so können dort aufgestellte Wachen natürlich auch entsprechend frühzeitig Alarm schlagen. Sollten sie den Tunnel zum Einsturz bringen, wird Shaktha nicht zögern, den Angriff trotzdem durchzuführen, da die Pickelhäute ja entdeckt wurden.

III

Angriff auf Leet

Der Angriff auf Leet sollte erfolgen, wenn es schon dunkel und die Feier in vollem Gange ist.

Die Spieler sollten in der Lage sein, den Angriff nach einer Weile zurück zu schlagen. Allerdings sollten sie nicht überall helfend eingreifen können, und an Nebenschauplätzen des Angriffes sollte offensichtlich Hilfe benötigt werden. Leider können die Spielercharaktere nicht überall zugleich sein, und so sollte Leet nicht unbeschadet aus dem Angriff hervor gehen. Sie können den Spielern mehrere Schauplätze anbieten, wo sie dann letztlich ihre Bemühungen zur Verteidigung Leets konzentrieren, sollte den Spielern überlassen bleiben.

Beachten Sie, dass die Leeter durchaus wehrhaft sind, aber die Pickelhäute unter Shakthas Führung sind auch ein nicht zu unterschätzender Gegner.

Es sollte Tote und Verletzte geben, allerdings sollten Sie darauf achten, keinen der Haupt-NSC sterben zu lassen und auch die Stadt nicht völlig dem Erdboden gleich machen (siehe auch: Haupt-NSC Leet?). Zu reparierende Schäden, Tote und Verletzte beim eher unbekannten Teil der Leeter Bevölkerung dürfen aber durchaus passieren.

Der Angriff lässt sich in mehrere mögliche Szenarien aufteilen. Da die Spieler nicht an allen teilnehmen sollten, können Sie ihnen die Vorkommnisse an den anderen Schauplätzen entweder von Leetern berichten lassen, die während der Kämpfe die Schauplätze wechseln, oder auch erst, nachdem die Schlacht geschlagen ist. Als Richtwert können Sie den erfolgreichen Abschluss zweier Szenarien ansetzen, um den Angriff als zurückgeschlagen zu betrachten. Leet gilt bis auf weiteres als gerettet.

Für alle Szenarien gilt, dass die Federpfeifen von den Spielercharakteren eingesetzt werden können, um Verwirrung bei den Pickelhäuten und sogar beim Monster zu stiften. Dazu ist es aber nötig, dass die Spieler hinter die Funktion der Pfeifen gekommen sind. Geschickt eingesetzt, können die Signale dazu benutzt werden, die Pickelhäute zum Rückzug zu bringen oder den Angriff abzuschwächen und zu verzögern, was den Verteidigern wertvolle Zeit bringt, um Leet zu verteidigen.

Haupt-NSC Leet?

Wichtige Personen in Leet wie zum Beispiel Ritter Mereno oder Leunand der Wirt sollten schon aus dem Grund keine tödlichen Wunden erleiden, weil sie erfahrene Kämpfer sind. (Zugegeben: Dies ist kein wirklich guter Grund. Eigentlich liegt dieser in einer strategischen Überlegung. Sie können im weiteren Verlauf noch nützlich für gute Abenteuer werden. Sollten Sie allerdings ein sehr erfahrender Spielleiter sein, dann können Sie auch Haupt-NSCs - dramatisch oder beiläufig - sterben lassen.)

Ihre Fähigkeiten und Fertigkeiten sind durchaus so anzusetzen, dass sie keine leichte Beute für die Pickelhäute sind. In Notsituationen greifen die alteingesessenen Leeter auch auf ihre Waffen aus Kämpfertagen zurück. Statten Sie Leunand mit Breitschwert und Langbogen aus und auch der Schmied sollte mit seinem schweren Schmiedehammer Tod und Vernichtung in die Reihen der Angreifer tragen. Während des Kampfes haben aufmerksame Spielercharaktere damit die Möglichkeit festzustellen, dass einige Bewohner Leets wohl eine Vergangenheit haben, die darauf hindeutet, dass sie nicht ihr ganzes Leben friedlich in Leet verbrachten.

Szenario 1
Haltet das Tor!

Hier handelt es sich um das klassische Verteidigerszenario.

Die Pickelhäute versuchen, das südliche Stadttor einzunehmen und zu öffnen, um ihre Hauptstreitmacht schnellstmöglich in die Stadt zu bekommen. Dabei gehen sie hauptsächlich mit Einsatz von purer Muskelkraft und einem mächtigen Rammbock gegen das Tor vor. Glücklicherweise für die Leeter sind die Pickelhäute nicht ganz einfach zu koordinieren. So kommt es oft vor, dass die eigentlich zum Schutz der Rammbockträger abgestellten Pickelhäute mit Schilden in Kampflaune ihre Schutzaufgabe nur zu gerne vergessen, um sich in den Kampf zu stürzen. Shakthas Hauptaugenmerk gilt deswegen auch der Torangriffstruppe und der Versorgung des Monsters mit neuen Angriffszielen bei jedem Sprung über die Palisade ins Dorf hinein.

Der Rammbock ist ein mächtiger Baumstamm, den die Orks nur notdürftig mit der Axt soweit entastet und bearbeitet haben, dass er sich leidlich tragen lässt. Acht Pickelhäute stürmen immer wieder mit dem Rammbock gegen das doppelflügelige Südtor an. Dabei werden sie von jeweils acht Schildträgern begleitet, die mit über den Kopf erhobenen Mannschilden die Träger vor dem Beschuss der Leeter schützen sollen. Sollten Rammbockträger von den Leetern getötet oder soweit verletzt werden, dass sie den Rammbock nicht weiter gen Tor tragen können, so werden sie von anderen Pickelhäuten ersetzt.

Wie oft dies geschieht und ob es den Orks gelingt, das Tor zu zerstören, kommt auf die Effektivität der Verteidigungsmaßnahmen an. Koordinierte und gezielte Pfeilschüsse auf die Rammbockträger sollten ebenso ihre Wirkung zeigen, wie der Einsatz von brennendem Öl und kochendem Wasser, das von oben auf die Angreifer hinunter geschüttet wird.

Ablauf:

Einmal Anlaufen und Rammen kostet 6 Runden. Für einen erfolgreichen Rammversuch sind von den acht Trägern mindestens sechs notwendig, die bis zum Rammen selbst noch leben müssen. Vier reichen aus, um den Rammbock wieder zurück zu bringen. Ein gefallener Ork wird innerhalb von zwei Runden ersetzt. Insgesamt werden 48 Orks beteiligt sein. Fünf erfolgreiche Rammversuche sind notwendig, damit das Tor aufbricht.

Zurückschiessen

Die am Torangriff beteiligten Orks schießen auch auf die Mauer und versuchen so die Rammversuche zu unterstützen. Natürlich haben die hinter oder auf der Mauer befindlichen Spielercharaktere einen guten Schutz und sind nur schwer zu treffen. Aber ab und an werden sie sich bücken müssen und können vielleicht nicht die Rammbock-Truppe beschießen. Sie können natürlich auch hier und da getroffen werden.

Der Feuerschutz kann auf sechs Orks begrenzt werden. Es ist klug, diese sechs frühzeitig auszuschalten oder einen Schutz gegen den Beschuss zu finden.

Szenario 2
Es brennt!

Die Pickelhäute haben sich teilweise auch mit brennenden Waffen ausgerüstet. Auch wenn Pfeil und Bogen wenig im Einsatz sind, so sorgen die Brandpfeile doch dort, wo sie treffen, für Aufruhr.

Generell können Sie zwischen zwei verschiedenen Brandorten unterscheiden. Zum einen ein Schaden an der Palisade, wo das Feuer gelegt und von den Pickelhäuten genährt wird, in der Hoffnung durchzubrechen. Zum anderen ein Schaden an einem Gebäude, sei es ein Stall oder ein Wohnhaus, das durch einen Brandpfeil Feuer gefangen hat.

Um den Palisadenbrand zu bekämpfen, ist natürlich außer Wasser auch noch die Verteidigung gegen die angreifenden Pickelhäute wichtig, um nicht bei Löschversuchen von der Palisade geschossen zu werden. Die Organisation einer Löschkette und die provisorische schnelle Behebung des Brandschadens im Verteidigungsring um die Stadt sollten im Vordergrund stehen.

Geht es aber darum, den Brand an einem Gebäude zu löschen, so können Sie die Rettung von eventuell noch im Gebäude befindlichen hilflosen Personen sowie Hab und Gut genauso benutzen, wie die Verhinderung des Übergreifens der Flammen auf benachbarte Gebäude. Natürlich gilt es für die Spielercharaktere, auch hier darauf zu achten, sich nicht einen Pfeil der Angreifer zu fangen. Allerdings ist die Chance dafür weitaus geringer als bei der Löschung der brennenden Palisade.

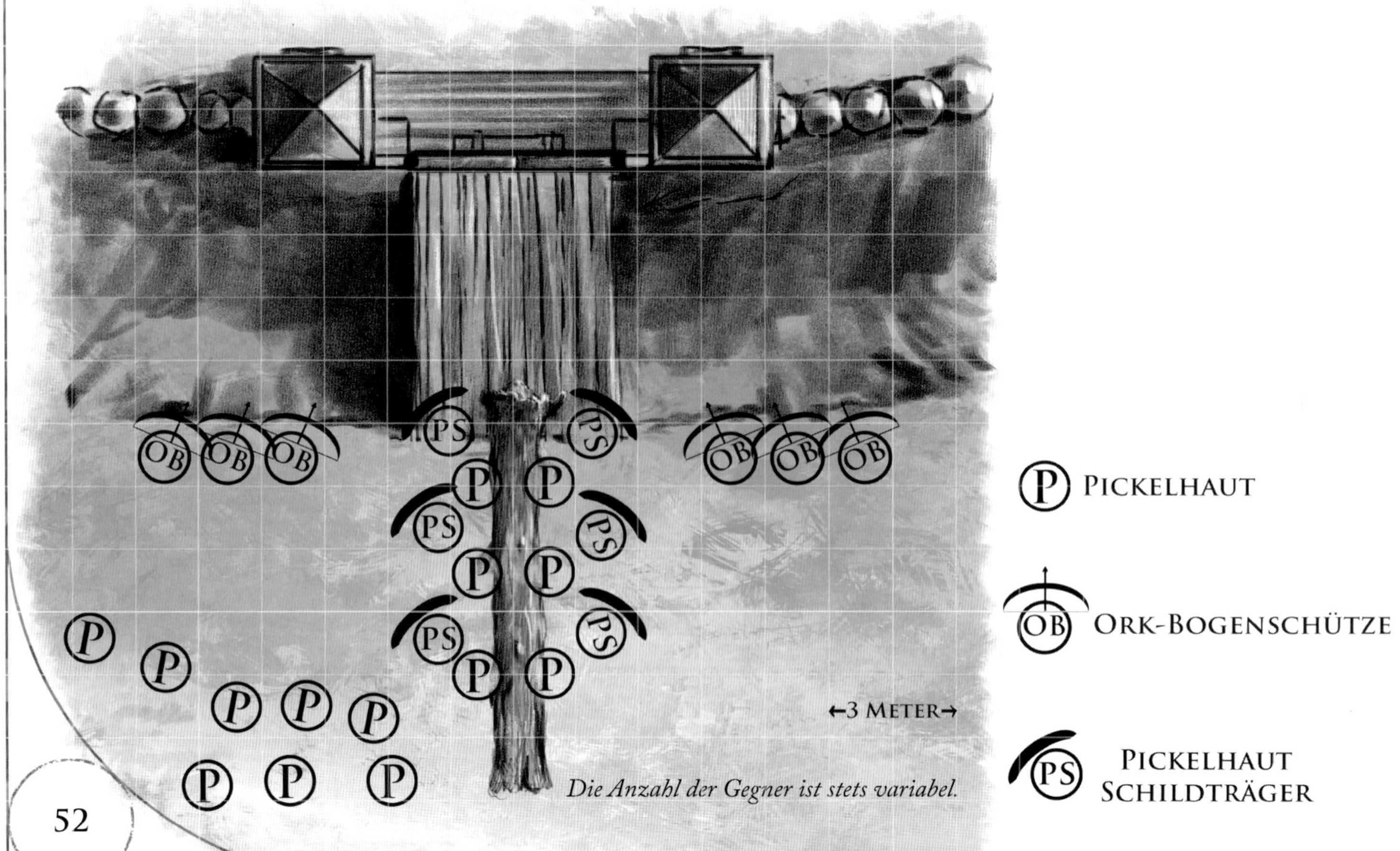

Die Anzahl der Gegner ist stets variabel.

Je länger aber für die Organisation der Löschung von Gebäuden gebraucht wird, umso wahrscheinlicher ist es, dass das Feuer auch umliegende Gebäude durch Funkenflug in Brand setzt. Schlimmstenfalls bricht das brennende Gebäude in sich zusammen und begräbt vielleicht sogar Menschen unter sich.

Vorschläge:

Enros Wagen brennt, er kann aber noch gezogen werden, um ihn von den umliegenden Gebäuden zu entfernen.

Ein Stall brennt, die Reittiere der Spielercharaktere sind dort untergebracht.

Der Baum der Lichter brennt teilweise, weil ein mit Öl getränktes Geschoß von den Pickelhäuten per Katapult in den Baum geschossen wurde. Es muss nun schnellstmöglich aus dem Baum entfernt und der Baum gelöscht werden, bevor er niederbrennt. Als heilige Stätte im Dorf wird kein Leeter tatenlos zusehen, wie der Baum ein Opfer der Flammen zu werden droht.

Szenario 3
Sabotiert das Katapult

Die noch nicht umgewandelten Orks haben unter Shakthas Anleitung und mit Hilfe einiger der Pickelhäute ein Katapult gebaut und in mühevoller Arbeit bis nach Leet geschafft. Den letzten Rest Wegstrecke haben sie bei Nacht zurückgelegt, und nun steht das ungeschlachte Katapult in der letzten Angriffsreihe und wird von einigen Orks bedient, denen Pickelhäute zur Unterstützung zur Seite gestellt wurden.

Das Katapult ist aus schlecht bearbeiteten Baumstämmen, einer Menge grober Seile, Lederstreifen und Flechtwerk entstanden und wird von Pickelhäuten geschoben. Es verschießt Steinbrocken, und sollten die in der näheren Umgebung ausgehen, so sind die Pickelhäute auch nicht zimperlich und verschießen die Leichen ihrer gefallenen Mitkämpfer.

Das Katapult hat eine sehr niedrige Schussfrequenz, aber wenn ein Haufen Steine oder eine Leiche gen Leet fliegt, dann ist der Schaden beträchtlich, der dadurch angerichtet wird, wobei Steine natürlich bei weitem effektiver sind.

Das Katapult lässt sich auf vielfältige Weise sabotieren, ist es doch brennbar, da es aus Holz und Seil gemacht ist. Außerdem ist es anfällig, sobald einige der Seile durchtrennt werden, da dann keine Spannung mehr auf den Schwungarm aufgebracht werden kann.

Am schwierigsten sollte es für die Spielercharaktere sein, sich im Kampfgetümmel einen Weg bis zu dem Katapult zu bahnen und dann noch die Bedienungsmannschaft entweder aus dem Verkehr zu ziehen, oder aber so zu beschäftigen, dass eine Sabotage möglich wird. Natürlich kann diese Mission auch durch List und Zauber zum Erfolg führen, immerhin reicht eine einzige Person am Seilwerk des Katapultes, um genug Schaden anzurichten, um die Maschine für diesen Kampf unbrauchbar zurück zu lassen. Offener Kampf ist also nicht unbedingt das einzige Mittel zum Ziel.

(Da die Konzentration der Orks nach vorne gerichtet ist, kann ein Vorgehen von der Rückseite *leicht* sein.)

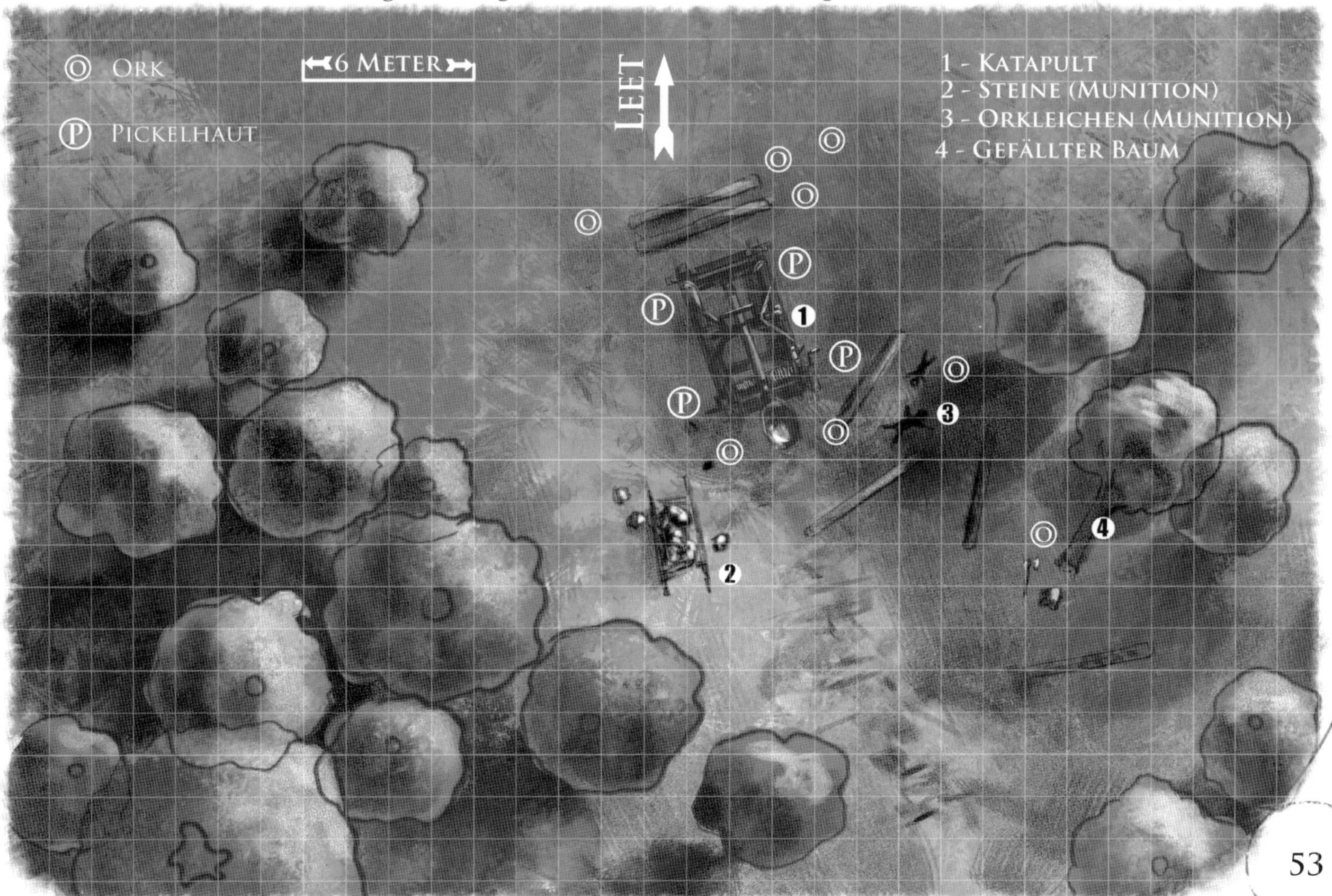

Szenario 4
Vertreibt das Monster!

Da das Monster in der Lage ist, sehr hoch und weit zu springen, kann es die Palisade an einigen Stellen überspringen und so direkt in die Stadt gelangen, während die Pickelhäute noch vor der Palisade kämpfen müssen. Deswegen wird das Monster, angetrieben von Shakthas Anweisungen, immer wieder Sprünge über die Mauer wagen und einzelne Leeter angreifen. Trifft es auf zu heftigen Widerstand, wird es aber auch nicht zögern, sich durch einen beherzten Sprung zurück in die Reihen der Belagerer wieder in Sicherheit zu bringen.

Spätestens jetzt sollte den Spielern klar werden, dass das Monster humanoider ist als gedacht. Anscheinend hatte die kleine Carmela vom Wasserhof bei ihrer Beschreibung des gruseligen Vogels nicht alles gesehen in ihrer Panik. (Beschreibung des Monsters, siehe Seite 74.)

Achten Sie darauf, dass das Monster noch nicht fallen sollte. Es kann verwundet werden, doch sollte es in der Lage sein, in die Dunkelheit zu fliehen. Das Monster sollte auf keinen Fall mit den Pickelhäuten den Rückzug in die Tunnel antreten. Es ist schnell und cleverer als die durchschnittliche Pickelhaut. Außerdem können Sie es von Shaktha mit Zaubern unterstützen lassen. Im Zweifelsfall lassen sie es immer wieder an den unterschiedlichsten Stellen des Dorfes kurz über die Mauer springen und Zerstörung anrichten, um dann wieder zu verschwinden. Spätestens jetzt sollte den Spielercharakteren auch der Klang der Federflöten auffallen und die Tatsache, dass sich das Monster immer dort aufzuhalten scheint, wo die Flöten durch die Nacht klingen. Wird dem Monster genug Gegenwehr entgegen gesetzt, so zieht es sich zurück. Shaktha ist nicht bereit, ihr Meisterwerk, an dessen Reproduktion sie bisher noch erfolglos arbeitet, so schnell aufs Spiel zu setzen.

Sie können das Monster auch sehr schön als „Nebenschauplatz"einsetzen , wenn die Spieler an anderer Stelle beschäftigt sind. Es ist hervorragend geeignet, um schnell viel Schaden anzurichten, aber umso schwerer ist es auch zu vertreiben. Lassen Sie die Spieler ruhig spüren, dass sie nicht in der Lage sind, überall zu kämpfen, und sie so den Tod einiger Leeter nicht vermeiden können.

Szenario 5
Das Monster und der Ritter

Zu diesem Szenario sollten die Spieler erst hinzu stoßen, wenn das Monster seine Arbeit schon fast erledigt hat.
Platzieren Sie Ritter Mereno vor einem brennenden Haus. In seinem Rücken kauern einige der Dorfkinder, die er vor den Flammen in Sicherheit zu bringen versucht, als das Monster einen erneuten Angriff wagt.

Lassen Sie die Spieler die letzten Momente des verzweifelten Kampfes aus der Entfernung erleben, bei dem sich Ritter Mereno dem Monster entgegen stürzt, um es von den Kindern weg zu drängen, damit diese sich vor dem Brand und dem Monster in Sicherheit bringen können. Das Hauptaugenmerk des Ritters sollte dabei auf der Unversehrtheit und dem Schutz der Kinder liegen, so dass er dem Monster nicht seine komplette Aufmerksamkeit zuwenden kann. Dies bezahlt er dann auch mit einem heftigen Treffer, bevor es den Spielercharakteren gelingen sollte, das Monster zu verjagen.

Dieses Szenario sollte den Ritter auf jeden Fall verletzt zurück lassen, schwer genug, dass er für die nächsten Tage an einen Kampf nicht denken sollte. Sie können aus diesem Szenario überleiten in das folgende.

Szenario 6
Heiler!

Ritter Mereno ist vom Monster schwer verletzt worden. Im flackernden Schein eines brennenden Gebäudes hat er den Schutz einiger Leeter Kinder fast mit dem eigenen Leben bezahlt.

Walburga, die Kräuterkundige des Dorfes, ist nicht in der Lage, ihm zu helfen. Die Verletzung ist so schwer, dass sie den Ritter höchstens eine Weile am Leben halten kann, bis jemand die Heilerin der Elfen geholt hat. Nun ist es an den Spielercharakteren, sich schnellstmöglich einen Weg durch die Belagerer gen Elfenwald zu schlagen. Sie müssen einen Elfen aufzuspüren, der die Bitte der Leeter um Hilfe für den Ritter an die Heilerin des Elfenvolkes weitergibt.

Gegebenenfalls gilt es auch, den sicheren Weg der Heilerin vom Wald zum Dorf mit einer Eskorte zu gewährleisten.

Der Teil des Leet umgebenden Waldes, in dem die Elfen wohnen, liegt in westlicher Richtung, was Sie auch der Karte entnehmen können. Die Helden müssen nun schnellstmöglich Leet verlassen, sich durch die angreifenden Pickelhäute ihren Weg zum Waldrand erkämpfen und im Wald so schnell wie möglich auf sich aufmerksam machen. Da sie sich vom Kampfplatz weg bewegen, werden die Pickelhäute sie nicht sonderlich verfolgen, Leet ist das Zentrum ihrer Aufmerksamkeit.

Im Wald ist es nun an den Spielercharakteren, die Elfen zu alarmieren. Dabei kommt ihnen zu Gute, dass es in Leet brennt. Die Elfen haben den Feuerschein am Nachthimmel und den Rauchgeruch schon wahrgenommen und Späher ausgesandt.

So dürften die Spielercharaktere nach einigem Gestolper im dichten Unterholz des nachtdunklen Waldes fast schon in Goldrian hinein laufen, einen Elfen, der zu den Jägern des Elfenvolkes gehört.

Haben die Spieler schon „Der blutende Gott" gespielt, oder Elathaliel ist anwesend, so ist ihnen der Jäger Goldrian bekannt, und er verhält sich entsprechend.

Goldrian Sethnadil

Der Elf ist von schlanker, hoch gewachsene Gestalt und bewegt sich nahezu lautlos. An den Seiten kurz gehaltenes sandfarbendes Haar entblößt spitze Ohren, und seine Augen haben die Farbe des Winterhimmels. Goldrian spricht mit überraschend lauter Stimme, ist für einen Elfen eher ungewöhnlich schnell aufbrausend und ein Einzelgänger, der sein Handwerk versteht.

Er trägt eine rötlichbraune leichte Lederrüstung mit Rankenornamenten und drei Speere in einer kunstvoll verzierten Halterung auf seinem Rücken, dazu einen lichtgrauen Mantel.

Ilathan Laroneth ist der Stammesfürst der Waldelfen, die in der Gegend um Leet wohnen, und Goldrian ist einer der Jäger des Stammes.

Stufe 9, Angriffe: Fernkampf +88, Nahkampf +66
Magiepunkte: 36 /
Basislisten Waldläufer (bis Stufe 4)
Trefferpunkte: 84, RK (DB): 8 (15)

Goldrian wird sich einen kurzen Bericht geben lassen und sich dann auf den Weg machen, um die Heilerin zu holen.

Es ist nun Ihnen überlassen, ob er die Spielercharaktere direkt nach Leet zurück schickt, oder aber am Waldrand warten lässt, damit sie die Heilerin durch die Reihen der Angreifer zu Ritter Mereno schleusen können. Interessanter ist auf alle Fälle die Eskorte, allerdings auch kräfteraubender.

Linaralil

Die Heilerin ist eine schlanke kleine Waldelfe, mit sanft sonnengebräunter Haut. Ihre leicht schräg stehenden Augen sind von einem warmen Goldbraun, und das lange nussbraune Haar streicht ihr bei jeder Bewegung um die schmale Hüfte. Ihre Stimme ist leise und melodisch, und sie strahlt ruhige Zuversicht aus. Sie ist gekleidet in ein weiches Lederkleid, das mit kunstvollen Stickereien verziert ist. In einem einfachen Beutel führt sie ein buntes Sammelsurium an Kräutern, kleinen Salbentiegelchen und sauberen Verbandstüchern mit sich. Sie trägt einen rotbraunen Ledergürtel, an dem kleine Wurfmesser mit kunstvoll verzierten Griffen befestigt sind. Sie versteht sich neben der Wundversorgung und der magischen Heilung auch aufs gezielte Messerwerfen für den Notfall.

Stufe 10, Angriffe: Waffe +16
Magiepunkte: 69 / Basislisten Heiler (bis Stufe 10)
Trefferpunkte: 82, RK (DB): 6 (6)
(Optional: Multiplikator x2 Stab)

Linaralil wird ihr Möglichstes tun, um nicht nur Ritter Mereno, sondern auch den anderen schwerer verletzten Leetern zu helfen. Sie wird den Ritter nicht ganz wiederherstellen können, dafür waren seine Verletzungen zu schwerwiegend. Aber er wird in wenigen Tagen wieder genesen sein, nachdem Linaralil mit ihrer Versorgung fertig ist. Fürs erste haben ihm die Elfe und Walburga Bettruhe verordnet. Die Heilerin wird durch Ihre Hilfe nunmehr selbst äußerst schwach sein.

Sollte es einen der Spielercharaktere schlimm erwischt haben, so können Sie die Waldelfe auch hier ein wenig helfend einschreiten lassen.

Die Elfen werden sich trotz Entsendung der Heilerin als Freundschaftsdienst gen Leet aber hüten, am Kampf um den Ort teilzunehmen. Sie sind genug damit beschäftigt, die Übergriffe von Pickelhäuten und anderen gefährlichen Wesen abzuhalten, die durch die Wälder streifen. Einzig vor einem Angriff der Trolle sind sie durch einen Zauber geschützt.

Vor vielen Jahrhunderten gab es zwei große Trollkriege, in denen viele Elfen starben. Damals zogen sich viele Elfen aus dem Wald zurück. Nur ein kleiner Teil wollte die Heimat nicht aufgeben, und so vereinigten sie ihre magischen Kräfte und legten einen mächtigen Zauber über ihr Heim, um es so vor den Trollen zu schützen. Zurzeit verursachen die Trolle eine Menge Ärger im Umland. Sie suchen überall nach Gold, um einen Zauberer bezahlen zu können, der ihnen versprochen hat den Elfenzauber zu brechen. Im Abenteuer „Trolle“ können Sie mehr darüber erfahren.

Opfer

Wie schon weiter vorn angemerkt, sollten die Haupt-NSC dem Angriff nicht zum Opfer fallen. Das bedeutet aber nicht, dass Leet keine schmerzlichen Verluste zu beklagen hat. Die meisten Leeter haben Familie, und so sollte es auch in den Familien der Haupt-NSC nach der Schlacht Tote und Verletzte zu beklagen geben. Leunand der Wirt könnte zum Beispiel eines seiner Kinder schwer verletzt finden, oder Walburga, die Kräuterkundige betrauert den Tod ihrer alten Assistentin, die ihr immer bei der Beschaffung von Heilkräutern zur Hand ging. Auch können Familien nun mittellos sein, da ihr Haus ein Raub der Flammen wurde, oder Frauen den Tod ihrer Männer beklagen, die bei der tapferen Verteidigung von Haus und Hof ihr Leben ließen. Überall in Leet sollte es kleinere und größere Verluste geben, sei es nun Leben und Gesundheit oder ein Dach über dem Kopf und die Vorräte für den Winter.

Rückzug

Ein schriller Flötenlaut übertönt den Kampflärm, und endlich geben sich die Pickelhäute geschlagen. Zügig wenden sich die Überlebenden zur Flucht, ihre Toten und Verletzen lassen sie achtlos zurück. Erster verhaltener Jubel brandet unter den Leetern auf, als plötzlich Giada, die Frau des Wirtes aufschreit und auf die fliehenden Pickelhäute deutet, die gerade in den ersten Ausläufern des Waldes verschwinden. „Sie haben Jolyna!" Tatsächlich schleppen zwei der Pickelhäute ein um sich tretendes und kreischendes Bündel Mensch zwischen sich, das sich bei näherem Hinsehen tatsächlich als jüngste Tochter der Wirtsleute erkennen lässt. Erst gestern noch war die stämmige Kleine Mittelpunkt spöttischen Gelächters, als sie sich ihren ganzen Stolz, den dicken dunklen Zopf, überm Kochfeuer versengte. Giada selbst schnitt ihrer Tochter die stinkenden Zopfreste vom Kopf und neckte sie noch, dass sie nun eher wie ein Junge aussehen würde, als wie eine kleine Dame.

Diese Tatsache scheint dem jungen Mädchen nun zum Verhängnis zu werden, halten die Pickelhäute sie doch wohl für einen jungen Mann und befolgen weiterhin Shakthas Anweisungen, Männer für die Umwandlungsversuche zu finden.

Leunand zögert keine Sekunde, mit einem wilden Schrei sprintet er, das Schwert in der Hand, zum Stadttor. „Lasst mich passieren, ich muss meine Tochter retten!", fordert er die Kämpfer am Tor auf, und in Windeseile ist er auch schon auf der Hetzjagd, den Entführern hinterher.
„Bitte edle Leute, helft meinem Mann, rettet mein jüngstes Kind", wendet sich Giada mit angstverzerrtem Gesicht euch zu.

Die Wirtin wird kein Geld und gute Worte scheuen, um die Spielercharaktere dazu zu bewegen, mit ihrem Mann zusammen die Verfolgung der verschleppten Tochter aufzunehmen und das Kind sicher zurück zu bringen. Sie hält sich nicht lange mit Feilschereien auf, sondern verspricht den Helden in die Hand „alles was ich hab!", wenn sie nur helfen, das Kind zu retten.

Die Jagd sollte direkt hinaus aus Leet und gen Wald gehen, wobei die Spielercharaktere die Pickelhäute möglichst nicht einholen sollten, der Vorsprung ist zu groß. Kommen die Spielercharaktere zu nah heran, so lassen Sie die Pickelhäute auf ihrer Flucht mit Steinbrocken und Ästen werfen. So ist eine Annäherung auch aufgrund der Masse der flüchtenden Mutierten ohne die teilweise Deckung der Bäume im Wald nicht ratsam.

Die Pickelhäute, die das sich wehrende Mädchen schleppen, sollten im Wald etwas zurückfallen, da ihnen ihre Beute das Vorankommen schwer macht. So sollten sie als einige der letzten Flüchtlinge am Ausgang des Tunnels ankommen, den die Pickelhäute in mühsamer Arbeit seit Wochen gen Leet gegraben haben.

Verdecktes Handeln

Ihre Spieler werden wahrscheinlich eher zu einem verdeckten Handeln neigen - schließlich sind noch viele Gegner übrig. Sie werden allerdings eine Weile auf Leunand einreden müssen, der kaum zu bändigen ist und es tollkühn mit jedem aufnehmen will. Unter Umständen kann es sogar weise sein, Leunand dazu zu überreden, in Leet zu bleiben „um im Falle eines erneuten Angriffs die restliche Familie zu schützen". Er könnte sonst bei einer verdeckten Aktion durch seine überschäumenden Emotionen Dummheiten machen.

In den Tunnel

Das Gelände wird langsam steiniger, die Bäume stehen weiter auseinander und sind auch nicht ganz so hoch wie anfangs. Die Verfolgung fällt euch nun leichter, ist die Sicht doch besser, und weniger tückisches Unterholz behindert euer Vorankommen. Tatsächlich fällt euch auf, dass ihr in euer wilden Hetzjagd durch den Wald immer wieder an Stellen vorbei kommt, an denen das Unterholz zu Boden gedrückt wurde. Teils meint ihr sogar Reste provisorischer Feuerstellen zu sehen.
Das Gelände steigt stetig an, und schließlich endet die Hetzjagd vor einer niedrigen Felswand, kaum einen Troll hoch, in der ein Riss klafft, der breit genug ist, um zwei Menschen nebeneinander stehen zu lassen. Aus dem Riss hört ihr einen letzten heiseren Hilfeschrei Jolynas, dann nur noch das Geräusch von vielen Füßen, die sich schnell über Steinboden von euch weg bewegen, und keuchender Atem, der langsam leiser wird. Rechts und links des Risses liegen achtlos hingeworfene größere Äste und sogar ein kleiner Nadelbaum. Anscheinend wurde der Riss vor kurzem noch notdürftig getarnt, aber bei der Flucht hat sich niemand mehr darum bemüht, den Zugang vor Blicken zu verbergen.

Hinter dem Riss ist eine schmale natürliche Höhle, die einige Meter steil in den Boden hinein abfällt. Der Boden ist rutschig, nass und mit Schlamm verschmiert. Überall sind seitlich des schmalen Mittelpfades nasse Erdhaufen aufgetürmt. Hier und da liegen entlaubte Baumstämme und Balken. In einem Erdhaufen steckt eine fast völlig heruntergebrannte Fackel und verbreitet unruhig flackernde Helligkeit, die die Schatten nur noch tiefer werden lässt.

Nach wenigen Metern weichen die natürlichen Wände der Höhle einem Gang, der jeden Zwerg vor Scham erblassen lassen würde. In einem rostigen Eimer wartet ein ganzes Bündel an schlecht gemachten Fackeln darauf, jedem, der es braucht, Licht zu spenden, um das Elend des schlampigen Tunnelbaues genauer betrachten zu können. Nur notdürftig sind die Wände abgestützt, die Balken aus frischem Holz, krumm und harzend. Überall liegen kleinere Erdhaufen oder dickere Steine achtlos in der Mitte des Ganges. Niemand

scheint sich die Mühe gemacht zu haben, den Weg ordentlich frei zu räumen. Teilweise verschwindet der Boden des Ganges auch ganz in großen Pfützen dunklen Sickerwassers. Wurzelgeflecht hängt von der Decke, und an den Wänden wachsen dicke leichenblasse Pilze, die aber ihre Übelkeit erregende Sporenwolke zum Großteil schon an die vorbeihastenden Pickelhäute verschossen haben.
Weiter voraus sind die Pickelhäute zu hören, dunkle Rufe, ab und an das Klirren von Metall und das Platschen von Stiefeln und nackten Füßen in den Pfützen zeigt, dass ihr den Verfolgern noch auf den Fersen seid. Und schließlich könnt ihr das Licht von Fackeln voraus entdecken, dort sind die Entführer!

Kübelknoll

Der Kübelknoll ist ein kleiner dicker Pilz, der gerne in größeren Mengen an feuchten dunklen Plätzen wie aufgegebenen Stollen oder natürlichen Höhlen wächst. Er ist von fahlweißer Färbung mit leicht ölig erscheinendem Blauschimmer. Bei Berührung oder heftigerem Luftzug entsteigt den Pilzlamellen eine Übelkeit erregende Sporenwolke, die zu allem Unglück auch noch an allem klebt, auf das sie sich herab senkt. Sie ist nur mit einer guten Portion fließendem Wasser und eifrigem Schrubben wieder zu entfernen. Schon einige mussten sich nach einer Begegnung mit dem Kübelknoll ihr Essen ein weiteres Mal durch den Schlund gehen lassen, erzeugt die Sporenwolke doch heftigsten Brechreiz. Sobald die Sporen trocknen, sind sie allerdings nicht weiter gefährlich und ergeben eine recht schmackhafte Würze. Auch die Pilze selbst sind essbar, allerdings schmecken sie nach altem, abgestandenem Wasser.

Der Boden ist nun - nachdem ein gewisses Tiefenniveau erreicht ist - eben, und der von den Pickelhäuten gegrabene Gang führt geradewegs zu dem Zwergentunnel, der sich von der Zehntagschlucht hinauf in die Berge erstreckt. Shaktha hat die Pickelhäute ungeachtet von Leib und Leben den Tunnel gen Leet graben lassen. Einige ihrer Diener sind den harten Bedingungen oder kleineren Einstürzen zum Opfer gefallen. Sollte einer der Spieler einen Zwerg spielen, so entdeckt dieser eine Vielzahl an Hinweisen darauf, dass der Stollen nicht stabil ist und auch an mehreren Stellen schon Einbrüche weggeschafft worden sind. Sehr aufmerksamen Spielercharakteren fällt auf, dass der Stollen sogar an einigen Stellen Knicke macht, um dann wieder in der ursprünglichen Richtung weiter zu verlaufen. Zumeist findet man an diesen Stellen auch teils verschüttete Leichen von Pickelhäuten. Sie kamen bei den Einstürzen zu Tode oder haben sich schlichtweg zu Tode geschuftet unter Shakthas magischem Einfluss.

Beschreiben Sie den Tunnel als eng, düster und bedrohlich. Es ist feucht und schlammig, die Spielercharaktere sind von Erde umgeben. Wurzeln streichen beim Laufen über die Köpfe der größeren Spielercharaktere. Immer wieder knackt Holz, erklingt das leise Geräusch tropfenden Wassers oder ragt aus einem verschütteten Bereich eine verwesende Hand, ein Bein oder eine verrottende Spitzhacke. Der Bau dieses Ganges hat definitiv Opfer gefordert, und wenn man betrachtet, wie diese behandelt worden sind, so dürfte den Spielern klar werden, dass die Anführerin der Orks keine Gnade kennt.

An zwei Stellen weitet sich der Gang, wo natürliche Höhlen genutzt wurden, um etwas Platz zum Lagern und Wohnen zu haben. Hier liegen schmutzige Felle auf schlammigem Grund. Um heruntergebrannte Feuerstellen liegen abgenagte Knochen, die teilweise aussehen, als wären sie humanoiden Ursprungs. Die beiden Wohnhöhlen sind leer, befinden sich die Pickelhäute doch auf dem Rückzug durch den Gang. Notfalls können Sie in den kleinen Wohnhöhlen noch Fackeln lagern lassen, aber eigentlich sollte dort nichts Wertvolles oder Nützliches liegen. Die Lebensmittelvorräte sind dort größtenteils verschimmelt, das Wasser brackig.

Je nachdem wie schnell die Spieler ihre Charaktere hinter den flüchtenden Pickelhäuten her treiben, können Sie in den Wohnhöhlen eine Überraschung platzieren. Vielleicht einen verletzten Ork, der sich dort versteckt und später versuchen kann, den Spielern im Kampf in den Rücken zu fallen.

Da der Gang zumeist nicht breit genug ist, um mit mehr als zwei Personen nebeneinander zu kämpfen, bekommen so auch die weiter hinten stehenden Charaktere etwas zu tun.

Schließlich sollten die Spielercharaktere es schaffen, die Pickelhäute einzuholen. Sobald sie nahe genug ran sind, werden die Pickelhäute Jolyna achtlos fallen lassen und sich in den Kampf stürzen. Auch für die massigen Gestalten der Pickelhäute ist die Enge im Tunnel ein Problem (wie auch für jeden Kämpfer mit einer großen Zweihandwaffe). So können jeweils an den breitesten Stellen nicht mehr als zwei nebeneinander kämpfen. Normalerweise ist aber nur für eine Pickelhaut Platz. Gleichzeitig bedeutet es auch, dass jede Pickelhaut die im Kampf fällt, den übrigen im Weg liegt und sie behindert. Natürlich bleibt der Kampf den weiter vorn laufenden Pickelhäuten auch nicht verborgen. Sobald klar wird, dass die Spielercharaktere gefährliche Gegner sind, beginnen die Pickelhäute in der zweiten oder dritten Kampfreihe gezielt damit, die Stützen im Gang wegzuschlagen und so einen Zusammenbruch des Ganges zu forcieren. *Mittelschwer* können die Spielercharaktere abschätzen, wie schnell ein Einsturz des ganzen Tunnelbereiches droht, in dem sie sich gerade befinden.

Jolyna wird alles daran setzen, sich bei den Spielercharakteren in Sicherheit zu bringen. Spätestens, wenn das Mädchen die Retter erreicht hat, bricht der Gang seitlich zusammen, und nachrutschendes Erdreich verschüttet die Pickelhäute hinter der ersten Kampfreihe. Malen Sie die Szene in den düstersten Farben aus. Die Erde begräbt alles unter sich in beunruhigender Geschwindigkeit. Die Pickelhäute auf der anderen Seite des Einbruches schreien genauso wie Jolyna auf der Seite der Helden. Überall knackt das Holz der Stützbalken unheilverkündend, versickert das Wasser der Pfützen am Boden in plötzlich aufklaffenden Spalten.

Es sollte sehr klar sein, dass hier fürs erste kein Weiterkommen ist und die Spielercharaktere das sicherer Entkommen aus dem Tunnel nun an oberste Stelle setzen müssen. Lassen Sie Jolyna panisch voraus stürmen. Selbst wenn sie fällt, rappelt sie sich schlammverschmiert wieder auf und sprintet weiter gen Ausgang. Es ist eine klassische Fluchtszene, nur dass es die Spieler noch nicht geschafft haben, das Böse zu besiegen und den Schatz zu retten. Sie nehmen nur Leunands Tochter mit nach draußen und das Wissen, dass die Pickelhäute einen Gang bis kurz vor Leet gebaut haben.

Buddeln?

Zurück in Leet haben die Spielercharaktere nun mehrere Möglichkeiten, die Sie in einer Lagebesprechung mit dem verletzten Ritter Mereno zur Sprache bringen können. Sobald Jolyna wohlbehalten zurück zu Leunand und seiner Frau Giada gebracht wurde, werden die Spielercharaktere von Flavio, Merenos Knappen ins Herrenhaus gebeten.

Im Herrenhaus haben sich alle Leeter versammelt, deren Häuser ein Raub der Flammen wurden. Es herrscht ein wüstes Durcheinander, über dem die betäubende Stille von Resignation und Erschöpfung liegt. Der Boden der Audienzhalle ist übersät von notdürftigen Nachtlagern, wo die nun obdachlosen Familien ihre wenige gerettete Habe zusammengestellt haben, um sich dann auf geliehene Decken zur Nachtruhe zu begeben. Kaum einer der wenigen noch wachen Anwesenden spricht ein Wort. Leises Weinen ist zu hören, und ihr blickt in verzweifelte, müde Gesichter. Vielen klebt noch Ruß und Schlamm an Kleidung und Wangen. Es riecht nach Rauch und Blut. Nicht wenige der Anwesenden tragen notdürftige Verbände, und ihr seht Walburga leise durch die Reihen der Heimatlosen wandern und Wunden versorgen.

Flavio winkt euch, ihm in das Arbeitszimmer des Ritters zu folgen, und als ihr eintretet, sitzt Ritter Mereno schon an seinem Schreibtisch. Vor sich hat er eine Karte der Umgebung ausgebreitet, und er hält einen dampfenden Krug in der Hand, der penetrant nach Kräutern riecht. Der Blick des Leeter Schirmherren braucht eine Weile, um sich auf euch zu fokussieren, dann macht sich ein breites, unkontrolliertes Grinsen auf seinem Gesicht breit. Der Ritter trägt nur Hosen und seine schweren Stiefel. Sein mächtiger Oberkörper ist nackt, wenn man von dem breiten, straff gewickelten Verband absieht, der sicher die Hälfte seines Leibes bedeckt. Seine kräftigen Unterarme sind mit blutigen Striemen bedeckt, und in dicken Brandblasen sammelt sich das Wundwasser. Vereinzelt stiehlt sich schon dunkles Rot durch das helle Leinen der Verbände, aber es scheint den Ritter nicht zu kümmern. Anscheinend tut Walburgas Trunk, aus dem er noch einen tiefen Schluck nimmt, seinen Dienst. „Kommt herein und berichtet!", fordert Ritter Mereno euch auf. „Wir haben keine Zeit zu verlieren." Im Nähertreten bemerkt ihr, dass sein linkes Bein auf einem kleinen Hocker hoch gelagert ist und mit einer provisorischen Schiene aus Lederstreifen und Holzscheiten versehen wurde.

Ritter Mereno wird nach dem Bericht der Helden und dem Studium seiner Umgebungskarte zu dem Schluss kommen, dass der Gang, den die Pickelhäute gegraben haben wohl irgendwo in der Nähe der Zehntagschlucht enden wird.

Nun bleiben mehrere Möglichkeiten: Zum einen, dass der eingestürzte Gang geräumt wird, damit die Verfolgung der flüchtigen Pickelhäute fortgesetzt werden kann. Zum anderen könnten die Spielercharaktere natürlich auch direkt wieder in die Schlucht hinab steigen. Damit könnten sie zum Gegenschlag ansetzen, bevor die Pickelhäute einen erneuten Angriff auf Leet wagen. Wie auch immer sich die Spielercharaktere entscheiden, Mereno ist entschlossen, den Pickelhäuten Widerstand entgegen zu bringen und den tumben, aber gefährlichen Handlangern den Kopf abzuschlagen. Er will die Person finden und unschädlich machen, die den Mutierten ihre Befehle gibt. Mereno ist der festen Überzeugung, dass es nur eine Frage der Zeit ist, bis der Anführer hinter den Pickelhäuten erneut einen Angriff auf Leet befehlen wird. Der Ritter wird den Spielercharakteren deutlich zu verstehen geben, dass die Pickelhäute alleine schon nicht zu unterschätzende Gegner sind. Doch mit einem klugen Kopf im Hintergrund, der gezielt vorgeht, werden sie zu einer Gefahr, die nicht nur Leet zu Fall bringen könnte. Deswegen ist ihm absolut daran gelegen, die organisiert vorgehenden Orks zu zerschlagen. Leider ist der Ritter bei der Verteidigung der Stadt selbst zu schwer verwundet worden, um sich den Helden anzuschließen. Aber er wird sie bei ihrem Vorhaben mit allem unterstützen, was Leet zu bieten hat, solange sie sich nur schnellstmöglich an die Verfolgung machen. Er bittet die Spielercharaktere, die wenigen noch verbliebenen Kämpfer in Leet zu belassen, damit die Bevölkerung geschützt ist, wenn die Helden unterwegs sind.

Ritter Mereno gibt sich auch keinen Illusionen hin, dass die Stadt einem schnellen erneuten Angriff standhalten könnte. Er erläutert den Spielercharakteren, dass er einen geordneten Rückzug in die Wälder der Elfen befehlen wird und die Kämpfer Leets als Rückendeckung braucht, sollten die Pickelhäute erneut vor den Stadttoren stehen, weil die Helden mit ihrer Mission gescheitert sind. Sobald die Sonne aufgeht, wird er in der Halle allen Leetern befehlen, ihre Habseligkeiten für eine Flucht zu packen und sich für den Notfall bereit zu halten. Die Hoffnung der Stadt ruht nun auf den Helden.

Ritter Mereno wird Flavio anweisen, die Spielercharaktere mit allem zu versorgen, was sie benötigen, um schnellstens zur Zehntagschlucht zu gelangen. So bekommen sie Pferde und Proviant, Waffen soweit die Leeter sie entbehren können, Seile und Fackeln oder Laternen.

Alles ist natürlich nur geliehen, und die Leeter, die ihre Pferde zur Verfügung stellen, lassen durchblicken, dass sie die Tiere gerne wohlbehalten zurück hätten. Allerdings ist so mancher Bauer gerne bereit, den Helden fürs nächste Frühjahr ein Fohlen zu versprechen, solange nur Leet nicht dem Untergang geweiht ist.

Je nachdem wie angeschlagen die Helden von dem Kampf sind, können Sie Walburga mit hilfreichen Tinkturen und Tränklein auftauchen lassen. Doch sollte auch hier klar sein, dass es keine unbegrenzten Vorräte gibt und Walburga auch noch Heilkräuter und Tränke für die verletzten Leeter benötigt. Auch sind exotischere Tränke nicht in ihrem Besitz.

Shakthas Stollen

Auf welchem Weg die Spielercharaktere zurück in die Schlucht kommen, ist Ihnen überlassen. Ob sie nun den eingestürzten Tunnelabschnitt frei räumen und sich unter Tage bis zurück in die Schlucht bewegen, oder aber über Land reiten und dann der Orkabkürzung durch die Höhlen in die Zehntagschlucht hinab folgen, das Ergebnis sollte dasselbe bleiben.

Im Tunnel ist das Vorankommen auf jeden Fall beschwerlicher als über Land und auch langsamer, da der Tunnel erst freigeräumt werden muss und danach auch nur zu Fuß zu bereisen ist.

Über Land können die Pferde der Leeter benutzt werden, und die Reise ist deutlich schneller.

Auch sollte der erneute Weg durch die ganze Zehntagschlucht vermieden werden. Die Abkürzung der Orks hinaus aus der Schlucht lässt sich nun problemlos finden. Mittlerweile waren doch eine ganze Menge Füße unterwegs, die das vormals schützende Unterholz zertrampelt haben und den Weg zum Einstieg in die Tunnel nun deutlich sichtbar für alle Augen anzeigen.

Der Weg durch die Abkürzung hinab zum Grund der Zehntagschlucht sollte ohne größere Behinderungen vonstattengehen, denn die Pickelhäute sind zu der Zeit schon alle von Shaktha mit neuen Aufgaben versehen worden, und keiner war schlau genug, Wachen aufzustellen.

Es ist tiefste Nacht, als ihr den Grund der Zehntagschlucht erreicht. Verlassen liegt das Lager da, nicht eine Pickelhaut ist zu sehen. Nur das Rauschen des Gavant ist zu hören, der schäumend den Schluchtgrund in zwei Hälften teilt. Doch das Aussehen des Lagers hat sich verändert. Wurde das Ende der Schlucht noch bei eurem letzten Besuch von alten Bäumen, struppigen Büschen und mächtigen Findlingen dominiert, so ist nun dort nur noch karger Fels. Als habe man sie weggezaubert, sind mehr als die Hälfte der Felsbrocken verschwunden. Dort wo sich undurchdringliches Dickicht an die Schluchtwände schmiegte und jedes Durchkommen vereitelte, ist nun außer vereinzelten Büschen nichts mehr zu entdecken. Aus einem Stolleneingang nahe des Gavant fällt ein Streifen flackernden Fackellichtes. Es taucht die Wogen des Flusses für einen kurzen Abschnitt in hellen Schimmer, bevor die Nacht das Wasser wieder Schwarz färbt.

Die Luft im Eingangsbereich des Stollens flirrt und flackert wie an einem heißen Tag und eine Windböe trägt den metallisch-süßen Duft frischen Blutes mit sich, als sie einige schwarze Federn vor sich her wirbeln lässt.

Der alte Zwergenstollen führt in gerader Linie gen Ghalgrat. Einst wurde er von den Zwergen erschaffen, und sie transportierten auf ihm die Erträge aus dem Bergbau der Zehntagschlucht unterirdisch bis zu ihrer Feste weit oben in den Bergen. Doch schon vor vielen hundert Jahren, als die Orks sich erhoben und gegen die Zwergenfeste anstürmten, wurde der Durchgang von der Miene zur Feste von den Zwergen zum Einsturz gebracht. Trotzdem kann man immer noch viele Kilometer lang unterirdisch gen Ghalgrat wandern, bevor der Einsturz den Weg endgültig versperrt.

Shaktha hat sich im Anfangsbereich des alten Zwergenstollens eingerichtet und benutzt ihn gleichzeitig als Wohnstatt und für ihre Forschungen, Menschen zu Monster zu transformieren. Grundlage für die Forschungen ist eine potente Giftsubstanz, die sie auf dem letzten Treffen der Orkstämme am Wankelspitz von einem fremden Schamanen gestohlen hat. Sie plant damit nicht nur Herrscherin des Umlandes zu werden, sondern auch endlich ihr Diebesgut auf eine Weise einsetzen zu können, die ihr den Respekt und vor allem den Gehorsam der orkischen Schamanen einbringen wird. Schon beim nächsten Treffen am Wankelspitz will sie sich als glorreiche Eroberin Leets und Herrin einer ganzen Armee von Monstern und Pickelhäuten feiern lassen. Leider haben sich die Umwandlungsversuche als schwieriger als geplant erwiesen. Bisher hat sie die Umwandlung von Mensch zu Monster nur mit einem einzigen Bauern erfolgreich durchführen können, und es kostet sie eine Menge Magie, das Monster wenigstens halbwegs zu kontrollieren.

Den Angriff auf Leet abbrechen zu müssen, hat die Schamanin in rasende Wut und abgrundtiefe Enttäuschung versetzt. So hat sie die Pickelhäute zum Rückzug gerufen und das Monster alleine losgeschickt. Ganz wie ihr Gegner, Ritter Mereno, der Schirmherr Leets, ist sie auf dieselbe Lösung ihres Problems gekommen. Sie plant der Gegenwehr den Anführer zu nehmen. So schickte sie vor kurzem das Monster mit dem Auftrag, den Ritter zu töten, wieder gen Leet. Sie selbst macht sich daran, nun ohne Rücksicht auf die ihr verbliebenen Pickelhäute ein weiteres Monster zu erschaffen, um den Fall Leets zu besiegeln.

Im Stollen

Der Zugang zum Stollen ist unbewacht. Der Stollen ist anscheinend mit zwergischer Präzession vor Jahrhunderten aus dem Felsen geschlagen worden und geht schnurgerade in die Dunkelheit. Er ist sechs Meter breit und zwei Meter hoch. Wände, Boden und Decke sind glatt und sichtbar bearbeitet. Am Boden sieht man die Reste von zwei Schienensträngen, die nebeneinander verlaufen. An den Wänden sind in regelmäßigen Abständen Fackelhalterungen angebracht, denen selbst die Zeit ihre funktionale Eleganz einer guten zwergischen Steinarbeit nicht nehmen konnte. Der Eingang der Miene ist von Fackeln erleuchtet, doch schon der zweite Fackelhalter ein Stück weit ins Innere ist leer. Stille Dunkelheit dehnt sich vor euch aus, und die Luft wabert wie an einem heißen Sommertag, obwohl keine Hitze zu spüren ist.

Shaktha hat ihr Lager und ihre Wandelversuche ungefähr einen Kilometer tiefer den Stollen entlang. Dort hat der Stollen auf einem kurzen Streckenabschnitt Zugang zu einer natürlichen Höhle, an der der Gavant unterirdisch vorbei fließt. Die Zwerge haben diesen Streckenbereich als Lager genutzt, und nun hat sich Shaktha dort eingerichtet. Den Spielercharakteren steht also erst eine Wanderung durch einen Kilometer unterirdischen Zwergenstollen bevor. Auch hier haben Sie wieder Zugriff auf die unterschiedlichen magischen Effekte, die dem Gelände eigen sind. Von seltsamen Lichtern, abrupten Temperaturunterschiede bis hin zu geisterhaften Gestalten eines Trupps Zwerge, die eine Lore voller Schätzen gen Berge schieben, können Sie alles verwenden. Eines sollte den Spielercharakteren aber sehr schnell auffallen. Im Stollen ist es absolut still. Kein Laut ist zu vernehmen, selbst ein Schrei sollte unhörbar sein. Die Stille ist magisch und absolut. Gespräche sind unmöglich und selbst die eigene Stimme ist nicht zu vernehmen, wenn man spricht.

Dies sollten Sie als Spielleiter vor allem im Hinterkopf behalten, wenn die Spieler Shakthas Lager erreichen. Absprachen sind nicht möglich, wenn man sich nicht auf kreative Lösungsmöglichkeiten wie Handzeichen oder Bemalung der Stollenwände mit Kohle verlegt. Wenn nicht alle Spielercharaktere derselben Schriftsprache mächtig sind, ist Pantomime und Zeichnen angesagt.
Auch sollte die Luft wabern und die Sicht ein wenig verzerrt sein. Der Lichtschein von Fackeln und Laternen reicht nicht so weit wie gewohnt. Einzig magisches Licht scheint auf ein Vielfaches verstärkt zu sein, und sollten Funken benutzt werden, um Laternen und Fackeln zu befeuern, so brennen diese sicher doppelt so hell wie gewohnt. Anscheinend wirken sich die magischen Effekte im Stollen in diesem Bereich auf Akustik und Lichtquellen aus.

Nach einem guten Kilometer unterirdischer Wanderung tut sich in der rechten Wandseite des Stollens ein schlanker Riss auf, der in gewohnt solider Zwergenarbeit verbreitert und in die schnörkellose Funktionalität des Ganges integriert wurde. Einst spitze Kanten wurden weggebrochen und geglättet, der Boden geebnet. Hinter dem Durchgang erschreckt sich eine niedrige gewundene Kaverne, von deren Boden sich mächtige Stalagmiten gen Höhlendecke recken. In flachen kleinen Teichen schimmert klares Wasser. Der Boden ist feucht und mit Frost überhaucht, und es ist so kalt, dass euch der Atem in weißen Schwaden vor dem Gesicht steht.

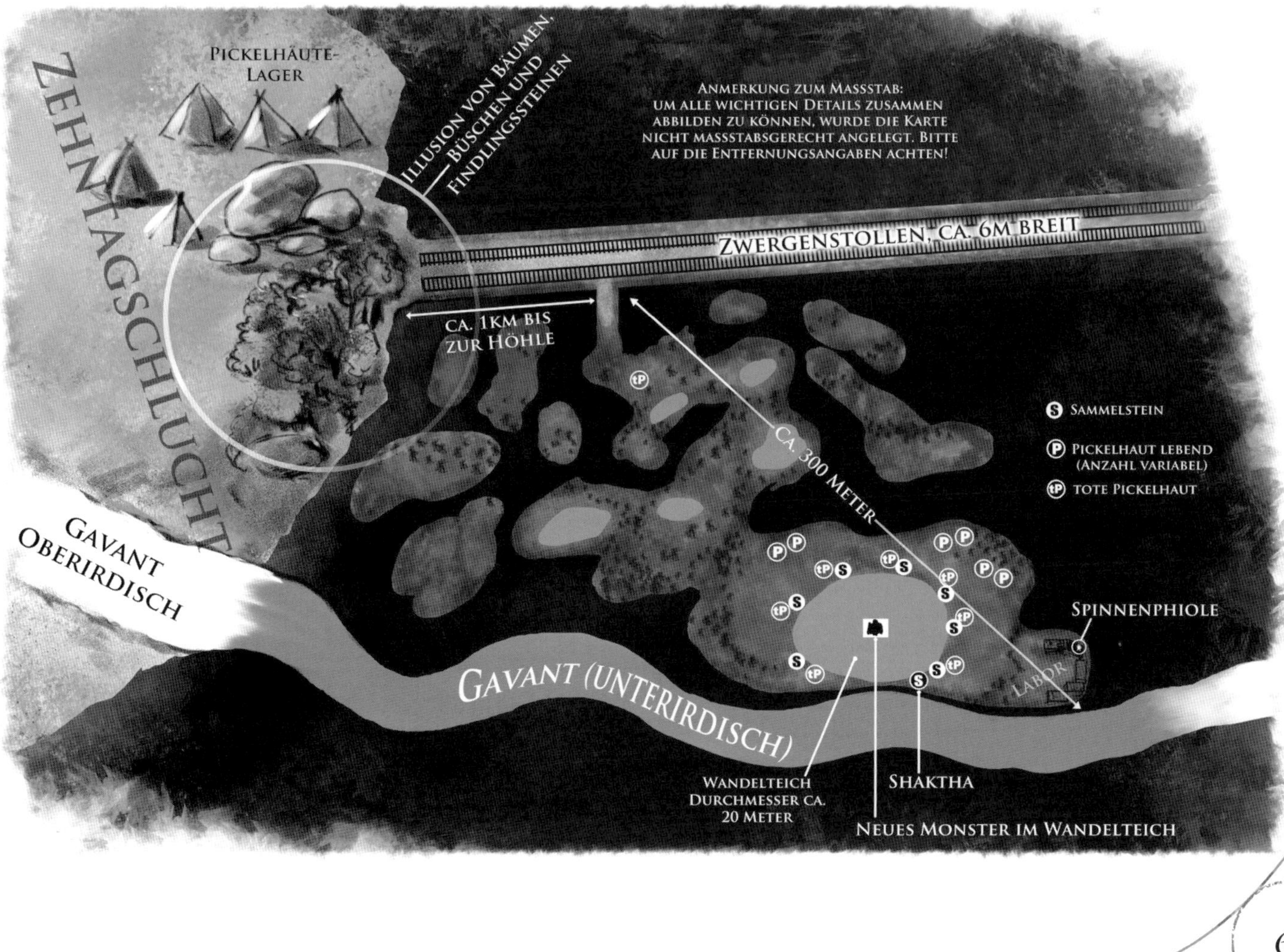

Ein Stück voraus liegt ein Körper reglos auf dem Boden, umgeben von einer dunklen Lache, von der Dampf aufsteigt. Vereinzelt schwimmen dunkle Federn in der dampfenden Flüssigkeit und trudeln wie kleine Schiffe hin und her. Ein leichter Wind weht euch eisig entgegen und bringt den Geruch von Schnee und Blut mit sich. Immer wieder huschen kleine Federn über den Boden wie winzige lebendige schwarze Wesen, bis sie im Windschatten eines Stalagmiten liegen bleiben und sich zu kleinen flaumigen Nestern verbinden.

Die Kaverne ist unregelmäßig geformt und gewunden, die Stalagmiten verstellen oftmals die Sicht. Sie führt vielleicht dreihundert Meter weg von dem zwergischen Stollen und endet am Fluss, der in diesem Bereich unterirdisch fließt. Der am weitesten entfernte Bereich der Höhle wird somit vom Gavant begrenzt, der eine kurze Strecke durch die Höhle fließt, bevor er in den düsteren Tiefen wieder verschwindet und erst mehrere Kilometer entfernt von der Zehntagschlucht im Tiefland wieder zu Tage tritt.

Shakthas Wandelteich für die Monster liegt direkt am Fluss.

Der tote Körper auf dem Boden ist eine Pickelhaut, der Shaktha in ihrer unermesslichen Wut mit einem wütenden Hieb ihrer Zeremonienklaue den Hals aufriss. Der riesige Mutant war, gebunden durch den Zauber seiner Herrin, nicht in der Lage sich zu wehren. Er erstickte in seinem eigenen Blut, bevor er tot zu Boden sank.

Shaktha ließ ihn achtlos zurück und befahl die restlichen Pickelhäute weiter hinein in die Tiefen der Höhle. An ihrem Monsterteich will sie sich nun ihrer Kraft bedienen, um den Zauber der Wandlung zu beschleunigen.

Die kühle Luft scheint das Wabern und Schwanken eingestellt zu haben, als ihr euch tiefer in die Höhle hinein bewegt. Immer noch ist die Stille vollkommen, und die Luft hat eine ölige Konsistenz. Sie legt sich wie ein schmieriger Film auf eure Haut, und es ist euch, als müsstet ihr gegen einen Widerstand an atmen. Die Kälte ist beißend und der Wind nun stark genug, um die allgegenwärtigen schwarzen Flaumfedern zu wirbelnden Tänzen hinauf zu heben. Immer wieder bleiben sie an den frostüberzogenen Flächen von Decke, Boden und Stalagmiten einen Moment kleben, bevor eine weitere Böe sie wieder mitnimmt. Die Stille ist allumfassend, spürt ihr doch, wie der Raureif unter euren Schritten zerdrückt wird, doch ist nicht ein knisternder Laut zu hören.

Ein Stück voraus schäumt wild fließendes Wasser, und die Lautlosigkeit lässt die Fluten unwirklich erscheinen. Matte blaue Lichtreflexe tanzen auf den Wellen, und zu eurer Linken verbreitert sich die Kaverne, gibt den Blick frei auf einen Teich, in dessen Mitte sich ein Wesen in lautlosen Zuckungen windet. Es scheint auf der Wasseroberfläche zu treiben, doch als es sich schmerzerfüllt zu einem Bogen anspannt und den nackten Leib gen Kavernendecke hebt, erkennt ihr, dass es auf einem weißen Felsblock liegt, der nur knapp unter der Wasseroberfläche endet. Breite Lederbänder fesseln Hand- und Fußgelenke an den Steinquader, auf dem blasses, bläuliches Licht über entstellte zwergische Runen kriecht und wie mit Lichtfingern über die ledrige Haut des Wesens gleitet.

Der eisige Wind bringt den Geruch nach schwerer feuchter Herbsterde mit und nach frisch vergossenem Blut. Es riecht nach Angst, Schweiß und Tod. Die dunklen Flaumfedern wirbeln überall wie Schnee durch die Höhle.

Das gequälte Wesen auf dem Wasser ist menschengroß, doch ist seine Haut ledrig und dunkel, sie ist mit einer feinen rötlicher Maserung versehen, wie man sie sonst nur vom Holz des Totbaumes aus den Orksümpfen kennt. Teilweise sind auch schon die ersten nässenden Pickel zu sehen, die den Pickelhäuten ihren Namen gaben, doch ist diese Person definitiv kein Ork. Das bläuliche Licht fließt träge wie Öl über die nackte Gestalt, wandert an ihr auf und ab und enthüllt euch den Blick auf knotige, muskulöse Beine die unnatürlich lang gezogen wirken. Die Finger- und Fußnägel des Wesens sind breite dunkle Klauen. In die struppig abstehenden Haare scheint jemand kurze Schilfrohrstücke eingeflochten zu haben, deren Enden wie Flöten gekerbt sind. Wild windet sich das Wesen in Schmerzschaudern hin und her, und euch wird mit Schrecken klar, dass das Gesicht menschlich ist, wenn auch die Hautfarbe nichts mehr mit einem der euren gemeinsam hat. Die Augen sind geschlossen, die Lippen geschürzt, und sie geben den Blick frei auf spitz gefeilte Zähne.

Der Teich ist umgeben von sieben schlanken dunklen Steinen, die alle zur Mitte des Teiches hin geneigt sind. Sich nach oben verjüngend ziehen sich Spiralen aus seltsam verdreht wirkenden zwergischen Runen über die Steine. Euch wird klar, dass es sich um einen pervertierten Kreis aus Sammelsteinen handelt. Zu Füßen eines jeden Steines liegt eine tote Pickelhaut mit aufgeschnittener Kehle. Ein träger Blutstrom windet sich aus jedem Leichnam den Stein hinauf, dabei der Spirale aus Runen folgend, die mit ungeschickten Steinmetzarbeiten verändert wurden. Bei mehr als der Hälfte der Steine hat der Blutstrom schon die Spitze des Steines erreicht, beim Rest - bis auf einen - schiebt sich der Blutstrom stetig höher. Vor dem letzten Stein, der am nächsten zum Fluss steht, kauert eine Gestalt, deren Gefieder blauschwarz schimmert, über einer Pickelhaut. An den Stein gelehnt lässt die Pickelhaut reglos zu, dass die kleinere Gestalt ihr mit einer Klaue die Kehle aufschlitzt. Hell und vor Wärme dampfend strömt das Blut zu Boden, um dann den Weg hinauf an der Runenspirale zu beginnen. In wildem Triumph stößt das gefiederte Wesen die Flügel gen Himmel und wirft in lautlosem Lachen den Kopf in den Nacken.

(Passen Sie den nachfolgenden Text an und ersetzen Sie Hexe/Schamanin durch Shakta, wenn Ihre Spieler den Namen bereits herausgefunden haben.)

Da erst wird euch klar, dass es die Ork-Hexe selbst sein muss. Die Orkin ist klein und sehnig, unscheinbar fast in ihrem Mantel, der sie vom Hals bis hinunter auf die nackten Füße einhüllt. In der einen Hand hält sie die Klaue eines großen Vogels, an der Spitze nass von Blut und mit wirren orkischen Schriftzeichen graviert. In der anderen Hand reckt sie ein Büschel dunkler Federn gen Höhlendecke, das mit einem Sprühregen aus Blut den Sammelstein und die ausblutende Pickelhaut benetzt.
Der Mantel der Schamanin besteht aus nachtschwarzen Vogelfedern und winzigen Schilfrohrstücken, die wie Federflöten aussehen. Mit jeder Bewegung schillert das schwache bläuliche Licht auf ihrem Federmantel, und als sie weit die Arme ausbreitet, scheint es einen Moment, als würde sie einfach davon fliegen. Auch in ihr langes Haar sind eine Unmenge an dunklen Federn eingeflochten, und Schilfrohrstücke schwingen gegeneinander. Doch noch immer ist kein einziger Laut zu vernehmen.

Spätestens jetzt sollte den Spielern klar sein, dass das Monster von Leet einst ein Mensch war, der von Shakthar zum Monster verwandelt wurde.

Die Verwandlung ist sehr störanfällig und den Spielercharakteren bleibt nicht viel Zeit, um zu verhindern, dass sich ein weiteres Monster erhebt, um sich gegen sie zu wenden.

Im Schatten der Sammelsteine kauern noch mehr Pickelhäute und warten reglos auf Anweisungen von Shaktha. Sie werden, sollten die Spielercharaktere sich offensichtlich gegen die Schamanin wenden, beschützend eingreifen und die Schamanin bis zu ihrem Tod verteidigen. Allerdings ist während des Wandelrituals auch für Shaktha keine Kommunikation über Sprache – und damit auch nicht die Benutzung der Federflöten – möglich, so dass sie die Pickelhäute nicht organisieren kann. Ebenso untersteht das neu erschaffene Monster erst dann Shakthas direktem Befehl, wenn das Ritual beendet wird und die magische Stille vergeht. Bis dahin wird es sich nur selbst verteidigen oder zu fliehen versuchen, sobald es die Gelegenheit erhält.

Wie viele Pickelhäute sich noch in der Höhle befinden und wie schnell sie eingreifen können bleibt Ihnen überlassen.

Vergessen Sie aber nicht, dass es noch das Monster draußen zu bekämpfen gilt. Dies sollte also nicht der letzte Kampf sein, den die Helden vor der Siegesfeier zu bestreiten haben.

Es gibt mehrere Möglichkeiten, die Wandlung zu stören. Zum einen kann Shaktha natürlich direkt angegriffen werden, wobei sie sich mit Magie zu wehren weiß, zum anderen kann aber auch auf die Umgebung Einfluss genommen werden.

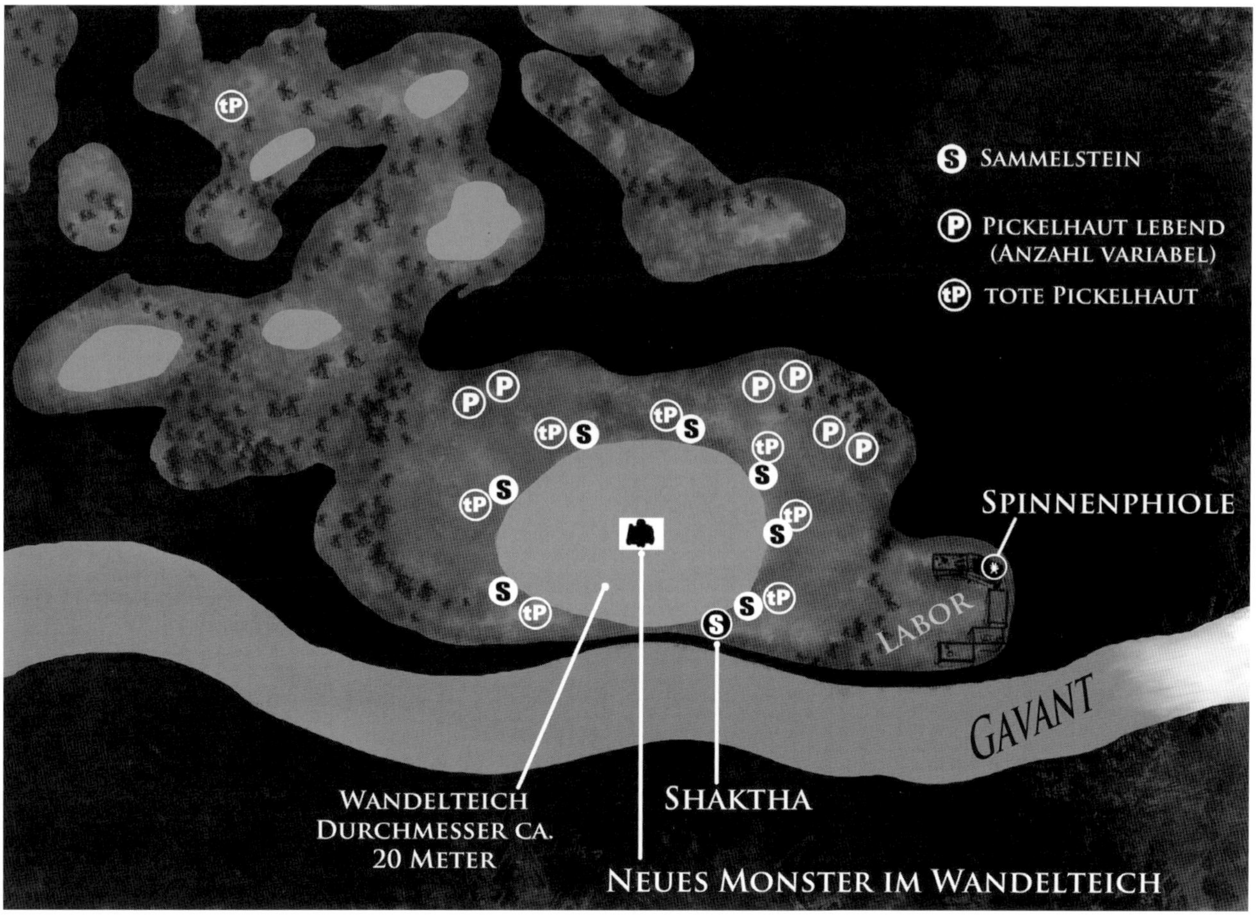

Der Monsterteich und das Wandelgift

Der Monsterteich ist eine größere Version der Wandelteiche für die Pickelhäute draußen am Fluss. Allerdings ist dieser Teich von einem pervertierten Sammelkreis umgeben, den Shaktha von den Pickelhäuten in mühsamer Arbeit in die Höhle schaffen und aufstellen ließ. Auch der Schutzstein in der Mitte des Teiches wurde auf ihre Anweisung in die Kaverne gebracht und genau im Zentrum des Teiches versenkt. Shaktha selbst hat anschließend die zwergischen Runen mit ungeschickten Steinarbeiten entsprechend verändert, um sie für ihre Zwecke nutzen zu können.

Der Teich hat einen ungefähren Durchmesser von fast 20 Metern. Die Sammelsteine sind in regelmäßigem Abstand direkt am Ufer aufgestellt.

Der ehemalige Schutzstein in der Mitte liegt eine Handbreit unter der Wasseroberfläche, allerdings ruht er auf einigen anderen Steinen, ist der Monsterteich doch fast überall mehrere Meter tief. Das Wasser ist klar, ruhig und eiskalt. Es ist durch einen unterirdischen Zulauf mit dem neben dem Teich fließenden Gavant verbunden. Der Grund des Teiches fällt vom Ufer her steil ab, so dass ein durchschnittlich großer Mensch schon nach zwei Schritten den Boden unter den Füßen verliert und schwimmen muss (*schwer*).

Kommt einer der Spielercharaktere in Reichweite des Monsters, so wird es, halb wahnsinnig vor Schmerz, abwechselnd versuchen den Spielercharakter zu bekämpfen und mit einem seltsam bettelnden Blick ansehen. Es wirkt ganz so, als würde es darum bitten, endlich von seinen Qualen erlöst zu werden. Offensichtlich kostet es das Monster enorme Mühe, sich zurückzuhalten, die Spielercharaktere nicht blindwütig zu bekämpfen, und es verliert immer wieder die Kontrolle und ist scheinbar hin und her gerissen in seinem Verhalten. Bitte beachten Sie, dass sich das Monster wegen der magischen Stille aber nicht artikulieren kann, solange das Ritual nicht abgeschlossen ist.

Das Wasser im Teich hat Shaktha mit dem Gift versetzt, das sie auf der letzten Versammlung der Orks gestohlen hat. Es handelt sich um eine Abart des Giftes, dass auch schon im Abenteuer „Der blutende Gott" zum Einsatz kam.

Shaktha hat ihre gestohlene Giftportion als Grundlage für ihre Wandelforschungen benutzt. So hat sie ein zwar weniger potentes, aber trotzdem nicht zu unterschätzendes Mittel hergestellt, mit dem sie die Verwandlung der Orks in Pickelhäute initiiert. Das Gift macht auf Dauer sehr aggressiv und bewirkt eine Mutation von Orks zu Pickelhäuten.

Am anderen Ende der Höhle hat sich die Orkschamanin im Schutz einiger Stalagmiten ein kleines primitives Labor eingerichtet. Neben einer Unzahl an schmierigen Tiegelchen, Teilen von Vogelleichen, Lederschnüren, Schnitzwerkzeug und Schilfrohr findet sich hier auch eine kunstvoll verzierte Phiole aus Glas, in der ein letzter Rest rötlichen Giftes schwappt.

Die Phiole ist geformt wie eine filigrane Spinne, deren gläserner Leib die Aufbewahrung ist, er ist kunstvoll mit dunklen Schmucksteinen besetzt. Das Glasbehältnis selbst ist, ohne die Spinnenbeine aus Metall, sicherlich so groß wie eine Männerfaust und von exquisiter Verarbeitungsqualität.

Den Spielercharakteren sollte schnell klar sein, dass es sich bei diesem Kunstwerk aus Glas und Metall niemals um eine Orkarbeit handeln kann.

Haben die Spieler das Abenteuer „Der blutende Gott" gespielt, so erkennen sie in dem Kästchen eine Miniatur des Spinnenkonstruktes, mit dem der Laan vergiftet wurde. Allerdings fehlen hier die Röhren, mit denen das Gift in den Fluss geleitet wurde. Stattdessen hat der Glasleib der Spinne einen Korken, der den Inhalt am Auslaufen hindert.

Das Glasbehältnis hat einen Wert von 21 TT.

Shaktha

Shaktas Werte, siehe „Monster und Mörder", S. 74.

Shaktha ist vor allem daran gelegen, den Zauber zu vollenden und ihr zweites Monster zu erschaffen. Sie wird sich deswegen zwar verteidigen, aber immer versuchen, sich dem Zugriff der Spielercharaktere durch Weglaufen zu entziehen, um weiter den Fortschritt der Wandlung sicherstellen zu können. Sie wird die Spielercharaktere hinhalten und auch nicht mit Zaubern geizen, so lange nur die Umwandlungsprozedur weiter läuft. Rücksichtslos wird sie weiter Pickelhäute opfern und sich ihres Blutes bedienen, um den Wandelzauber zu nähren. Allerdings kann sie die wartenden Pickelhäute nicht zu einem Eingreifen bringen, da sie die Kommandogewalt der Federflöte wegen der Stille, die mit dem Wandelzauber einher geht, nicht nutzen kann.

Sobald der Wandel aber beendet ist, wird sie versuchen, das Monster mit ihrer Federflöte zu kontrollieren und gegen die Spieler zu hetzen.

Einen Stein im Kreis umzustürzen dürfte nicht ganz einfach sein, aber es wäre eine Möglichkeit, den Kreis zu brechen. Einfacher wäre es, die Leichen - und damit das Blut, das den Zauber speist - von den Steinen zu entfernen. Um den magischen Sog von den Runen zu den Leichen zu unterbinden, müssen die Leichen aber mindestens einen Meter von dem jeweiligen Stein entfernt werden, was bei der Größe und dem Gewicht der toten Pickelhäute auch kein leichtes Unterfangen darstellen sollte.

Am einfachsten wäre vermutlich das Abwaschen des Blutstromes von den Runen, was wegen des im hinteren Bereich der Höhle fließenden Flusses recht einfach gehen sollte, so ein Gefäß oder ein Wasserschlauch greifbar ist. Zur Not können sogar wassergetränkte Kleidungsstücke zum Reinigen verwendet werden. Belohnen Sie die Spieler für gute Ideen.

Spätestens wenn der Strom zur Hälfte der Steine unterbrochen ist, oder eine entsprechende Menge an Steinen gereinigt wurde, ist der Wandelzauber gescheitert.

Stürzen sich die Spielercharaktere nur in den Kampf gegen Shaktha und die Pickelhäute und kümmern sich nicht weiter um die Wandelsteine, so breitet sich, sobald das Blut auf dem letzten Stein bis zur Spitze gezogen ist, ein leuchtendes Netz aus hauchzarten Fäden aus. Es sieht fast wie Spinnweben aus, die aber in einem schwachen Licht aus sich selbst heraus schimmern und sich zu einem immer dichteren Geflecht über dem Wandelteich verbinden. Das angehende neue Monster gebärdet sich daraufhin auf seinem Stein in der Mitte des Teiches noch wilder. In einer einzigen laut knisternden Entladung fährt das leuchtenden Geflecht in den Körper des unglücklichen Wandlungsopfers, und die finale Veränderung ist vollbracht. Fast schon spielerisch ist das neue Monster dann in der Lage, sich von seinen Fesseln zu befreien, wobei es mit einem einzigen Sprung von der Mitte des Teiches bis zum Rand gelangt. Schlagartig kehren die Geräusche in die Höhle zurück, das Brausen des Flusses im Hintergrund, das Rascheln, mit dem Federn über Stein streichen, und die leisen Flötentöne aus den Federflöten. Sollte Shaktha zu diesem Zeitpunkt noch leben, wird sie unverzüglich versuchen, das neuerschaffene Monster mit Hilfe ihrer Federflöte unter ihre Kontrolle zu zwingen, um es dann gegen die Spielercharaktere in den Kampf zu schicken.

Ist Shaktha jedoch tot, so versucht das Monster gar nicht zu kämpfen, sondern sucht sein Heil in der kopflosen Flucht in den Gang hinein. Es will nur weg von dem Ort, der ihm so viel Schmerz bereitet hat.

Wird es von den Spielercharakteren in die Enge getrieben, so wird es kämpfen, aber es wird nicht von sich aus den Kampf suchen.

Die übrigen Pickelhäute werden sich eher verwirrt zeigen und dann ihre Aggression nicht nur auf die Spielercharaktere sondern auch gegen ihre eigenen Artgenossen richten. Leidlich geschickt angestellt, dürfte es den Charakteren nicht schwer fallen, die tumben Kampfwütigen aufeinander zu hetzen und sich selbst vorsichtig in den Gang zurück zu ziehen.

Sollten die Spieler umsetzbare Ideen haben, wie sie den eher kleinen Zugang von der Höhle zum Zwergengang versperren können und damit die Pickelhäute festsetzen, so sollten Sie die erfolgreiche Umsetzung dieser Lösung mit entsprechenden zusätzlichen Erfahrungspunkten honorieren. Ungefähr 5% der Gesamtpunkte des Abenteuers oder 400 EP pro Person dürften angebracht sein.

Nach dem Kampf

Ist der Kampf gegen Shaktha und die Pickelhäute vorbei, oder die Spielercharaktere haben es geschafft, die Pickelhäute gegeneinander zu hetzen oder einzusperren, so haben sie die Wahl weiter in den ehemaligen Zwergenstollen vorzudringen, oder sich auf den Rückweg nach Leet zu machen.

Der Zwergenstollen geht in gerader Linie weiter gen Ghalgrat. Nach einigen hundert Metern kommt in der linken Gangwand der Anfang des Stollens, den Shaktha hat gen Leet graben lassen. Die eher grobe Arbeit der Orks unterscheidet sich deutlich von der alten Zwergenarbeit. Der Zwergengang ist an dieser Stelle voller Aushub, aber nach einigen hundert Metern wird es langsam weniger. Staub, Schutt und muffiger Luft sowie fehlender Fackeln machen den Spielercharakteren klar, dass sich Shaktha und die Pickelhäute nicht mehr sonderlich um den Teil des Zwergenganges gekümmert haben, der danach weiter gen Ghalgrat verläuft.

Folgen die Spielercharaktere dem Stollen, so haben sie einen Fußmarsch von vielen Kilometern vor sich, bis der Gang schließlich schon im Gebirge durch einen alten Einsturz versperrt wird.

Genaue Untersuchungen des Einsturzgebietes lassen bei jemandem, der sich mit Bergbau auskennt darauf schließen, dass der Einsturz kontrolliert hervorgerufen wurde und definitiv nicht natürlichen Ursprungs ist. Das lässt sich vor allem noch an uralten Bohrlöchern in Wänden und Decke herausfinden, die aber zum größten Teil im Staub und Schutt verborgen sind. Sollte in der Gruppe ein Zwerg anwesend sein, so lassen Sie ihn sich an die alten Geschichten erinnern. Danach haben die Zwerge beim Kampf gegen die Orks vor vielen hundert Jahren die Zugänge zu ihrer Feste im Gebirge selbst versperrt, als die Lage hoffnungslos wurde, um das Eindringen des Feindes in die heiligen Hallen der Feste zu verhindern.

Es gibt nach der Kaverne auch keine weiteren Hinweise mehr darauf, dass Seitengänge oder Zugänge in natürliche Höhlen vorhanden sind. Je weiter sich die unterirdischen Wanderer vom Bereich der Zehntagschlucht entfernen, umso seltener werden auch die magischen Phänomene, bis sie schließlich ganz aufhören.

Dieser Weg ist eine zeitraubende Sackgasse und nicht mehr als eine Wanderung in ein düsteres Kapitel der zwergischen Geschichte.

Verlassen die Spielercharaktere den Stollen, so kommt es darauf an, ob sie das zweite Monster unten in der Höhle getötet haben, oder ob es fliehen konnte. Ist es tot, so finden sie den Grund der Zehntagschlucht unverändert vor.

Ist das zweite Monster aber entkommen, so kommen die Spielercharaktere gerade noch rechtzeitig, um zu sehen, wie das Monster den letzten der Orks in den Wandelteichen draußen tötet. Danach springt es mit einem weiten Satz mitten in den Gavant.

Der Fluss fließt schnell und schäumt über einige mächtige Felsbrocken hinweg, bevor er auf das niedrige Loch im Felsen zuströmt, von wo er seinen Lauf unterirdisch fortführt. Das neu erschaffene Monster macht keinerlei Anstalten, Schwimmbewegungen zu machen und geht immer wieder unter, dabei es das Gesicht zu dem schmalen Streifen Himmel reckt, der zwischen den Schluchtwänden sichtbar ist.

Dem neuen Monster zu folgen dürfte Selbstmord sein, und die Überlebenschancen des Wesens sind sehr gering. Sollte es nicht ertrinken, dürfte es wohl an den Felsen zerschmettert werden, fließt der Gavant doch unterirdisch durch das begrenzte Flussbett sehr schnell.

Es besteht eine kleine Chance, dass das neue Monster es lebend bis zu der Stelle schafft, wo der Fluss durch Shakthas Kaverne fließt, allerdings bleibt diese Entscheidung Ihnen überlassen. So lange niemand dem Monster Anweisungen gibt, wird es eher eine tragische Figur sein, ist der ehemalige Mensch doch nun seines alten Lebens und der Familie beraubt, da er zum Monster geworden ist.

Das neue Monster lebt!

Sollte das neue Monster nicht getötet worden sein, und Sie möchten es überleben lassen, können Sie es als Plotaufhänger für weitere Abenteuer im Leeter Umland benutzen.

Das frisch erschaffene Monster war einst ein Mensch und besaß ein Heim, einen Beruf und eine Familie, bevor Shaktha es gefangen nahm und zu dem machte, was es nun ist – ein Monster.

Doch steht dieses Monster nicht unter dem Bann der Federflöten, wenn Shaktha daran gehindert worden ist das Ritual zu beenden, und die Macht zu übernehmen. Die Wirkung des Giftes, mit dem Shaktha die Wandlung erzwungen hat, lässt mit der Zeit nach. So verliert das Monster zunehmend an Aggressivität, zumal es nicht unter Shakthas Befehl steht und töten muss.

Dementsprechend lebt das neue Monster mit seinen Erinnerungen an die Zeit als Mensch und vermisst seine Angehörigen und sein altes Leben, während es sein monströses Dasein verflucht.

Sie können es zu einer tragischen Figur machen, die durch die Wälder seines ehemaligen Umfeldes streift, vielleicht auch ab und zu gesehen wird und sogar Menschen in Not zur Hilfe kommt. Eventuell schaffen es die Spielercharaktere ja sogar irgendwann, mit dem Monster zu sprechen und zu erkennen, in welchem Dilemma es steckt.

Als Mensch war das neue erschaffene Monster Rolando Moretti, ein Waldbauer aus dem Umfeld des Wasserhofes. Er hat eine Frau namens Tamari und drei Kinder. Ob seine Familie sich nach dem Verschwinden des Mannes wieder im Bereich des Wasserhofes ansiedelt, oder vielleicht sogar in Leet ein neues Zuhause findet, ist Ihnen überlassen. Das Monster Rolando könnte beispielsweise seine Familie zuerst suchen und nachdem er sie gefunden hat, heimlich unterstützen. Da er ein Waldbauer war, versteht er sich darauf, mit einer Axt umzugehen, und seine neuen körperlichen Fähigkeiten als Monster erlauben ihm, sich leise und sehr schnell durch den Wald zu bewegen. Bedenken Sie aber, dass er den Waldelfen des Leeter Umlandes nicht verborgen bleiben dürfte. Vielleicht ist es ja schließlich an den Helden, den Waldelfen klar zu machen, dass Rolando nicht sterben sollte, auch wenn er in ihrem Wald haust.

Der Weg zurück aus der Zehntagschlucht gen Leet sollte den Spielercharakteren ja mittlerweile bekannt sein. Sollte der Tunnel gen Leet wieder frei sein, kann der Rückweg sogar durch den Tunnel erfolgen. Allerdings dürfte eine Reise über Land deutlich angenehmer sein, auch wenn sie wegen der längeren Wegstrecke etwas mehr Zeit in Anspruch nimmt.

Das Monster vor den Toren

Die Sonne sinkt und ihre orangen Strahlen lassen die Schatten nur noch tiefer werden, als euch die Umgebung immer vertrauter wird. Noch bevor die Dunkelheit völlig hereingebrochen ist, solltet ihr Leet erreichen können. Da dreht der Wind und weht euch entgegen. Mit den nächsten Böen vermeint ihr leise Stimmen zu hören, und ein Hauch von Rauch liegt in der Luft. Langsam lichtet sich der Wald, und vor euch glimmt der Himmel orangerot. Ihr braucht einen Moment, bis euch klar wird, dass die sinkende Sonne eben noch seitlich von euch war - doch ist nun der Himmel direkt vor euch erleuchtet. Der Geruch nach Rauch wird stärker, und der Wind bringt Schreie mit sich.

Der lichte Wald gibt den Blick frei auf die Bewohner Leets, bepackt mit Bündeln, bewaffnet mit allem, was auch nur halbwegs zur Verteidigung taugen mag - auf der Flucht zum Waldrand. In der Mitte laufen die Kinder, an den Seiten die Frauen, weinende Säuglinge fest an sich gepresst. Die Männer Leets haben sich kampfbereit um den Pulk Flüchtlinge verteilt und scheuchen sie voran, dem schützenden Wald der Elfen entgegen. Hier und da läuft Vieh, Schweine, eine Kuh und mehrere Ziegen fliehen ebenfalls vor dem Feuer, das aus einigen Häusern Leets in den Abendhimmel schlägt und einen unseligen orangen Schein verbreitet.

Schwarz wie die Nacht selbst, den Federmantel wie Schwingen ausgebreitet, zeichnet sich das Monster einen Moment vor dem flammenerleuchteten Himmel über der Stadt ab, dann trägt der Sprung es voran, Ritter Mereno entgegen.

Mit gezogenem Schwert, das Schild schützend erhoben taumelt der Ritter zurück. Das Monster tritt hart, beide klauenbewehrte Beine voraus, gegen den Schild, den Schwung des Sprunges ausnutzend. Nur knapp schafft es der Ritter, auf den Beinen zu bleiben.

Das wütende Kreischen des Monsters mischt sich mit den hohen Pfeiftönen, die in den Schilfrohrstücken, eingeflochten in seinen Haaren, ihren Ursprung haben. Heller als die Flammen glimmen die Augen des wütenden Wesens, das den Ritter mit einem Hagel an Schlägen und Tritten eindeckt. Ritter Mereno kämpft sichtlich auf verlorenem Posten. Seine Bewegungen sind langsam, schmerzerfüllt und seine Haut glänzt feucht vor Schweiß und Blut im sterbenden Sonnenlicht. Doch noch steht er zwischen den flüchtenden Leetern und dem Monster. Immer wieder reizt er es mit keuchend hervorgestoßenen Schmährufen und erkauft seinen Mitbürgern damit dringend benötigte Zeit, um Frauen und Kinder in Sicherheit zu bringen. Die ersten Flüchtlinge entdecken euch im Wald und sofort erhebt sich ein vielstimmiger Jubel „Die Helden sind zurück! Alles wird gut! Tötet das Monster! Rettet uns!“

Die bewaffneten Männer Leets versuchen, so schnell es geht die Frauen und Kinder in den zweifelhaften Schutz der ersten Bäume des Elfenwaldes zu bringen. Es ist zwar nur eine Frage der Zeit, bis wann die Elfen Rauch und Feuerschein entdeckt haben und Späher gen Leet entsenden dürften. Doch das Monster bewegt sich mit seinen langen Sprüngen mit beunruhigender Schnelligkeit. Noch hält Enri Mereno es mühsam in Schach, doch ist der Ritter, noch geschwächt von seinen Wunden des letztens Angriffs auf Leet, kurz davor, seinen Dienst an den Leetern mit dem Leben zu bezahlen.

Nun gilt es, dem Ritter zur Seite zu stehen und das Monster endgültig zu besiegen.

Werte sie Seite 75 unter „Monster und Mörder“, sowie Seite 18

Der Ritter ist schwer verletzt und wird nur noch in den Kampf eingreifen, wenn die Spieler zu verlieren drohen. Dabei sollten seine Aktionen sichtlich mit letzter Kraft und dem Mut der Verzweiflung durchgeführt werden. Das Monster hat eine enorme Beweglichkeit und Reichweite durch seine Sprungkraft, und es ist schnell. Es zu treffen sollte nicht einfach sein, gleichzeitig sind die Spieler gut beraten, das Monster auch wirklich auf sich zu konzentrieren. Sonst versucht es, Mereno den Rest zu geben und unter den Flüchtlingen zu wüten.

Anscheinend hat Shaktha das Monster mit einem Zauber versehen, bevor sie es ein weiteres Mal gen Leet hetzte. Der Federmantel, in den es gehüllt ist, setzt alles außer seinem Träger bei Berührung in Brand. Dies erklärt auch die vielen kleinen Brände in Leet und die teils brennenden Büsche in der Umgebung des Kampfplatzes. Allerdings scheint der Federmantel im Laufe des Kampfes gegen den Ritter Schaden genommen zu haben. Eine Menge dunkler Federn wirbelt umher, und der Mantel scheint fast in zwei Teile zertrennt zu sein.

Der Kampf der Spielercharaktere gegen das Monster ist keine einsame Schlacht in einem düsteren Keller. Zwar ist es fast Nacht, doch gibt das teilweise brennende Leet eine passende Kulisse ab, und die Spielercharaktere werden von den Leetern beobachtet, die in den Ausläufern des Waldes Schutz gesucht haben. Sehr bald schon werden die ersten anfeuernden und aufmunternden Rufe laut, und jeder Schlag gegen das Monster sollte schnell vom Jubel der Leeter untermalt werden, während das Monster mit Schmähungen und, sollte es in Reichweite kommen, Steinwürfen traktiert wird.

Sobald genug Frauen und alle Kinder halbwegs sicher

unter den Bäumen sind, werden nur einige Männer zum Schutz zurück bleiben, während der Rest mit Mistgabeln, Schwertern, Hämmern und Äxten bewaffnet mit wütenden Schreien zurück gen Stadt stürmt, um den Spielercharakteren im Kampf beizustehen. Unter ihnen sind auch viele kampfbereite Frauen Leets.

Es ist ihnen überlassen, ob die Spieler es schaffen, das Monster in bester Heldenmanier vor der jubelnden Bevölkerung zur Strecke zu bringen, oder ob nun alle gemeinsam das Untier erschlagen, das Shaktha geschaffen hat. Letztlich sollten die Leeter ihre Retter in verdientem Jubel hochleben lassen, bevor sie sich eilig daran machen, die Brände zu löschen und zu retten, was zu retten ist.

Feuer im Brandkessel!

Sollten die Spielercharaktere Leet schon aus früheren Abenteuern kennen, so können sie zusätzlich Atmosphäre schaffen, indem sie neben einem Wohnhaus und einem kleinen Stall auch den Brandkessel, die Taverne Leets, in Flammen aufgehen lassen. Ein jeder Leeter kennt und liebt den Brandkessel, hat der doch unlängst erst sein fünfzehnjähriges Bestehen gefeiert, und jeder schätzt Leunand den Wirt und seine Familie. Die Feuergefahr für die umliegenden Gebäude dürfte die Leeter schnellstmöglich dazu bringen, Löscharbeiten zu organisieren. So sollte sich der Schaden an den Gebäuden in Grenzen halten und reparabel sein. Vor allem die Reparatur der Taverne sollte allen Leetern am Herzen liegen, und vielleicht entwickeln ihre Spielercharaktere auch Wehmut und Hilfsbereitschaft beim Anblick des von den Flammen teilweise zerstörten Brandkessels.

Aktive Hilfe beim Wiederaufbau eines Leeter Wahrzeichens kann ihrerseits durchaus mit ein paar Extrapunkten belohnt werden.

Aufräumarbeiten

Es dauert bis tief in die Nacht hinein, bis die letzten glimmenden Feuernester erloschen sind, das Vieh wieder eingefangen ist und schließlich jeder einen sicheren Platz zum Schlafen gefunden hat. Aber als gäbe es eine stumme Absprache treffen sich schließlich alle Leeter im tröstlichen Feuerschein der kleinen Lämpchen, die den Baum der Lichter erhellen. Enri Mereno selbst bittet euch schwer verletzt, ihn auf seinem Weg zum Baum zu stützen. Und so schleppt sich der Schirmherr Leets humpelnd und schnaufend gen Baum, bevor er in tiefer Demut das Knie beugt und den Göttern dankt, dass die Bedrohung von Leet abgewandt werden konnte. Die dunkle Stimme des Ritters steigt hinauf in den Nachthimmel, als er die Toten beklagt und dann eure Taten rühmt.

Ganz Leet kniet, den Blick in den Nachthimmel erhoben, und nicht wenige Gesichter sind tränenfeucht. Ein sanfter Wind fährt durch die Zweige der mächtigen Kastanie, bringt die kleinen Lämpchen leicht in Schwingung, und der Nachtwind trägt den Rauchgestank davon. Eine Weile spricht niemand ein Wort, doch schließlich erhebt sich der Ritter schwerfällig und greift nach einer Fackel, um sie an einem der Lichter des Baumes zu entzünden. Das Feuer wandert von Fackel zu Fackel, erhellt Laternen, bis schließlich die ganze Dorfgemeinschaft stumm im Feuerschein hinaus vor das Stadttor zieht.

Dort haben die Leeter einen Scheiterhaufen errichtet, auf dem das tote Monster liegt. Mit seiner Fackel hebt Ritter Mereno den zerfetzten Federmantel des Monsters auf, der in einem Kreis verbrannter Erde liegt, und schleudert ihn hoch hinauf auf den Scheiterhaufen. Ein letztes Mal breitet sich der mit Federn und kleinen Knochenstücken überreich verzierte Mantel wie düstere Schwingen in der Nachtluft aus. Doch dann trudelt er abwärts und bedeckt den Leib des Monsters. Bläulich flackernde magiegeborene Flammen breiten sich aus, und bald schon brennt die Leiche mit beißendem Gestank lichterloh, und der Scheiterhaufen schickt dunkle schmierige Rauchwolken zum klaren Nachthimmel hinauf. Niemand jubelt. Still stehen die Leeter, bis sich schließlich die ersten abwenden, um zu Bett zu gehen. Nur eine Brandwache bleibt zurück, während der Scheiterhaufen niederbrennt.

Ein neuer Morgen

Die Nacht vergeht ruhig, und am nächsten Morgen herrscht hektische Betriebsamkeit in Leet. Dieses Mal wird es keine rauschende Siegesfeier geben. Nicht wenige Familien haben Verluste erlitten, und die Aufbauarbeiten im Dorf benötigen Kraft und Zeit. Trotzdem wird es sich ganz Leet nicht nehmen lassen, den Helden zu danken, doch wohnt dem Dank dieses Mal eine ruhige Ernsthaftigkeit inne.

Ritter Mereno wird den Spielercharakteren Land als Belohnung anbieten, auch Reittiere, Schmuck und die eine oder andere Münze gehören zu den Angeboten. Allerdings fällt bei der Bezahlung auf, dass wohl so mancher Leeter an den Familienschmuck gegangen ist und seinen Anteil an der Belohnung beigesteuert hat. Zumeist handelt es sich um Ringe, Ketten oder Ansteckbroschen, denen man das Alter ansieht, aber auch die liebevolle Pflege.

Sollten sich die Spieler weigern, den Schmuck anzunehmen und ihn Ritter Mereno zurückgeben, so wird er sogleich damit beginnen, ihn den Familien zurück zu geben. Mit dieser Aktion haben die Helden vor allem bei der weiblichen Bevölkerung Leets für die Zukunft einen Stein im Brett und können rasch feststellen, dass sie öfter mal ein Essen umsonst bekommen oder ihre Schmutzwäsche auf wundersame Weise frisch im Schrank auftaucht. Auch die Kinder Leets werden von ihren Müttern dann angehalten, kleine Dienste für die Spielercharaktere zu übernehmen, vom Brennholz sammeln bis hin zu Botengängen oder Stallarbeiten.

Ritter Mereno ist so schwer verletzt, dass Walburga ihm strenge Bettruhe verordnet hat, weswegen er mürrisch in seiner Audienzhalle residiert, die zur Zeit noch eher ein Lazarett ist, und von dort aus den Wiederaufbau der zerstörten Häuser koordiniert.

Natürlich wird sich Walburga auch den Verletzungen der Spielercharaktere annehmen.

Was mit dem verzauberten Federmantel des Monsters passiert, bleibt Ihnen überlassen. Ein Raub der Flammen kann er ob seiner verzauberten Natur selbst auf dem Scheiterhaufen nicht werden. Doch im Fluss versenkt, vergeht der Zauber schnell. Ob die Spielercharaktere ihn nun in die Hände bekommen, oder Ritter Mereno den gefährlichen Zauber aus dem Verkehr zieht, die Verzauberung hält noch ungefähr zwei Wochen, wenn nicht aktiv durch Einsatz von Wasser die Lebensdauer drastisch verkürzt wird.

Belohnungen

Die Leeter kann man nicht als undankbar bezeichnen aber ebenfalls nicht als sehr vermögend. Es müssen daher eher Naturalien, Ehre und Ruhm herhalten. Die Leeter werden insgesamt 300 Trionthalern für die Helden geben. Der Ritter selbst wird aus seiner Truhe auch 300 Trionthaler drauf legen. Neben den zuvor ausgelobten Belohnungen ergibt dies eine stattliche Summe! Ansonsten können die Helden auf viele Vergünstigungen nun vertrauen: Einkäufe werden günstiger sein (rechnen Sie ruhig auf die Standardpreise einen Rabatt von 10%; ausgenommen sind natürlich seltene Gegenstände und Leistungen in Leet, die weiterhin teuer sind). Für viele Kleinigkeiten brauchen die Helden nichts mehr aufzuwenden - Leunand wird immer mal wieder ein Freigetränk spendieren und auch die anderen Gäste (wenn auch mit der Bitte um einen „Bericht aus erster Hand" verbunden). An den Markttagen gibt es einen Essen auf die Hand geschenkt, und die Kinder Leets werden die Heldentaten nachspielen. Gerne wird auch das ein oder andere handwerklich zu Ehren der Helden geschaffen (von kleinen Kindern geschnitzte Figuren bis hin zu einem Wandteppichen , der in vielen Monaten Arbeit entsteht und später die Festhalle Leets zieren wird).

Sollten die Spieler ein Haus in Leet erwerben wollen, dann können Sie ein kleines Haus für einen freundlichen Preis erwerben. Dann wird beispielsweise manchmal unvermittelt ein Korb mit lokalen Köstlichkeiten vor der Tür abgestellt - oder Blumen gebracht. Alternativ können Sie auch das Mini-Abenteuer „Der Turm von Leet" spielen und danach diesen (wie dort beschrieben) an die Spieler veräußern.

Kurzum: Sollte alles ordentlich verlaufen sein, dann haben die Spieler nun in Leet über 120 Freunde.

Ausblick

Falls Sie noch nicht die anderen Abenteuer in Trion gespielt haben, dann können Sie diese nahtlos daran anschließen lassen.

In „Trolle!" erkunden die Spieler den nahen Wald und seltsame Aktivitäten der Trolle. Dabei werden sie herausfinden, dass diese Wertgegenstände sammeln (und vielleicht erfahren sie sogar, dass diese für einen mysteriösen Unbekannten sind) und dass zwischen den Elfen und den Trollen eine blutige Geschichte geschrieben wurde. Vorher können Sie noch die Mini-Abenteuer 1 bis 3 spielen und mit Ihrer Gruppe eine Vorgeschichte erspielen.

„Der blutende Gott" führt Ihre Gruppe hingegen in das Gebirge und konfrontiert sie ein weiteres Mal mit der giftigen Substanz. Es werden sich Parallelen aufdrängen - von der Spinnensymbolik bis zu den Pickelhäuten. Auch hier könnte man bereits auf die Idee kommen, dass wesentlich mehr hinter dem Ganzen steckt. Außerdem erfahren sie mehr über die Zwerge und die verlassenen Hallen.

Elisera hingegen ist ein einfaches Einführungsabenteuer, das aber nichtsdestotrotz wunderbar zwischendurch (oder idealerweise zu Beginn der Reihe) gespielt werden kann. Hier werden Grundsteine für Handlungsstränge gelegt, die in späteren Abenteuern aufgegriffen werden. Die Spieler können hier bereits herausfinden, dass die Orks im Gebirge sich organisieren.

In allen Abenteuern können Verbündete und Freunde gefunden werden, die später das Zünglein an der Waage sein können.

Des Weiteren haben wir in den Vorgeschichten der vorgefertigten Spielercharaktere und in den auffindbaren Gegenständen Hinweise versteckt, die - sollten Sie sich entscheiden, alle Abenteuer in Trion zu spielen - später helfen, Zusammenhänge schneller zu verstehen und auch alle Geschichten miteinander verbinden. Manches bleibt aber bewusst im Dunkeln, damit Sie, als Spielleiter, Ihre Gruppe noch lange durch die Welt Aborea führen können!

Darüber hinaus schließt die Serie „Abenteuer in Trion" in einem großen Finale, in dem die Haupthandlungsstränge zusammengeführt werden. In der Folge werden noch ein paar Geheimnisse mehr gelüftet, die Ihre Gruppe mit Trion immer tiefer verbinden werden. Das Besondere: Jedes Abenteuer kann unabhängig von den anderen verwendet werden.

Es bleiben eine Menge Fragen, auch wenn diese nicht unbedingt Ihren Spielern bewusst sind: Was ist die Quelle dieser giftigen Substanz? Wer ist der mysteriöse Unbekannte im Hintergrund? Was verbindet Orks und Trolle in dieser Region? (Und viele weitere Punkte sind noch offen!)

Land & Leute

Das Höhlensystem unter dem Casnewydd-Wald

Nur wenigen Bewohnern des Casnewydd-Waldes ist bewusst, was der dichte Wald und die kühnen Berggipfel nur zu gut verbergen, nämlich dass das Land unterhalb der Erdoberfläche eher einem guten Leeter Lochkäs gleicht.

Die Elfen hatten nie sonderliches Interesse daran, die Tiefen zu erkunden, und den Zwergen erschienen die Höhen des Ghalgrat-Gebirges auf der Suche nach Edelsteinen und wertvollen Metallen stets lohnender. So bleibt das weitverzweigte Höhlensystem unter dem Casnewydd bis zum heutigen Tage eher dem lichtscheuen Gesindel und einigen Wesen vorbehalten, die sich an die finsteren Tiefen der kilometerlangen Kavernen gewöhnt haben.

Je nachdem, wie nah Flussläufe und Gebirgszüge den unterirdischen Hohlräumen sind, haben die Höhlen ein ganz unterschiedliches Erscheinungsbild.

Es gibt hohe unterirdischen Kuppeln, trocken und mit meterhohen steilen Lichtschächten, die Kaminen gleich zwischen einsamen Berggipfeln in schmalen Spalten an die Oberfläche reichen. Oftmals sind die Spalten, die wie mit einem gigantischen Messer in den Fels getrieben wirken, von glitzerndem Raureif überzogen, der das Tageslicht bis hinab in düstere Tiefen schimmern lässt. Solche Stellen findet man vor allem in den Gebirgszügen, und einige der Spalten werden im Volksmund „Erdsänger" genannt, denn der Wind heult in schaurigen Tönen in ihnen, als würde die Erde selbst dem verirrten Wanderer ein Lied anstimmen.

Auch das genaue Gegenteil existiert - zumeist im Umland der Flussläufe. Hier sind die Kavernen zumeist flach, mit Stalagmiten und Stalagtiten geschmückt. Da wechseln sich stille unterirdische Teiche mit sumpfigem Boden und dickem weißen Wurzelwerk ab, das von der Decke hinab reicht wie Leichenfinger. Die Höhlen sind zumeist wärmer und teils mit bizarren Pilzen und Flechten bewachsen, denen die Feuchtigkeit und das mangelnde Tageslicht nichts ausmacht.

Vereinzelt haben sich auch Raubtiere den recht unbekannten Lebensraum zu eigen gemacht, und so musste schon so mancher Schurke, der meinte, in den Höhlen ein perfektes Versteck gefunden zu haben, feststellen, dass er bei weitem nicht das gefährlichste Wesen im Umkreis war.

Auch ist das Höhlensystem unter dem Casnewyyd weit verzweigt und sehr unübersichtlich. Die Deckenhöhen und Verläufe der Höhlen ändern sich, wie es der Natur gefiel, wobei in der Nähe der Flüsse zumeist der Verlauf grob den oberirdischen Flussläufen folgt. Doch sind diese Höhlen bei Regenwetter auch die gefährlichsten, weil sie dazu neigen, vollzulaufen und sich teils in unterirdische Seitenarme der Flüsse zu verwandeln.

Als Shaktha das unterirdische Höhlensystem für sich und ihre Machenschaften entdeckte, verlor sie einige Pickelhäute bei der Erkundung der zumeist lichtlosen Tiefen. Schließlich ging sie dazu über, die als sicher ausgekundschafteten Wege so zu markieren, dass selbst dumme Pickelhäute in der Lage waren, den Wegmarken zu folgen. Dazu verwendete sie einen breiähnlichen lumineszenten Kleber, den sie aus einem leuchtenden Pilzgeflecht und zerriebenen Tierfellen herstellte. Außerdem legte sie in größeren trockenen Kavernenbereichen Depots an, in denen sowohl Lebensmittel als auch Fackeln, Seile und andere nützliche Gegenstände zwischengelagert wurden. Zumeist handelte es sich bei den Depots auch um Orte, an denen die Grabsklaven lebten und wohnten, die Shaktha einsetze, um die Kavernen Richtung Leet immer wieder durch kurze Gangstücke miteinander zu verbinden, wenn ihr der Verlauf der natürlichen Höhlen zu sehr von ihrem Ziel abwich, dem Ort Leet.

Letzlich hat sie es auf diese Art geschafft, eine unterirdische Strecke von der Zehntagschlucht bis in das Waldstück vor Leet zu schaffen, wobei einige Tunnel einbrachen, andere Kavernen zu sehr von der gewünschten Richtung abwichen und aufgegeben wurden. Erst kurz vor Leet trieb die Ungeduld sie dazu, die Orks und Pickelhäute eine längere Wegstrecke graben zu lassen, bevor sie schließlich auf eine Höhle stießen, die sie an die Oberfläche zurück führte.

Für zufällige Begegnungen können Sie die Tabelle 19.7.2 im Kreaturen & Monster, Seite 328f., von 30 bis 95 verwenden.

Unvollständige Karte der unterirdischen Systeme

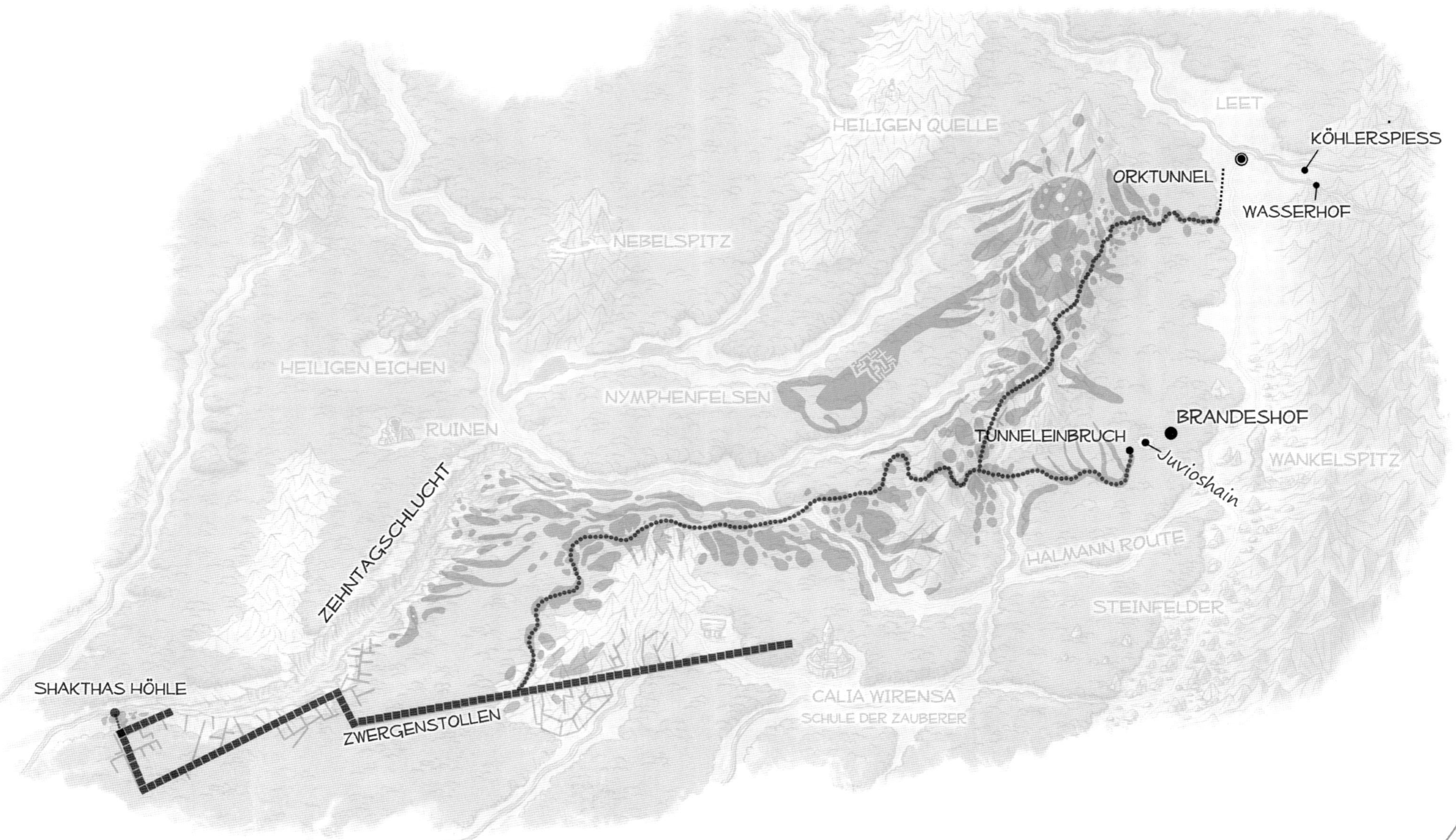

Entfernungen

Von Leet bis zum Wankelspitz ist man einen guten Tag schnellen Fußmarsches unterwegs.
Vom Wankelspitz bis zur Zehntagschlucht dauert es ungefähr zwei Tage, eher drei, wenn man nicht beritten ist.

Der alte Tunnel der Zwerge geht von der Zehntagschlucht schräg gen Ghalgrat-Gebirge und ist ungefähr 60 km lang. Der nachträglich gebaute Abzweig der Ork gen Leet ist wegen der genutzten natürlichen Höhlen deutlich kürzer, sein Ausstieg ist gute zwei Kilometer entfernt von Leet verborgen.

Die Zehntagschlucht wird nach unten hin tiefer aber schmaler, sie ist dort, wo der Fluss Gavant oben in die Schlucht stürzt, am breitesten und flachsten. Sie endet in einem Felskessel, wo der Gavant in einer niedrigen Höhle verschwindet und einige Kilometer unterirdisch fließt, bevor er außerhalb der Schlucht wieder an die Oberfläche zurück kommt, da dort das Land tiefer liegt, als im Bereich der Zehntagschlucht.

Enri Mereno, Schirmherr von Leet, Ritter des Gerechten Schwerts Padovas: Iusra Corva Ma Padova.

Der Ritter ist ein stattlicher Mann mittleren Alters, das dunkle Haar trägt er militärisch kurz gehalten. Seine sturmgrauen Augen sind in stetiger aufmerksamer Bewegung und mustern seine Umgebung mit echtem Interesse.

Der Ritter ist ein Mann der Tat, schöne Reden und höfisches Gehabe liegen ihm weniger. Er ist es gewohnt, hart zu arbeiten und jederzeit mit anzupacken, wo Not am Mann ist.

Er ist ganz kontrollierte Kraft, gepaart mit einem wachen Geist, und sein Umgang mit Schwert, Schild und Schlachtross ist sicher und geübt.

Bei seinen Untertanen ist er als gerechter, wenn auch strenger Herr bekannt und beliebt. Er vermag zuzuhören und weise Recht zu sprechen, sein Wesen ist angenehm, und er ist stets höflich, wenn auch bestimmt.

Der Ritter bewohnt zusammen mit seinem jungen Knappen Flavio, seinem Verwalter Ernesto Cavalier, genannt „Einauge", und dem alten Koch Dario das Herrenhaus in Leet.

Stufe 12, Trefferpunkte 163, RK 19 DB 20, Schild, Langschwert +141, Fernkampf +55, Berittener Kampf +88

Enros der Barde

Er ist ein schon älterer Mann mit schütterem kurzem Haar und nussbraunen Augen, der seine Jugendzeit schon lange hinter sich gelassen hat. Doch wenn Enros seine machtvolle dunkle Stimme erklingen lässt, zieht er sein Publikum wie eh und je in seinen Bann. Von eher kompakter Statur, das Gesicht wettergegerbt und mit einer guten Mischung an Lach- und Sorgenfältchen versehen, ist der Barde bei allen Bewohnern im Umland ein gern gesehener Gast. An seiner robusten Reisekleidung klebt stets Straßenstaub, und sein braves Maultier Rosalie ist seit Jahren sein treuer Begleiter. Ausgerüstet mit Wanderharfe, Trommel und nur kleinem Reisegepäck ist Enros das Sprachrohr für alle Vorkommnisse in der Umgebung. Er berichtet von Geburt, Hochzeit und Tod, Klatsch und Tratsch, Geschichten und alten Liedern. An jedem Feuer ist er willkommen, doch wird es Winter, so zieht er sich zurück in seinen alten Wagen in Leet, um dort die schlimmsten Stürme am warmen Ofen abzuwarten und erst im Frühjahr mit den Vögeln wieder seinen Weg von Wehrhof zu Wehrhof zu machen und Kunde zu bringen.

Stufe 6, Trefferpunkte 65, RK 8 DB 0, Kurzschwert +34, Kurzbogen +38, 30 Magiepunkte ,Basislisten Barde 3

Leunand, der Wirt des Brandkessels

Der Wirt des Brandkessels ist ein kompakter großer Mann mit Händen wie Bratpfannen. Das einstmals lohfarbene Haar wird langsam schütter und grau gesträhnt, doch strahlt er immer noch eine Lebhaftigkeit aus, die seine wohlgenährte Gestalt Lügen straft. Einige Narben, allen voran die böse Brandnarbe an der rechten Hand, lassen vermuten, dass er bei weitem nicht sein ganzes Leben hinter einer Theke verbracht hat.

Doch nun wirkt er zufrieden, das Schwert gegen den Zapfhahn getauscht zu haben und genießt das Leben in Leet. Glaubt man den Gerüchten, so trägt Leunand eine Rüstung mit derselben Selbstverständlichkeit wie seine Wirtsschürze, doch sieht man ihn selten bewaffnet.

Stufe 10, Trefferpunkte 110, RK 11 DB 30, Langschwert +120, Fernkampf +110

Giada, die Wirtsfrau des Brandkessels

Einst eine dralle Schönheit ist Giada nun eine stattliche Matrone mit stämmiger Figur, ausladendem Busen und ausnehmend freundlichem Wesen. Immer einen Scherz auf den Lippen, ist sie trotz ihrer Körperfülle erstaunlich flink auf den Beinen, wenn sie denn mal ihr Reich, die Küche des Brandkessels, verlässt, um ihrem Mann Leunand in der Wirtsstube zu helfen. Dass im Brandkessel gut gekocht wird, ist ihr wahrlich anzusehen, und jeder, der ihre Gerichte schon einmal probieren durfte, kann das gerne bestätigen.

Giada trägt ihr mittlerweile mit grauen Strähnen durchzogenes schwarzes Haar zumeist zu einem ordentlichen Dutt gebunden. Ihr rundes Gesicht mit den wachen blauen Augen ist jedem Leeter bekannt, und neben ihrer Hausmannskost ist sie vor allem für ihren geschickten Umgang mit der Sticknadel bekannt. So verdankt die Leeter Festhalle einen Großteil ihres Schmuckes den geschickten Händen der Wirtin, und auch so manche tiefere Wunde der Dorfbewohner wurde von ihr unter Anleitung von Walburga, der Kräuterfrau, mit sauberen Stichen vernäht.

Stufe 2, Trefferpunkte 20, RK 5 DB 10, OB +25

Jolyna, jüngste Tochter der Wirtsleute des Brandkessels

Die eher stämmige Wirtstochter ist das jüngste Kind Leunands und Giadas. Sie ist kräftig wie ein Junge und wird im Dorf, seitdem sie einen Unfall mit dem Herdfeuer hatte und gezwungen war, ihr Haar kurz zu halten, gerne geneckt, dass sie einen guten Sohn abgeben würde. Trotz ihrer erst 13 Sommer ist die Kleine kompetent und tatkräftig und unterstützt ihre Eltern im Brandkessel.

Stufe 1, Trefferpunkte 15, RK 5 DB 0, OB +13

Walburga, die Kräuterfrau Leets

Die schlanke Frau mit den kurz geschnittenen roten Haaren ist die Heilerin und Alchemistin Leets. Zumeist trägt sie zweckmäßige Kleider und eine schwere Lederschürze, die mit vielfarbigen Flecken übersät ist. Sie versteht sich auf Kräuter und braut aus ihnen allerlei nützliche Tinkturen und Salben, die die Leeter sehr zu schätzen wissen.

Stufe 8, Trefferpunkte 44, RK 4 DB 0, OB +16, 67 Magiepunkte, Basislisten Wundheiler bis Stufen 6, div. Heilkräuter

Elisera / Tara

Die junge Frau mit dem hellen Haar und den grünen Augen hat fast ihr gesamtes Leben bei dem Orkstamm von Urzak Blutaxt verbracht. Bei einem Überfall auf die Burg ihres Vaters wurde sie als kleines Kind verschleppt. Auch wenn Elisera mittlerweile zu ihrem leiblichen Vater zurück gekehrt ist, hat sie doch ein herzliches Verhältnis zu ihrem Ziehvater und trifft ihn ab und zu, um Neuigkeiten auszutauschen.

Sie trägt ein auffälliges Mal in der Form eines Widderkopfes am rechten Unterarm, womit es möglich war, sie einwandfrei auch nach der langen Zeit bei den Orks zu identifizieren. Natürlich spricht sie fliessend die Sprache der Orks und ist mit ihren Gebräuchen vertraut. Ritter Mereno fragt Elisera gerne nach ihrer Einschätzung der Situation, wenn Orks betroffen sind.

Stufe 3, Trefferpunkte 65, RK 5 DB 25, Kurzschwert +65, Kurzbogen +40

Goldrian, siehe Seite 26 und Seite 55

Linaralil, siehe Seite 55

Dalila, siehe Seite 23

Monster und Mörder

Shaktha die Gnadenlose - Ork-Schamanin

Die kleine sehnige Orkin strebt seit Jahren nach Macht, doch wird sie von den anderen, zumeist männlichen Orkschamanen eher wenig akzeptiert. Beim letzten Treffen der Orkstämme am Wankelspitz musste die machthungrige Orkin eine Menge Hohn und Spott über sich ergehen lassen. Wäre sie nicht so begabt im Umgang mit Magie und Messer, hätten die anderen Schamanen sich schon vor Jahren ihrer entledigt, ist ihre spitze Zunge doch mindestens so gefürchtet wie ihre Gifttränke und kühnen Pläne.

Das letzte Treffen verlief für Shaktha besonders schmachvoll, doch sie revanchierte sich, indem sie ein Kästchen mit einem Glasflakon an sich brachte, in dem ein sehr potentes Gift nur darauf wartete, gegen die menschliche Bevölkerung im Umland eingesetzt zu werden.

Ursprünglich war das Gift nicht für Shakthas Hände bestimmt, doch fand die Schamanin schnell heraus, dass sie damit in der Lage war, Pickelhäute zu erschaffen. Unzählige magische Experimente und spektakuläre Fehlschläge später gelang es ihr schließlich, aus einem Menschen ein Monster zu machen. Mit Hilfe der Federflöten und eines extra von ihr angefertigten Schamanenumhanges war sie sogar in der Lage, das Wesen zu kontrollieren.

Shaktha plant den Sturz Leets, um von dort aus mit ihren Pickelhäuten und so vielen Monstern wie möglich Eroberungsfeldzüge zu starten und jedem zu zeigen, dass sie zum Herrschen geboren ist.

Stufe 12, Trefferpunkte 86, RK 1 DB 40,
OB Nahkampf +58, OB Fernkampf +71, Magiepunkte 73

Unter anderem Animisten Basisspruchlisten bis Stufe 10, Offene Listen (Gesetz der Barrieren) bis Stufe 8 bekannt.

(optional: Schamanenkette x2 MP; wirkt nur bei Ork-Schamanen)

Das Monster

Mit rot glühende Augen, übernatürlich schnell und mit enormer Kraft - vor allem Sprungkraft - ausgestattet, ist das Wesen nur seiner Meisterin hörig.

Es ist sehr ausdauernd und besitzt zwar durch die Umwandlung und magische Kontrolle nur noch animalische Instinkte, doch kann es intelligent gelenkt zu einer tödlichen Waffe werden.

Der Geruch nach feuchter Erde und Moder umgibt es genauso wie der eigens angefertigte Schamanenmantel aus einer Unmenge von Vogelfedern und Knochenstückchen, die leise gegeneinander klickern, wenn sich der Mantel im Sprung bauscht.

Das Monster hat ledrige Haut mit einem feuchtem Schimmer, dunkel aber nicht schwarz mit der rötlichen Maserung, die dem Holz des Totbaumes aus den Orksümpfen zu Eigen ist. Auf seiner Haut zeigen sich auch wie bei den Pickelhäuten nässende Pusteln, doch sind es bei weitem nicht so viele wie bei den mutierten Orks.

In seine kurzen abstehenden Haare sind Schilfrohrstücke eingeflochten, die den hohlen Ton von Trauerflöten erzeugen, wenn das Monster durch die Lüfte springt und sich so der Wind in den Flöten fängt. Seinen Hand- und Fußnägel sind zu breiten dunklen Klauen verändert, und die Beinmuskulatur ist knotig, die Beine länger gestreckt als normal.

Mit einem Zauber von Shaktha versehen kann das Monster um sich herum Nebel entstehen lassen oder alles in Brand setzen, was der Mantel berührt. Der Zauber ist von Shaktha in einem langwierigen Ritual auf den Mantel gelegt worden, wobei der Brandeffekt erst im letzten Kampf des Monsters vor den Toren Leets zum Tragen kommen sollte.

Stufe 10, Trefferpunkte 210, RK 19 DB 20,
große Klauen +110, mittel Biß +70

Bei einem kritischen Treffer durch die Klauen wird der betroffene Charakter dem Sekretgift ausgesetzt, was ihm für 5 Runden einen Malus von -40 einbringt.

2 x täglich dichter Nebel (20m Radius)
Grundbewegungsweite 40m
Sprunghöhe 4m und Weite 10m

Mantel
2 x täglich Brandeffekt (Berührung)

Pickelhäute

siehe Seite 18

Notizen

Finn Flannagan

Spieler: ____________________

Volk:	Mensch (Iares)	Ausbildungspunkte:	89	
Beruf:	Krieger	Alter:	18	Stufe: 5
Größe:	1,91m	Gewicht:	97kg	

Attribut	Temp (Pot)	Grund-bonus	Volksbonus	Attributsbonus
Geschicklichkeit	100 (100)	+ 10	+ 0	+ 10
Konstitution	96 (96)	+ 8	+ 0	+ 8
Gedächtnis	80 (80)	+ 3	+ 0	+ 3
Logik	79 (79)	+ 2	+ 0	+ 2
Selbstdisziplin	90 (90)	+ 5	+ 2	+ 7
Empathie	64 (64)	+ 0	+ 0	+ 0
Intuition	76 (77)	+ 2	+ 0	+ 2
Charisma	81 (83)	+ 3	+ 0	+ 3
Reaktion	91 (91)	+ 5	+ 0	+ 5
Stärke	99 (99)	+ 9	+ 2	+ 11

TP (max): 119

Status (*inkl. Wunden*):

- 0	- 10	- 20	- 30
bis 30	bis 60	bis 89	bis 119

Erholung: 1 TP alle 3 Stunden bei Aktivität, 3 TP pro Stunde Ruhe und 12 TP je 3 Stunden Ruhe.

MP (max): 0

Status:

- 0	- 10	- 20	- 30
bis 0	bis 0	bis 0	bis 0

Erholung: 1 MP alle 3 Stunden bei Aktivität, 1 MP pro Stunde Rast und 1 MP je 3 Stunden Schlaf.

Angriffe	Ränge	Bonus
Breitschwert	8	92
Bihänder	12	123 (133)
Streitaxt	8	103
Dolch	6	86
Leichte Armbrust	3	72
Langbogen	4	75

Fertigkeiten	Ränge	Bonus
Ausdauernd Klettern	2	+41
Ausdauernd Laufen	3	+44
Schwimmen	2	+41
Klettern	6	+49
Springen	6	+53
Berittener Kampf	1	+37
Gemeinsprache schreiben	8	+31
Gemeinsprache reden	8	+31
Hochsprache (Imperial) schreiben	2	+13
Hochsprache (Imperial) reden	4	+19
Schleichen	7	+44
Verstecken	5	+38
Reiten: Pferd	9	+45
Jagen	3	+31
Überleben	2	+28
Wettervorhersage	1	+25
Benommenheit entfernen	8	+57
Orientierung	2	+20
Aufmerksamkeit	2	+18
Hinterhalt entdecken	1	+17
Heraldik	2	+28
Regionales Wissen: Trion	4	+34
Volkskunde: Trione	4	+34

Defensivbonus:	+0
RK:	15
ABM:	-32
Fernkampf-Abzug :	20
Bewegungsweite:	20 m/Runde
WW Essenz:	+0
WW Leitmagie:	+6
WW Mentalismus:	+9
WW Gift:	+24
WW Krankheit:	+24
WW Furcht:	+21

Ausrüstung:
Volle Kette
Wasserschlauch
Bettrolle (schwer)
Zelt
Rucksack
Feuerstein & Stahl
Zunder
Bihänder +10 magisch
Dolch
3x Fackel

6 Trionthaler
7 Kupferlinge und
26 Muena

Beachten Sie, dass mögliche Bonusse durch Ausrüstungsgegenstände noch hinzuaddiert werden müssen.

GEROL KEHLHAMMER

SPIELER: ______________________________

Volk:	Zwerg (Ïaron)	Ausbildungspunkte:	83
Beruf:	Krieger	Alter:	47
Größe:	1,48m	Gewicht:	104kg

STUFE: 5

Attribut	Temp (Pot)	Grund-bonus	Volksbonus	Attributsbonus
Geschicklichkeit	84 (84)	+ 3	- 2	+ 1
Konstitution	100 (100)	+ 10	+ 6	+ 16
Gedächtnis	81 (81)	+ 3	+ 0	+ 3
Logik	56 (59)	+ 0	+ 0	+ 0
Selbstdisziplin	92 (92)	+ 6	+ 2	+ 8
Empathie	71 (85)	+ 1	- 4	- 3
Intuition	66 (67)	+ 0	+ 0	+ 0
Charisma	68 (68)	+ 0	- 4	- 4
Reaktion	66 (67)	+ 0	- 2	- 2
Stärke	100 (100)	+ 10	+ 2	+ 12

TP (max): 132

Status (*inkl. Wunden*):

- 0	- 10	- 20	- 30
bis 33	bis 66	bis 99	bis 132

Erholung: 1 TP alle 3 Stunden bei Aktivität, 16 TP pro Stunde Ruhe und 64 TP je 3 Stunden Ruhe.

MP (max): 0

Status:

- 0	- 10	- 20	- 30
bis 0	bis 0	bis 0	bis 0

Erholung: 1 MP alle 3 Stunden bei Aktivität, 1 MP pro Stunde Rast und 1 MP je 3 Stunden Schlaf.

ANGRIFFE	RÄNGE	BONUS
Handaxt	2	55
Kriegshammer	10	119 (129)
Streitkolben	3	80
Streitaxt	6	77
Wurfdolch	2	42
Leichte Armbrust	4	52
Schwere Armbrust	2	46

Defensivbonus:	+0
RK:	17
ABM:	-30
Fernkampf-Abzug:	0
Bewegungsweite:	9 m/Runde
WW Essenz:	+31
WW Leitmagie:	+0
WW Mentalismus:	+28
WW Gift:	+68
WW Krankheit:	+63
WW Furcht:	+24

FERTIGKEITEN	RÄNGE	BONUS
Ausdauernd Laufen	7	+62
Fallen	2	+12
Klettern	7	+27
Gewichtheben	5	+52
Gemeinsprache schreiben	8	+26
Gemeinsprache reden	8	+26
Zwergisch schreiben	8	+26
Zwergisch reden	8	+26
Elfisch schreiben	4	+14
Elfisch reden	4	+14
Singen	1	-1
Fallen entschärfen	4	+21
Fallen stellen	3	+18
Benommenheit entfernen	6	+52
Fallen entdecken	5	+31
Spuren untersuchen	2	+22
Spuren verfolgen	2	+22
Verstecktes entdecken	3	+25
Aufmerksamkeit	9	+22
Hinterhalt entdecken	3	+16
Regionales Wissen: Ghalgrat	6	+38
Volkskunde: Zwerge (Ïaron)	3	+29
Metallkunde	1	+13
Steinkunde	1	+13

AUSRÜSTUNG:
Kriegshammer +10
Brustplatte
Silberflarettensalbe
Bettrolle (schwer)
Zelt
Rucksack
Feuerstein & Stahl
Zunder
Wurfdolch
Leinenunterhemden (3)
Fellstiefel
Wasserbeutel
Breiter Gürtel

34 Trionthaler
2 Kupferlinge und
7 Muena

Beachten Sie, dass mögliche Bonusse durch Ausrüstungsgegenstände noch hinzuaddiert werden müssen.

Elathaliel

Spieler: ____________

Volk:	Elf (Ïareth)	Ausbildungspunkte:	85
Beruf:	Waldläufer	Alter:	124
Größe:	1,85m	Gewicht:	72kg

Stufe: 5

Attribut	Temp (Pot)	Grund-bonus	Volksbonus	Attributsbonus
Geschicklichkcit	95 (95)	+ 7	+ 4	+ 11
Konstitution	100 (100)	+ 10	+ 0	+ 10
Gedächtnis	70 (73)	+ 1	+ 2	+ 3
Logik	78 (78)	+ 2	+ 0	+ 2
Selbstdisziplin	84 (84)	+ 3	- 5	- 2
Empathie	57 (59)	+ 0	+ 2	+ 2
Intuition	95 (95)	+ 7	+ 0	+ 7
Charisma	84 (84)	+ 3	+ 2	+ 5
Reaktion	87 (90)	+ 4	+ 2	+ 6
Stärke	76 (77)	+ 2	+ 0	+ 2

Angriffe	Ränge	Bonus
Langbogen	13	98 (108)
Dolch	4	34

Ausrüstung:
Elfischer Lederwams, Elfenstiefel, Umhang, Elfischer Langbogen +10, Köcher mit 25 Pfeilen, Dolch, Gürtel, Eibenflöte, 2 Trionthaler, 13 Kupferlinge und 4 Muena.

Fertigkeiten	Ränge	Bonus
Ausdauernd Klettern	2	+38
Ausdauernd Laufen	2	+38
Schwimmen	5	+47
Klettern	4	+47
Diplomatie	3	+25
Gemeinsprache schreiben / redem	10	+38
Elfisch schreiben/ reden	10	+38
Improvisiertes Dichten	1	+23
Instrument spielen	2	+26
Magie wahrnehmen	1	+19
Reiten: Pferd	5	+58
Tierumgang: Pferd	2	+49
Schleichen	4	+45
Verstecken	4	+45
Nahrungssuche	2	+50
Sternenbeobachtung	3	+53
Überleben	3	+53
Wettervorhersage	3	+53
Beobachtung	5	+44
Gift entdecken	4	+41
Lügen entlarven	1	+32
Spuren untersuchen	5	+44
Spuren verfolgen	5	+44
Aufmerksamkeit	7	+34
Hinterhalt entdecken	2	+29
Pflanzenkunde	5	+35
Regionales Wissen: Waldlande	4	+32
Tierkunde	4	+32
Volkskunde: Elfen (Ïareth)	3	+29

Beachten Sie, dass mögliche Bonusse durch Ausrüstungsgegenstände noch hinzuaddiert werden müssen.

TP (max): 75

Status (*inkl. Wunden*):

- 0	- 10	- 20	- 30
bis 19	bis 38	bis 56	bis 75

Erholung: 1 TP alle 3 Stunden bei Aktivität, 2 TP pro Stunde Ruhe und 9TP je 3 Stunden Ruhe.

MP (max): 43

Status:

- 0	- 10	- 20	- 30
bis 11	bis 22	bis 32	bis 43

Erholung: 1 MP alle 3 Stunden bei Aktivität, 4 MP pro Stunde Rast

Defensivbonus:	+12
RK:	8
ABM:	-15
Fernkampf-Abzug:	15
Bewegungsweite:	21 m/Runde
WW Essenz:	+1
WW Leitmagie:	+16
WW Mentalismus:	+10
WW Gift:	+40
WW Krankheit:	+130
WW Furcht:	-6

Spruchlisten	Ränge	Bonus
Gesetz des Blutes	2	9
Wege der Heilung	1	13
Widerstandskraft	5	22
Wege des Wanderers	4	21
Täuschungen der Natur	4	21
Beschwörungen der Natur	2	19
Wege der Natur	2	19
Meisterschaft der Pfade	3	20

Indara Evethe

Spieler: ____________________

Volk:	Mensch (Iares)	Ausbildungspunkte:	90
Beruf:	Magier	Alter:	18
Größe:	1,75m	Gewicht:	52kg

Stufe: 5

Attribut	Temp (Pot)	Grund-bonus	Volksbonus	Attributsbonus
Geschicklichkeit	88 (91)	+ 4	+ 0	+ 4
Konstitution	82 (84)	+ 3	+ 0	+ 3
Gedächtnis	91 (91)	+ 5	+ 0	+ 5
Logik	99 (99)	+ 9	+ 0	+ 9
Selbstdisziplin	92 (92)	+ 6	+ 2	+ 8
Empathie	99 (99)	+ 9	+ 0	+ 9
Intuition	59 (59)	+ 0	+ 0	+ 0
Charisma	89 (89)	+ 4	+ 0	+ 4
Reaktion	90 (90)	+ 5	+ 0	+ 5
Stärke	51 (55)	+ 0	+ 2	+ 2

TP (max): 54

Status (*inkl. Wunden*):

- 0	- 10	- 20	- 30
bis 14	bis 27	bis 41	bis 54

Erholung: 1 TP alle 3 Stunden bei Aktivität, 1 TP pro Stunde Ruhe und 3 TP je 3 Stunden Ruhe.

MP (max): 50

Status:

- 0	- 10	- 20	- 30
bis 13	bis 25	bis 38	bis 50

Erholung: 1 MP alle 3 Stunden bei Aktivität, 3 MP pro Stunde Rast

Angriffe	Ränge	Bonus
Kurzbogen	1	15
Dolch	1	28

Ausrüstung:
Verst. Lederrüstung, Haarspange, Geldbeutel aus Ketten, Leinenkleid (blau mit Zier), Utensilientasche mit Trank, Bettrolle, Decke, Stiefel, Dolch, 4 Trionthaler, 17 Kupferlinge und , 2 Muena

Defensivbonus:	+0
RK:	8
ABM:	-35
Fernkampf-Abzug :	15
Bewegungsweite:	18 m/Runde
WW Essenz:	+27
WW Leitmagie:	+0
WW Mentalismus:	+12
WW Gift:	+9
WW Krankheit:	+9
WW Furcht:	+24

Fertigkeiten	Ränge	Bonus
Schwimmen	1	+14
Klettern	2	+21
Diplomatie	1	+18
Überreden	2	+21
Eiststrahl	6	+48
Feuerstrahl	6	+48
Gemeinsprache schreiben / reden	8	+49
Hochsprache (Imperial) schreiben / reden	3	+34
Elfisch reden	2	+31
Schleichen	1	+17
Verstecken	1	+17
Magischen Gegenstand benutzen	5	+51
Magie verbergen	6	+54
Magie wahrnehmen	5	+51
Runen lesen	5	+51
Reiten: Pferd	2	+30
Beobachtung	1	+26
Lügen entlarven	1	+26
Aufmerksamkeit	2	+10
Geschichte	3	+40
Pflanzenkunde	1	+34
Regionales Wissen: Trion	6	+49
Volkskunde: Trione	6	+49
Artefaktkunde	4	+54
Spruchkunde	5	+57
Untotenkunde	4	+54
Giftkunde	2	+31
Kräuterkunde	5	+40

Spruchlisten	Ränge	Bonus
Meisterschaft des Geistes	4	18
Meisterschaft der Schilde	8	22
Wege der Unsichtbarkeit	7	21
Magische Brücke	1	15
Stärkung der Magie	2	16
Kleine Illusionen	3	22
Gesetz der Erde	8	32
Gesetz des Feuers	8	32
Gesetz des Eises	10	34
Gesetz des Lichtes	8	32
Gesetz des Wassers	7	31
Gesetz des Windes	5	29

Beachten Sie, dass mögliche Bonusse durch Ausrüstungsgegenstände noch hinzuaddiert werden müssen.

Weitere Spielercharaktere

Beruf (Stufe)	Volk	GE	KO	GD	LO	SD	EM	IN	CH	RE	ST	AP	TP	MP	RK (DB)	WW-E	WW-L	WW-M	WW-G	WW-K	WW-F	Ausrüstung
Schurke (5)	Mensch	99	74	89	89	97	61	87	69	90	80	90	70	0	8 (15)	0	+12	0	+3	+3	+30	Rapier +10, Lederrüstung (verstärkt), für 300 Trionthaler weitere Ausrüstung, 40 Trionthaler Münzen
Fertigkeiten (Rang/Bonus): Schwimmen (1/20), Abseilen (3/49), Bodenakrobatik (2/46), Entfesslungskünstler (3/49), Fallen (3/49), Klettern (3/49), Luftakrobatik (3/49), Seiltanz (2/46), Handeln (3/19), Überreden (4,22), Verführen (3/19),. Beeindruckendes Manöbver (7/64), Rollendes Ausweichen (4/49), Überwältigen (3/44), Waffe schnell ziehen (4/49), Hinterhalt (6/61), Lautloser Angriff (8/67), Fallen entschärfen (4/51), Gift benutzen/entfernen (4/51), Schlösser öffnen (5/54), Tarnung (5/54), Verkleidung (5/54), Schleichen (7/70), Verstecken (9/76), Reiten (3/24), Beschlagenes Leder (5/55), Leichtes Leder (2/46), Gassenwissen (4/40), Kontaktieren (4/40), Ortskenntnis (4/40), Unter Leute mischen (4/40), Dolch (3/61). Rapier (8/76). Langbogen (4/62), Leichte Armbrust (4/62), Situationswahrnehmung (3/36), Beschatten (2/37), Versteckte entdecken (2/37). Aufmerksamkeit (5/28), Regionals Wissen [Trion] (3/27), Giftkunde (3/23), Sprachen: Handelssprache, Trionisch																						
Barbar (5)	Mensch	91	98	92	78	90	69	83	60	80	97	90	107	0	3 (19)	0	+9	0	+27	+27	+21	Streitaxt +10, Felle, für 100 Trionthaler weitere Ausrüstung, 5 Trionthaler Münzen
Fertigkeiten (Rang/Bonus): Schwimmen (1/31), Klettern (3/24), Mächtiger Schlag (3/45), Springen (3/45), Beeindruckendes Manöver (2/25), Berittener Kampf (2/25), Überwältigen (2/25), Schleichen (6/50), Reiten (8/43), Wagenlenken (1/22), Leichtes Leder (1/25), Platte (1/13), Benommenheit entfernen (5/47), Beserkergang (9/59), Prügeln (1/5), Fokus Verteidigung (2/10), Fokus Zähigkeit (2/10), Breitschwert (2/50), Keule (5/71), Schildschlag (3/65), Streitkolben (7/77), Bihänder (11/95), Flegel (6/81), Streitaxt (12/97), Kompositbogen (4/59), Kurzbogen (5/62), Speer (1/44), Wurfspeer (1/45), Boxen (6/51), Umrennen (3/42), Aufmerksamkeit (4/22), Regionales Wissen: Ghalgrat (4/32), Sprachen: Handelssprache (starker Akzent, keine Schrift), Trionisch (keine Schrift)																						
Heiler (5)	Elf	93	98	87	79	98	76	93	85	70	61	91	80	30	5 (9)	+7	+13	+13	+37	+127	+12	Langbogen +10 und 20 Pfeile im Köcher, Lederrüstung, für 200 Trionthaler weitere Ausrüstung, 6 Trionthaler Münzen
Fertigkeiten (Rang/Bonus): Schwimmen (3/30), Klettern (2/31), Malen (3/29), Schleichen (4/50), Verstecken (1/41), Tierheilung (9/51), Trance Heilung (3/37), Erste Hilfe (16/60), Vorbereitete Kräuter anwenden (9/45), Kräuter vorbereiten (2/24), Chirurgie (4/34), Diagnose (14/76), Zweite Hilfe (10/64), Langbogen (5/41), Kulturkunde: Elfische Kultur (2/34), Pflanzenkunde (3/37), Regionales Wissen: Casnewydd (3/37), Religion (3/37), Volkskunde: Elfen (1/31), Kräuterkunde (6/38), Alchemie (2/20), Läuterung (10/36), Wege der Blutheilung (10/36), Wege der Knochenheilung (10/36), Wege der Muskelheilung (10/36), Wege der Oberflächenheilung (10/36), Wege der Organheilung (10/36), Wissen (2/18), Wege der Symbole (2/18), Sprachen: Elfisch, Handelssprache, Trionisch (3)																						